感谢生活

冯骥才 著

四川文艺出版社

感谢生活

目录

- 1 铺花的歧路
- 140 雕花烟斗
- 161 啊!
- 242 高女人和她的矮丈夫
- 254 感谢生活

铺花的歧路

第一卷

乌云在无声的静寂中汇合。忽然，闪电用它尖利的手撕裂天空，霹雳用它粗壮的声音的锤震撼大地，狂风搅动起一切空间。大自然在这紧张的喧啸中显出蓬勃的活力。万物被暴雨猛烈地、彻底地冲刷之后，涤尽了污垢，无一不呈现出本色。汹涌的洪流使旧日沉默下来的长江大河重新变得生气十足，然而，它不可抑制地冲决堤坝，泛滥开来……

回溯一下吧，六十年代中期我们生活中骤起的无比剧烈的风暴！

这是光明赢得了胜利之后，光明与黑暗斗争的一次大反复。

一下子，无形潜在的对立，变得具体可见，尖锐地冲突起来，殊死地搏斗着。所有人的目光都从日常的事物上移开，凝望着一件抽象的最庄严的大事：党、国家、民族和阶级的命运；也思考着自身。几万万人，不管是投进，还是被卷进，都在这急转的斗争旋涡中跃动。千千万万人的命运在发生转折。

霎时间，界限没了，准绳没了，秩序没了。更多的是怀疑而不是信任，更多的是废除而不是保留。存在的一切，都需要重新甄别、判断和划分。一切人都要重新站队。然而，敌人依然不都站在敌人一边。一些人过了时的面具揭去了，另一些人悄悄蒙上更应时的面纱。敌与友、真与假、忠与奸、是非和曲直全纠缠在一起。赤诚的战士、政治的赌徒、利欲熏心的冒险家、化了装的魔鬼，一时混杂不清。拔剑相向的双方有时恰恰是阶级的手足，并肩的伙伴很快又化为仇敌。这是空前奇特的、不可思议的、不拿枪的大混战。

斗争渴望思想，行动需要精神。在众人注目的地方，领袖挥动着巨大的、那样的手臂，他把他发现的真理交给人民去实践。当一种思想被奉为法典而具有至高无上的权威时，它精确的成分会建立宏勋，谬误的成分就会化为灾难。检验它的代价无法计算。另一边，权威在被窃用，真理在被偷换。冒牌货总有它更为炫目的外表。隐身的骗子们在蜜果四边撒下拌了糖的毒粉，在征途两旁布下铺了花的歧路。分辨它，不单需要时间，还免不了经受痛苦的磨难、上当、受害，留下深深的创伤。这也是成就一身钢筋铁骨前真正的锤炼。历史即便在重复，也以一种完全陌生的、全新的形式开始。革命是开天辟地，不是精雕细刻。它要创造前所未有的事物，它把它的教训留给后人。

现在呢？炽烈的气氛像热空气注入人们的大脑。脑袋里的细胞发了酵似的膨胀起来……

一

白慧，十七岁的姑娘，高中二年级的学生。她穿一身绿色的军衣，和她的同学们站成一排，横穿马路，像占领城市的队伍那样把一条街的街口封锁住。

身后是他们的学校。今天，另几个学校在这里联合开批斗大会。白慧他们执行保卫会场的任务。

他们的左臂上套着一色鲜红的臂章。在那过去的、使人不能忘怀的、可歌可泣的时代，红军、工人纠察队、农会，都戴过它。这是正义、光荣和神圣的标志。她感到今天戴上它，不单很神气，还意味着过去那严酷的斗争又回到身边，红色的天职落在他们身上。他们每人手里端一支军事操练用的模拟的木枪，并不觉得是一种象征。感觉是真枪，是讨伐旧世界残余的逼真的武器。

愤怒的火在白慧心里猛烈地烧着。心里没有杂质，火烧得那样纯，还有两朵炽热的小火苗跳到她细长的眼睛里。在挑起来的黑眉毛下边，闪出逼人的利剑似的光芒。这张白皙、清秀的少女的脸儿冷若冰霜。她抬着细俏的下巴，凸着微微隆起的胸膛，双手像拼刺那样端着木枪。自我的正义感在她身上塑造了一副感人的姿态。

她和所有的女同学一样，把辫子塞进军帽里。军裤簇新而碧绿；军衣褪了色，是爸爸当年的战服，曾在漫长的征途上雨淋日晒发了白，有硝烟熏黄和子弹擦过的痕迹。袖子上还有一个枪洞，正是爸爸当年负伤的地方。这个洞眼已经给一块略新些的绿布补上了。细细的针脚是死去的妈妈留下的纪念。爸爸一直珍藏着它。白慧非要不可，因为穿上这件褂子会感到充实，增添许多力量和勇气。

褂子大。她个儿不高，还没有长饱满。帆布腰带紧紧一扎，下边的衣襟像短裙一样张开。

后面有人喊她。她回过身。

一个瘦高、穿绿军衣绿胶鞋的小伙子跑来,到了她的面前。这小伙子长得端正,脸盘瘦削,轮廓像刀刻那样清晰有力。一双眼大而亮,显得很精明,只是两眼的距离近了些,挤在隆起的笔直的鼻棱两旁。他叫郝建国,现在改名叫作"郝永革",是白慧的同班同学。原先,郝建国是学校团总支副书记,白慧是总支委员。目前,共青团不再工作,学校、教师、同学这些概念也不存在了。他们一切都是军事化了,"红卫兵"这个极端的组织取缔并代替了一切。郝建国做了连长,白慧是排长。噢,对了!连排长的胸前还都悬挂着一只亮晶晶的金属哨子。

"白慧,批斗会马上开完了,各校押走的那些坏家伙都要从这儿经过。咱们拉开阵势,等他们来了,再狠狠压压他们的气焰!"

白慧嘴唇抿得紧紧的。在微微张开的唇缝里吐出三个字:

"我知道!"

白慧吹响哨子,下了命令。她的一排人立即向后转。一排木枪头向着学校的大门。

大铁门漆成红色。一旁方形的洋灰门垛上挂着校牌。在迅疾扑来的新思潮中,校名改了,来不及重新刷写,就在牌子上贴一张刺目的黄纸,写上"红岩中学"四个墨笔字。大门两旁的高墙全被大字报盖住。这些大字报揭发、谴责、控诉昨天站在讲台上的所谓"有罪"的人。无数粗大的惊叹号和狂怒的词句混成一片。"我校必须大乱!""坚决砸烂校党委!""横扫一切牛鬼蛇神!"等大幅横标穿插其间。远处,教室大楼、办公楼、图书馆、实验楼,从下面墙根到三楼的陡壁也都给大字报和标语包严。看不见砖，像一个写满了字的大纸盒子。屋顶上插着红旗，站着几个绿色的小人影。那些小得勉强能看见的胳膊激烈地挥动着。

校园里的批斗大会进行最后一项：呼口号。一阵阵接连不断的声讨敌人的怒吼，如同重炮阵地在打炮。巨大的声浪越过院墙，像擂动战鼓一样擂动白慧的心。她的脸颊火辣辣的，烧得通红通红。紧攥着枪杆的手背上的血管，像秋海棠的叶脉那样鼓胀起来。

郝建国大步跑到一排人面前，仰起头高喊："同学们！敌人就要来到咱们面前。对敌人应该怎样？"他的声音很嘹亮，金属一般，像吹铜号。

"狠！"一排人整齐地呼答同一个字。

郝建国满意又振奋。他看了白慧一眼。

白慧没喊出声。她心里有更激荡的字眼。

大门开了。

被斗争的"罪人"排成竖行走出来了。按规定，他们穿蓝或黑的褂子和裤子。一律低头，垂着胳膊，慢腾腾地走来。两旁是持枪的学生，像押解俘虏那样。

这些人在白慧的眼里逐渐清楚了。高的、矮的、男的、女的、胖的、瘦的、白头发、花白头发的和黑头发的，还有被剪成秃头的。他们一概失去了素日的精、气、神，狼狈、灰溜溜、服服帖帖。一大群学生在后面呼口号。

郝建国在她耳边说：

"中间开个口，叫他们一个个通过。认罪、态度老实的，放过去；不老实的，打灭他的气焰！"

封锁线中间开一个小口。

白慧端着光溜溜的木枪站在一边。郝建国倒背手威严地站在另一边。第一个俘虏走到通过口。他在白慧硬邦邦的枪头前停住了。郝建国用审问的口气喝道：

"你是干什么的？"

"我吗？"这是个瘦瘦的人，头发很长。他略微扬起头说，"我是图书馆的管理员。历史上当过……当过中统特务……可是早已结案了。"

"放屁！"郝建国立即怒叫起来，"什么结案？！以前结的案，今天都不算了！你那是给修正主义路线、给走资派包庇下来的！走资派搞招降纳叛，就是想利用你这种人向无产阶级进攻，搞破坏！要不是走资派包庇，你早该给砸得粉碎了！你还不服罪吗？"

"我是有罪！罪孽深重！我做过特务。我对人民犯下了不可饶恕的罪行……"

他被郝建国和这场面吓得赶忙顺应地回答，不敢再做半点申辩，然后抬起上眼皮窥探着白慧的态度。白慧见他长着一副可憎的容貌，没有血色的干黄的脸，拉得很长，形状像鞋底，松弛的肉往下垂，面颊上都是垂直的深沟；嘴角向下撇，带一种霸道惯了的样子。只看这样子就知道准不是个好人！但此刻他眼里却放出恭敬、殷勤和乞怜的神情。

他是特务——白慧想——反革命的暗箭。手上沾着革命先烈的鲜血，灵魂是一摊乌黑的臭泥。白慧曾经在荧幕和图画上看过的那些特务可憎的形象与眼前这个人重叠在一起了。她气愤得声音都颤抖了：

"你……你认罪吗？！"

特务埋下头："认，认罪。我接受监督改造，重新做人，赎自己的罪恶！"他做得太服帖了，软软的，像一团破絮。不管他真的也罢，装出来的也罢，反正对他使不出劲儿来。白慧的脸煞白。

郝建国不想为他耽误时间，朝他大吼一声：

"滚！"

特务走过去。第二个人停在这里。这是个白发、方肩膀、结实的男人。他嘴唇发黑，穿一双矮勒的绿球鞋。

"你是干什么的？"郝建国喝问。

"当权派！"

"你认罪吗？"

"认罪。我执行了修正主义路线。我接受革命同学的批判！"他诚恳地低声说。

"滚！"郝建国吼着。

跟着第三个、第四个……十几个。随后是最末的一个。

这是个中年妇女。个子不高，胖胖的，蓬乱的花白短发，黑黄脸儿，穿一身抓皱了的旧蓝制服，裤腿和胳膊沾了土。她和前面通过的人不一样，没有低头，眼睛瞧着前方，慢慢地走来，站在白慧的枪头前。

郝建国的目光忽然像聚了焦似的，炯炯放光。他敏锐地从这女人身上发现了一种顽固的迹象。他叫起来：

"你为什么不低头？！"

这女人抬起她一双眼，又黑又大，相当沉静，直视着郝建国和面前持枪的女孩子清秀、却冷若冰霜的脸。

"你为什么不回答？"郝建国威吓地叫着，"你是当权派吗？

你不认罪吗?"

"不,同学们,我是人民教师。我,没有罪!"她一字一句平和又执拗地说。

女教师的回答大胆到了极点。学生们还没遇到过这样的先例,先是感到意外、惊讶,跟着被激怒了。在这种场合,反抗是一种刺激剂,马上引起一片不可遏止的吼声:

"她不老实,不认罪!"

"这是向咱们挑战,是反扑!"

"好顽固!打垮她!打垮她的反动气焰!"

女教师的态度依然那样沉静。她的做法可以认作是失去理智了。她对着四周愤怒的叫喊着的人群,固执地说:"不,过错我有,愿意接受同学们的批判;罪,我没有。我一切都为了党,为了祖国……"她居然眼泪汪汪了。

郝建国一把抓住这个顽固而死硬的女教师的衣领,用力摇着,冲她喊道:"你放屁,你毒害青年、腐蚀青年,你妄想把我们培养成修正主义分子!不准你的臭嘴玷污我们伟大的党!你为的是国民党,为了复辟你失去的天堂!"然后猛地搡开她。

"我?为了国民党?天堂?你们怎么知道……"她说不下去,流泪了,嘴角痉挛般地抽动着,使干裂的嘴唇渗出血来。

郝建国踮起脚对同学们大叫:

"同学们!在我们中间这个敌人是顽固不化的!她不服输!变相地和无产阶级拼刺刀!咱们怎么办?"

跟着响起一片喊打之声。

押解女教师的一个瘦小的男学生对白慧和郝建国说:

"她是我们学校里最顽固、最反动的。怎么斗,怎么打也不认罪。要不今天弄到这儿来！就是想打消她的气焰，她还是不服！"

白慧听着，狠狠咬着下唇，死盯住面前这个顽石一般的敌人。

女教师黑黄的脸上满是汗污，油腻腻的。失去光泽的像鬃麻似的花发粘在上边，显得狼狈。痛苦的表情使这张脸变得更加难看。在白慧仇视的眼里，简直丑恶极了！白慧心中的怒火，已经猛烈燃烧起来。

郝建国忽从身旁一个学生的手里夺过木枪，叫着："今天非叫你老实不可！"他的动作很大，疯狂一般抡起木枪。左右的人要不是急忙躲闪，很可能被枪头扫上。木枪带着一股有声的迅风，"唰"地打在女教师的双腿上。

女教师猛摔在地上。剧痛使她来回打了两个滚儿，双腿抽搐似的一直弯曲到胸前，两只手胡乱抓着腿上挨打的地方。她没叫喊，而是偏着脸对郝建国哆哆嗦嗦、愤怒地说：

"你们、你们这么做，不是革命，是法西斯！"

白慧的怒火爆发了。她的脸像喝醉酒那么红。脖子、耳朵都红了。她大叫：

"反动，反动，你诬蔑革命，对抗革命！"

郝建国喊着：

"打，打，打，打死阶级敌人！"

学生们怒不可遏。有几个学生拥上去，手中的木枪在头上闪着，在狂乱的冲动下砸下去。没有选择，一支枪的枪头击在路面上，折断了。郝建国不停地把他砸下去的枪棒再举起来。白慧挤在这几个人中间，朝敌人狠狠一砸。这一刹那，她感到身后有人拉了一下她的胳膊，但没起作用。木枪头打在女教师的头上，位置在左耳朵上，靠近太阳穴的地方。几乎同时，一股红色的刺眼的鲜血从头发里涌出来，沿面颊疾流而下……这之后的一瞬，女教师的肩部还挨了另一支枪重重一击。

女教师从胸腔里哼出沉闷的一声。她黑黑的眼睛睁得特别大，最后的目光停留在白慧的脸上。这目光好像没有任何含意，像井里的水，黑亮亮，冰凉的，随后闭上眼。脖子失去了支撑力，脑袋像个鼓鼓的布袋子撞在地上。

白慧身旁一个矮小的女学生，不由自主地叫出声：

"死了?!"

这声音如一股电流从白慧全身流过。她控制不住自己，惊栗地一抖，不自觉收回了木枪。刹那间，好像一切都停止了，不存在了，只留下一个可怕的疑问：到底发生了什么事？耳听郝建国依然怒气冲冲地喊着：

"装死！她装死来对抗运动！先把她押回去！"

白慧一动不动地立着，眼瞧女教师被几个学生拖走。女教师整个身体的重量全压在那几个学生的胳膊上。那一群人挤在一起，晃晃悠悠地走去，好像一架行进艰难的笨重的耕地机。后面伸出两只耙，那是女教师的双腿，软软地拖着。脚尖在地上擦出吱吱扭扭刺耳的尖音，在给伏日晒得快熔化了的柏油路面上，画出两条歪歪曲曲、断断续续、漆黑发亮的线。

白慧的目光无意中碰到自己的木枪头。那里沾着一块鲜血，蚕豆一般大小，湿的，黏稠的。她看呆了。

郝建国正在她身旁，敏锐地看了她一眼，说："看什么？这是光荣的，我们就是要和敌人血战到底！"说着，他跑到同学们的前面，举起手里的木枪，用嘹亮的声音叫道："同学们，战友们！刚才发生的事情告诉我们什么？敌人并没有全部缴械投降，他们还在疯狂地进行反扑。用狡猾的伎俩和我们较量。我们要鼓足勇气，不能退缩。在敌人面前退缩是可耻的！为了保卫革命先烈用鲜血和生命给我们换来的胜利果实，为了使红色江山永不变色，我们就是要和党内外的阶级敌人血战到底！和形形色色的反动分子血战到底！对顽抗之敌，必须用革命的铁拳砸烂他们！格杀勿论！"他给自己的话冲动得满脸通红；脖子伸长，使枣儿大小的喉结整个凸出来。他使着全身的力气，两条瘦长的胳膊激烈地比画着，好像在空中胡乱画着圈儿。

挂在胸前的哨子像秋千那样摆动跳荡。他用喉咙里最高的一个音节，鼓舞他的同学："敌人在磨刀。我们呢？以血还血，以牙还牙！我们什么也不怕，为革命敢做敢当，敢于冲锋陷阵，浴血奋战，胜利就一定属于我们！"他把拳头用力举到可能的最高点。

勇气又回到所有人的身上。热血重新沸腾起来；在口号声中，一齐庄严地举起手里的枪。白慧也举起枪。在她白白的脸上，自我的正义感赶跑了刹那间的惊慌，恢复了先前那种冷若冰霜的容颜和坚定的神情。刚才给疑惑弯曲了的眉毛，此刻又昂然扬了起来。

然而，枪头上还沾着那块血，看上去有种肮脏和腌臜的感觉。她转过枪头，使那块血看不见，但这杆枪拿在手中仍觉得不舒服。她急于抹掉它。在回到连部时，她乘别人不注意，装作无意那样，将枪头在门框上用力一蹭。她再没敢看，谁知那块血留在什么地方了。

二

她做了整整一夜噩梦。

一大堆破碎的、可怕的形象纠缠着她。其中一个短发的女人背朝她站着，就是不回过头来。她恐惧得使劲喊叫，但怎么也喊不出声来；跑也跑不掉。

爬到窗前的火一般的骄阳，用热辣辣的针芒把她刺醒了。她揉开眼睛，看见一面雪白的墙壁，显得特别干净、纯亮。随后是柜子、门、发光的玻璃杯、衣架；衣架上挂着一件套红臂章的绿上衣和哨子。爸爸坐在过道的方桌前吃早饭。

她起来梳洗过，在爸爸对面坐下，拿起大饼和腌菜卷成个卷儿，闷闷地吃。爸爸戴着一副普普通通的黑边的花镜埋头看报纸。他像编辑看稿子，逐字逐句，唯恐失漏什么似的；嘴唇轻轻蠕动，无声地念着报纸上的话。他满头花发正对着白慧。白慧的目光忽然惊跳一下，这花发使她又仿佛看见昨天那个同样花了头发而不知死活的女教师。她心里还残留着方才梦中的感觉。

"你昨天干什么去了？"爸爸问，眼睛没离开报纸。

"我？"——难道爸爸知道了什么？

"当然是你。昨夜你又喊又叫。我叫醒了你。不一会儿又喊起来……"爸爸的目光仍滞留在报纸上。

"……我喊些什么？"

爸爸抬起头，从透明的镜片后面看了女儿一眼。女儿的脸白得像梨花瓣儿，目光惊疑不定。

"我一句也没听清楚。你怎么啦，小慧？"

"没什么。我们……昨天开了整整一天会。太累了！"她好像急于要把什么秘密掩盖住，又怕脸上露出破绽而扭向一边。

爸爸注意又疑惑地看了她一眼。然后低下头，接着看报纸。

爸爸近来沉默了。

本来他也不爱说话。整天忙他的工作，很少对女儿讲话。要是白慧回忆起爸爸说过的话，差不多每句都能记得，因为他说得实在太少了。有时，爸爸那张方方的、红润、皱纹很深的脸显出高兴的样子时，会多说两句什么"好家伙，这回提前一个季度零两天！"或者"这回可好了。来了一台新式铣床！小慧，你知道这意味着什么吗？就好像……好像当年弄到手的一挺机枪！来，爸爸今天高兴，出去请请你！"于是，父女俩就出去吃一顿丰盛的饭。

爸爸的话顶多如此。也许因为那时她是个小孩子，对她说有什么意思？后来她大了，老习惯也延续下来了。她所知道的爸爸的一些情况，还是从爸爸单位来串门的叔叔伯伯口中听到的呢！连爸爸由办公室主任提升为厂长兼任书记的事，也是从旁听来的。爸爸的单位是个机床制造厂。原先有五百人，后来听说发展到七百人、八百人、一千多人了。她去找过爸爸。那儿有六七层楼高的大烟囱，机声震耳的大厂房。开会和演电影的礼堂又漂亮又气派；在厂里找人办事，常常要骑自行车才行。她从爸爸的同事和朋友那里，感到爸爸是个宽和、正派和值得尊敬的人。

爸爸常把女儿从自己的日程表上挤出去，很晚回来才想到女儿没吃饭，他挽起袖子动手来做。这时，他会对女儿歉意地笑一笑，还要骂她"小累赘！"他就这样爱自己的女儿。多年来，白慧没过几次生日。大多是因爸爸忙得安排不了；或者忘了，也是因为忙。但妈妈牺牲的日子，年年都要纪念。每逢此日，父女俩的神情都分外庄重。在悬挂在墙上的妈妈的遗像下，摆一个用白纱、丝带和花纸自制的精致的小花圈。父女俩面对遗像并排肃立。年年此时，爸爸都要对白慧说这么一句：

"别忘了你妈妈。"

妈妈小时在一个开烟馆的人家里当童养媳。她带着满身紫色的鞭痕冲出樊笼，在扫荡日寇和国民党反动势力的炮火纷飞的战场上，和爸爸相识、相知、相爱，结了婚。部队南下过长江时，妈妈怀着孕还在野战医院里坚持工作。一次战斗结束后，爸爸去找妈妈。野战医院的同志们眼里噙着热泪，交给爸爸一个刚生下来两个月、哇哇哭的婴儿和一个小小的绿布包袱。妈妈在四天前被敌机炸死，尸体已经掩埋。这个婴儿就是小白慧。包袱里装着妈妈的遗物，包括几件旧裤子，一把篦发用的、掉了几个齿、粘着头发的小竹梳子和一本识字课本。那时人们没有更多的财物，也不需要它。遗物中顶珍贵的是一张妈妈本人的照片，夹在课本里。这是她参军后的第三年，一位随军记者照了送给她的。如果没有这张照片，回忆便失去了可以附着的轴。白慧也不知道谁是她的妈妈。

爸爸把这张照片翻拍放大，装在一个朴素的镜框里。原片太旧，本来拍照和冲洗就不太好，磨损得厉害，还有折痕。放大后模模糊糊，好像蒙着一层薄薄的烟雾。妈妈那双与白慧一模一样的细长清秀的黑眼睛，就像透过漫长岁月的烟尘似的冷静地看着自己的亲人与骨肉。白慧不会忘却妈妈。她自信深深了解死去的、差不多没见过的妈妈，知道妈妈的生命是为谁贡献出来和被谁夺去的！她应当有一个多么美好和圆满的家庭，有一个多好的妈妈呀！万恶的旧世界和阶级敌人啊！

爸爸和妈妈的过去成了她的精神财富，何况这中间还包括她自己呢！

妈妈的遗像最早挂在爸爸的房间里，自她懂事那天起，就亲手把它移到自己的房间去了。

她的爱和恨分明而强烈，从来没在这方面怀疑过自己。爸爸对她这方面也深信不疑，因为她一直是班级和学校最好的学生之一。一年级就戴上红领巾，上了中学就加入共青团。她能力强、肯干、办事果断，在团组织做总支委员。每年两次，她都把一张填满红"五分"的成绩单拿回来给爸爸过目，再拿到妈妈的遗像前给妈妈过目。她做得真诚和纯洁极了！

爸爸满意女儿的一切。以他的习惯，他对女儿的全部慈爱，都装在一个缄默、甚至有些严肃的套子里。白慧习惯了这种表达方式，不自觉地学会了。她和爸爸像一大一小两滴水珠儿那样相似。不过大水珠里含着许多酸甜苦辣，浓重而浑浊；小水珠纯净透明，晶莹闪光，像一颗水晶珠儿。

她非常自信，感情坚强而不外露。她从来不要别人帮助，一切都希望自己来做，自己解决，因此在同学中间显得有些落落寡合。由于自小就不像一般女孩那样爱唱爱跳，因此带点僵硬气，脸上缺乏表情。爸爸也习惯了她。在这个仅仅两口人的家庭中，有时近似是无声的，各忙各自的事，很少交谈，却不寂寞，充满安静又和谐的气氛。

大革命来了！家里的气氛变了，虽然还是沉默，但是另一种沉默。

爸爸只要回到家，就跑进自己的房间，不是看报纸、读文件、翻看毛主席的著作，就是独自思考着。他抽烟抽得挺凶，以致夜晚睡觉时咳嗽得很响。

外边开始揭发当权派。爸爸是当权派，他究竟怎样呢？近来很少有同事来找爸爸，旁听也听不到了。白慧只问过爸爸一次：

"你单位怎么样？有你的大字报吗？"

爸爸脸上的皱纹反而舒展开了，现出少有的宽和的表情。

"大字报？它是去掉身上灰尘最好的扫帚，没有可不好。有！"

白慧的心也舒展了。她多么相信爸爸！他真行！一个不是为自己活着的人，胸怀必定是豁达的，必定欢迎各种形式的批评，必定不会在个人得失上打转转儿，必定痛恨自己的缺点而希望快快除掉它！还用自己来给爸爸说教吗？

最近，外边斗起当权派，斗得很厉害。白慧他们在学校里也这么做。她不敢再问爸爸而留神察看爸爸的神情。她常常看不见爸爸。爸爸有时回来得很晚，一声不吭地吃过饭，回到屋里，给抽得浓浓的烟裹在中间。事情就是这样离奇、凑巧。她去革人家的命，人家来革她爸爸的命。但她相信这一切都是对的。尽管在感情上接受起来有些困难。

现在，她在想：爸爸是不是也挨打了呢？他不该挨打，因为他和那个女教师不一样。爸爸是真正的革命者，那女教师是敌人。难道敌人还要受保护吗？

她吃着东西，没滋没味。那件事像只小甲虫总在她心里爬，轰也轰不走，真有点折磨她了！从来没有一件事像这样，说又不能说，不说真难受。

"爸爸,你说应该怎样对待敌人?"

爸爸的眼球在镜片后面显得特别大。女儿的问题并不成问题。难道生活中早有了答案、非常明了的问题,也需要重新思考?也有了新的含义吗?爸爸没吭声。

"爸爸,你们过去捉到敌人的俘虏怎么办?"

"你都知道,孩子。党有一贯的政策!"

"如果他顽固怎么办?应该打吗?"

"打?!那不是党的政策,不是毛主席的政策!"爸爸忽然激动了,这也是少有的。不知什么原因,他被这个问题刺激得又痛苦又气愤,好像已经超出了问题本身之外。他把眼镜摘下来扔在桌子上,站起来向一边走出三四步,停住猛回过头,脸涨得很红。"敌人才打俘虏呢!因为他们虚弱、理亏,无理可讲,不敢讲理,不能以理服人!我……曾经在战场上抓到一个敌兵。连长从别的俘虏的口中听说他也是个穷庄稼汉,就叫我给他做工作。我找他,他挺硬,不服我。我气极了,给他一个耳光。连长批评我一顿,说我犯了纪律,叫我向他道歉。我想不通,但还是服从了命令,憋着火向他道了歉;再和他谈,谈呀,谈呀,谁知居然谈到一块儿去了。最后真把他教育过来了。那时,我才真正懂得革命是怎么回事。不单要在战场上杀敌,还要消灭反动阶级的思想,后者更为重要。因为反动阶级的思想不都在反动派身上。不是说'无产阶级只有解放了全人类,最后才能解放自己'吗?就是这个道理。不过,这个道理是后来才听到的。那个被我教育过来的人,参加了人民军队,编进了我们排。他懂得了谁是他真正的敌人,所以在战斗中很勇敢,立了功。我还做了他的入党介绍人,介绍他加入党组织……当然,为了这件事,现在有人说我把敌人拉进党,他们还……"他停顿了一会儿,似乎有一股怒气从胸膛涌上来,又给他压下去。然后他好像空过半句话,一下子跳到他的结论上,"革命首先要分清敌我,还要分清是非。敌和我,是和非……都要分清,迟早要分清。嗯,迟早要分清!"

这是爸爸有史以来头一次对她说的成本大套的话。显然他心里的话也是拥塞得太满了。

爸爸抬起手腕看看表,赶快收拾起眼镜,戴上那顶檐儿磨毛、晒得发白的旧军帽。近来这顶帽子在爸爸头上显得大了些。

"我走了,该上班去了。"

爸爸走了。他的一番话,把白慧思维机器的开关拧开了。

阳光从明亮的卧室向幽暗的过道迈进了两步,又渐渐退去。

问号有时有很强的繁殖力,成倍地增加。

她面前放着一堆无意识中撕碎了的小饼块。

有人敲门。她开开门。门外站着一个胖胖的、圆眼睛的姑娘。她左眼有点微微向外斜视;整齐的短发又黑又亮,梳着一条小歪辫儿;穿一件崭新的绿军衣,挽着袖子;斜背个军用挎包,包儿贴在后腰上。这姑娘笑着说:

"怎么?不认得啦!你还做着梦吧!"

"噢,莹莹,进来……"

她叫杜莹莹,和白慧同年级,不同班。所以目前她们在一个连,但不在一个排里。她父亲在军队里,是个团政委。四年前她随爸爸到这个城市来的。开始上初中时,她插班插在白慧班里,两人同座,家住得又近,很要好。后来升到高中分了班,两人依然常来常往。杜莹莹是个无忧无虑、不爱动脑子、性情温顺的姑娘。从小因为患上心脏病,受父母的照顾和关心太多了,自己的主见反而不多。她无论有什么事总要告诉白慧,请白慧替她出主意、做主。白慧自己的事也告诉她,却不听她的意见。白慧是把事情连同自己的决断一同讲给她听。

杜莹莹告诉白慧,郝建国催她快去学校,今天上午又开批斗大会。白慧方才想起,她已经把一次非常重要的战斗忘掉了。

白慧今天说话有气无力,心里的事从脸上透出来。杜莹莹根本没注意到,只管催促白慧快走,一边在怨怪父亲送给自己的军上衣的袖子太长。

她们走在路上。白慧闭着薄薄的小嘴。杜莹莹只管张开扁长的嘴巴,饶有兴趣地谈论郝建国。她对郝建国的口才很欣赏,还埋怨自己没长这样一张嘴,以致在辩论中说不出一句带劲儿的话来;有时明明有理,就是表达不出来;还有时,自己所占的理总是事后才想起来……

"莹莹!"这招呼,好像要阻止对方喋喋不休的议论。

"嗯?"

"你说,阶级敌人该不该打?"

"打?该吧!你说呢?"

"该不该打死呢?"

"怎么会打死呢?"杜莹莹笑呵呵回答,根本没认真去想。

白慧顺手一巴掌"啪"地拍在杜莹莹的手背上,气恼地说:

"哎!你真是所答非所问!"

杜莹莹这才发现她的好友今天有些反常。她略感惊讶又莫名其妙。昨天,她俩没在一起活动,她连白慧那块心病的边缘也摸不到啊!

她俩来到学校。校园的广场作为会场，主席台设在一个洋灰和砖石砌成的方形的高台上，这原是上课间操时体育教师领操用的。台上一切都已布置好，一大片绸制的红旗在阳光下缓缓翻卷，两三丈长的巨幅横标扯在中间，写着"红岩中学红卫兵批斗反革命修正主义分子和牛鬼蛇神罪行大会"一行大字。台下已聚满学生。学生们都穿军衣。绿色连成一片铺满会场，很是壮观。还有些队伍在场外集合，整顿好的陆续开进来。尖厉的哨子到处响着。很少有人说话。会场四周站着一圈戴红臂章、持木枪的学生……

　　会场的气氛庄严而肃穆，一切都在紧张地进行着。人人脸上都很严肃，紧绷绷的，没一个人面带笑容。犹如战前摆列阵容，一种闻不到的火药味混在空气里。一段时间以来，白慧已经很熟悉这种气氛了，但置身其间，心里免不了像潮涌一般一阵阵激动着。

　　她找到了自己的排。副排长马英——一个矮小、黑瘦的姑娘已把队伍列好。白慧站在队伍后面和马英等几个同学小声说了些话。那些同学谁也没提到昨天的事。

　　郝建国大步从人群中走来。他在很远的地方就发现了白慧。

　　"白慧，你来主持今天的大会吧！"

　　郝建国和白慧都是学生们的中坚人物。

　　"不，不，还是你来吧！"白慧推辞说。

　　郝建国明亮的目光在白慧不舒展的脸上停留片刻。

　　"你不舒服吗？"

　　"嗯？嗯！"

郝建国立即判断出，这不是白慧的原因。她另外有事。郝建国便说：

"好吧，我来主持！"

主席台上很快地出现郝建国瘦长的身影。他用嘹亮的、金属般的声音，像吹起进攻号角似的宣布大会开始。被批斗的对象，佝偻身子，由一对对学生用木枪头顶着后腰，在口号声中押上台。他们在台边面向群众密密站了一排，向台下弯下腰、低头，垂着胳膊和头发，好像河边一排弯弯的垂柳。此后便是一连串控诉、揭发和批判。这情景凡是从六十年代末期生活过来的人，都清楚记得，并恍如昨日。

一个少年架着木制的单拐，一瘸一拐上了台。他的控诉使这场战斗上升到沸点。

这少年曾是全市中学生知名的、最优秀的跳高选手。他控诉一名叫李冬的体育教师，用"运动健将"、"第一名"、"奖杯"诱惑他，使他对锦标的荣誉痴迷了。他说李冬像"恶魔"一样，每天天刚亮就到他家门口招呼他去训练。他太疲乏了，摔坏了胯骨。一条腿完了，成了终身残疾。一个生龙活虎似的青年，现在还不如一个老人。他哭了，哭得伤心而痛苦！

"他，就是他——"这少年倚着单拐，伸出一只手指着站在台前的一个高高个子、宽肩膀的男人，愤恨地说，"事后，他还假惺惺地跑到我家来看我，还掉眼泪。当时真把我骗住了。现在我才把他看透。呸！这是鳄鱼的眼泪！他用资产阶级的功名利禄腐蚀毒害我。他使的是一把杀人不见血的软刀子，几乎要了我的命啊！他害了我，夺去了我的一条腿，夺去了我的青春，他必须偿还！"

一条腿，一条腿啊！

义愤填满所有学生昂然凸起的胸膛。广场爆发起愤怒的吼声，一只只拳头不断从人群中举起来，仿佛翻腾的绿色的怒海上掀起的浪花！

愤怒犹如一只无形的手，狂扯着所有人的心弦。

白慧挥着她攥得坚硬的、白白的小拳头。她喊着，一时恨不得自己能像炮弹一样飞过去，打在那罪人的身上。她喊着喊着，感到心里有种说不出来的畅快。这时身旁有个男学生猛叫了一声：

"打死他！"

白慧一惊。扭头正和这男学生面对面。这男生脸上洋溢着高涨的激情，热烘烘地感染了她。

"真应该打死他！"白慧对那男学生说。

"对，他太可恨！打死他！"

"打死他！打死他！打死他……"

白慧随着喊起来，周围的人也跟着喊起来。似乎这三个字，此刻最能倾泻出他们的情感。她喊得嗓子都哑了。然而，一天来一直挂在心里边那个沉甸甸的东西，仿佛随着喊声甩出来了。她觉得分外轻松、兴奋，痛快淋漓，浑身轻快而舒服地流着热血。

会散了。她刚走出大门。

"白慧！"

郝建国追上来。他显得精神十足，皮肤上泛着激动过后的未消失的血色。瘦长的手抓着一个白色的纸卷，哨子在胸前跳动。

"今天的会开得怎样？"

"好！"白慧流露出的心情比嘴里表达出来的更强烈。

"你身体觉得怎样?"郝建国问,同时留意白慧的表情。郝建国的目光有种穿透力,好像能看进别人的心里。

白慧头一次怕他的目光,赶快低下头:

"郝永革……"

"什么事?"

"我并不是因为什么不舒服……"

"我知道。"

白慧怔住了。他俩目光相遇,跟着白慧的目光就像兔子遇到了鹰那样,滴溜溜地乱跑,不知躲闪到哪里才好。她惭愧地嘟囔着:

"我动摇了!"

"为了昨天那个挨揍的牛鬼蛇神?"

白慧惊异地看了郝建国一眼,诚实地点了点头,并默默佩服郝建国的敏感和观察力。

"你同情她吗?"郝建国问。

"没有。她是阶级敌人。我恨她!"她肯定地说。

"你害怕了?因为看见血了?"

"我想不是……"她说着,同时也在探索一天来自己产生那些心理的根由。

"你认为我们不对吗?"

"我……我不知道。"

"不,白慧,我必须提醒你!你可要警惕右倾保守思想,警惕资产阶级人性论的侵袭啊!这些思想侵袭,正是那群乌龟王八蛋多年来拼命向咱们灌输的!以此麻痹咱们的斗志,瓦解咱们的队伍。把咱们变成一群小绵羊,好任他们宰割!刚才对李冬的控诉你听到了吧！说明什么？说明阶级敌人的凶狠。他们虽然不拿刀，不拿枪，却和拿刀拿枪的敌人一样狠毒！咱们文质彬彬、客客气气地和他们斗争行吗？不行！革命就是大杀大砍，就要流血，就要掉脑袋！"这时，他明显冲动起来，面对白慧，两条瘦长的胳膊上上下下比画着，好像在轰赶蚊蝇，并且不自觉地把嗓音放得很大，和喊一样，"革命是非常时期，什么条条框框、规章制度？叫它们见鬼去吧！在非常时期，连法律也可以保护敌人，成为敌人防止冲击的挡箭牌。你爸爸当年在战场和敌人用的是法律还是暴力？很明显，是用革命暴力击垮反革命暴力。现在仍然是这样。我们必须高喊'红色暴力万岁'！'红色恐怖万岁'！你不要一听'恐怖'两个字也感到恐怖；感到恐怖的应当是敌人。如果他们真感到恐怖了，那很好，就表明他们感到革命威力了！你应当高兴，应当欢迎！一个革命者应当使用和发挥这种威力！"

当下，他俩是站在大街上说话，但谁也没觉得。好像两只船在激荡的波涛上兴奋地颠簸着。白慧心想，郝建国真是个了不起的演说家。他演说从来不打腹稿，可是每次演说记录下来都是一篇有头有尾、非常精彩的文章。他又富于激情和号召力，真能把素不相识的路人过客也号召起来，把石头也点起火苗。当郝建国讲他们的一切都是"为了保卫革命，保卫党中央和毛主席，即使抛头颅、洒热血也在所不惜"时，他的理论就叫白慧完全拜倒和心悦诚服了。

因为这个姑娘对党、对毛主席的忠诚，可以拿她的生命来做考验。

"可你呢？白慧……"他把到了嘴边要责怪白慧的话收回去，

抬抬略尖的下巴说，"看你的了！"

他没再要求白慧表达看法。因为他从白慧眼睛里已经看到了一种燃烧的思想，还有对他的感激。他对这姑娘感激的目光有一种朦胧的快感。

白慧像一个气球，给他打足了气，鼓鼓的，饱满又充实，似乎再一碰就要弹起来。

那看不见的创伤，仿佛涂上一层颜色漂亮、油烘烘的止疼膏，不再作痛。

她好了。

三

公园的大门早被一群大学生用大字报封死。他们谴责这里是"少爷小姐消闲享乐的乐园，是阶级敌人逃避革命的避风港，是培养资产阶级情调的温床"……大字报白纸上的墨笔字，个个都有椅子面一般大，拉开一种不可侵犯和违抗的架势。此外，还贴了一张学生们自撰的要"永远"禁园的通令。

几个月来一直就是这种样子。公园的工作人员改从一个窄小的旁门进出。园内的野草都快长疯了。

昨天是国庆节。大批学生和工人群众组织来这里搞庆祝活动。人们喊着：

"放屁！谁说无产阶级不准进公园？"

大门就被轻易地冲开了。那张禁园令的有效期只好截止到昨天。

今天是十月二日。天气好。无论阳光照在脸上，还是风吹在脸上,都柔和而舒服。郝建国的连队在这里庆祝国庆,随后就分散活动。白慧和六七个女同学分开上了两条船。她们都不会使桨,几个人的胳膊全累酸了,船离岸并不远。

两条船上的姑娘们互相打闹着。使力撞船头,往对方的身上撩水。杜莹莹满脸水珠。她肥胖的手指合拢起来没有缝隙,像只勺儿,把对方一个姑娘的上衣泼得湿淋淋的。长时间来,她们一直严肃地板着面孔,头一遭儿这样开心打闹,笑得也那么尽情。

唯有白慧没笑,孤零零坐在船尾,身子朝外,光脚丫拨着清凉的、滑溜溜的秋水。船儿摇晃,撩起的水珠儿溅在脸上,她一点也不觉得,目不转睛地望着远处出神了。

爸爸的景况愈来愈不佳。他在厂里认真做了十多次检查。对过去工作中的缺点错误,做了严肃的自我批评。工人们认为他的话实在,没有虚假和藏藏掖掖的地方,态度坦白中肯,历史又清白,可以通过了。但总有不多的几个人和爸爸纠缠不休,抓住爸爸的缺点错误不放,在爸爸的检查里挑毛病,说爸爸是工厂里"修正主义路线的代理人"、"顽固不化的走资派"、"死心塌地的黑帮分子",非把他打倒不可。好像他们几个是和爸爸有私仇的冤家。他们甚至说爸爸是"反革命",并把这样的大字报贴满工厂内外,也贴到家门口。白慧又气愤又害怕。她怕不明真相的邻居、朋友、同学、路人真把爸爸当作"反革命"看待。她不敢到别人家串门,连学校也不常去了。爸爸明明是老革命,为什么偏说他是反革命?她气极之下,写了一张支持爸爸的声明。声明上面向外人公开了爸爸和妈妈光荣的历史。她要把这声明盖在家门口的大字报上,还要找那些人去辩论。爸爸火了,和她吵得厉害极了,骂她"帮倒忙!"爸爸向来没对她发过这么大的火,好像要把心里憋着的闷火全泄给她似的。她委屈又赌气地把声明撕了，哭了一夜……

这期间，白慧的同学们发生了分歧。那个矮个子的副排长马英认为郝建国前一段时间的做法"打击面太宽"、"动手打人不符合毛主席的一贯教导"等，在连部里与郝建国吵翻了。

运动前郝建国做团总支副书记时，马英担任过支委，还做过一段时间的总支书记。他俩和白慧关系都不错。郝建国的工作能力和组织能力很强，又一直非常肯干，把学校当作家似的，因而深受马英的钦佩和信服。这一点，郝建国都曾愉快地感到了。现在马英这样指责他，他受不了，便骂马英"攻击革命小将"和"替牛鬼蛇神翻案"。两人分裂了。马英不再到学校活动。白慧站在郝建国一边，因为郝建国在她眼里一直是个充满激情的、虔诚的革命青年。

然而马英的观点无形中碰到了白慧心里的那件事。

伤快结痂了，此刻又在药膏下隐隐作痛。

现在她脑袋里像打仗那样太混乱，没能力给那件事做出结论。

她在摇摆的船上。同学们笑得那么响，她一点儿也没听见。白得刺眼的阳光在坦荡的湖心闪耀一片迷乱的亮点。

杜莹莹打败了邻船的女友，对方笑嘻嘻地投降了。杜莹莹要跳到邻船上，慰问那个湿淋淋的败兵。她站在船边刚要跳出去的一刹那，眼底下漾动的水波使她害怕了。但重心已经出去，慌乱中她使劲一蹬船舷，人扑过去。只听"扑通"一声！杜莹莹没有落水，她蹿到了邻船上；这边的船猛烈摇晃着，船上的两个姑娘站不住，都蹲下了。但船尾白慧坐着的地方却是空空的了。

"哎呀,白慧掉下去了!"

"哎呀!哎呀——"

"快救人呀!"

只见水面上忽然涌出白慧的黑头发和一只白白的手,胡乱抓着;跟着又像水底下有人拉她似的,沉下去不见了。白慧不会游泳。船上的几个姑娘也都不会游泳,急得向四外大声呼救,声调都变了。杜莹莹又哭又叫……

岸边有人跳下水,奋勇游过来。幸好船离岸不太远,来人飞快赶到。翻身一个猛子扎下去,水面留下两个漩涡。跟着咕噜咕噜漂上来一串气泡。很快,人浮上来了。一个蓝色的,一个绿色的。白慧得救了!

这人把白慧托出水面,姑娘们抓住白慧的胳膊拉上船。这人也上了船。

在船上,这人帮助白慧吐出两口水。白慧没有昏迷。她满身是水,倚着一个同学的身子,伸开腿坐在船板上。她扬起了挂着水珠的眼睫毛,直视着救了她的人。同学们这才注意到这个见义勇为的人。

原来是个青年,高个子,模样普普通通,却显得挺淳朴;黑黄的脸儿,厚厚的嘴唇;唇上生着稀疏的软髭,眼睛非常黑,不像郝建国那样锋芒外露,而是含蓄又幽深。他下水前没来得及脱衣服,全都湿透了;湿衣贴在身上,显示结实的身形。他面对白慧站着。从裤腿淌下的水在脚周围汪了一摊。

"你怎么样?"他问白慧。

白慧摇摇头说:"没事。"

"你回去多喝点热姜糖水就好了。哎——"他对姑娘们说,

"你们把船靠岸吧！我走了。"

姑娘们向岸边摇船，一边对他说了许多感激的话。白慧没说。她觉得无论说些什么都显得多余，没分量。人家救了自己啊！

姑娘们还问这青年在哪里工作，叫什么名字。青年无声地笑了笑，作为回答，似乎并没有把这件事当作什么事。完全没有施恩求报，乃至接受谢意的意思。

他脱了鞋，把鞋子里的水倒入湖中。又脱下褂子拧下许多水来。姑娘们争着要把自己的外衣借他穿。他不要，但穿这件湿衣怎好回去？他只得答应了。杜莹莹把自己外边的军上衣脱下来，摘掉臂章，给他穿上。这件上衣穿在杜莹莹身上显得肥大，穿在他身上却非常合适。杜莹莹说："你穿去吧！你住在哪儿？怎么称呼？过几天我去取好了！"

"河口道三十六号，我叫常鸣。"他说完马上又改口说，"你别来了，还是我给你送去吧！"

"不，不，我去取！"杜莹莹客气地说。

"不！"常鸣以坚持使对方服从自己的口气说，"我明朝下了夜班就给你送去。你们是哪个学校的？"

"红岩中学。以前的五十五中学。我叫杜莹莹，她叫白慧。"

常鸣看了白慧一眼。白慧一直在静静地瞧着他。那张白白的脸习惯地没有笑容，一双给水泡得发红的眼睛里却温和地闪着深深感激的光。

船靠岸了。常鸣挽起裤腿跳上岸坡。他摇了摇手中的湿衣服说："再见吧！明天我给你们送褂子去！"就转身走了。

姑娘们和他道："再见！"白慧站起来目送他。大家全都怀着感激的心情，看着他走进一片给秋风吹得疏落了的小树林子。

她们也上了岸，岸上围过来几个人。这几个人刚才都目睹到白慧落水又被那青年奋勇救起的一幕。一个上了年纪、胡茬挺密的人对白慧说：

"你好险呀！这湖是个锅底坑。你懂得什么叫作锅底坑吗？和锅底一样。人掉进去，一碰到底儿就往中间滑。中间有四五丈深，满是水草。要是陷进那里边，甭说你，就是水性好的人也没命了！多亏那小伙子救了一命呀！"

另几个人也这么说。听他们的口气，显然都被那个青年的行为感动了。

他确确实实救了白慧的命啊！

白慧扬起头，追索般地往大堤那边望去。在那边夹杂着茶褐色的绿柳堤上，走着那高个子青年渐渐远去的身影。

转天上午，白慧来到河口道三十六号的门前。她还是穿一身绿，但没戴帽子，一双梳得光溜溜的短辫垂在后肩上。

这是所旧房子，三层楼的大杂院。残缺不全、满是红锈的铁门大敞四开。门轴已经锈死，固定住了，再开大点或关上都不行了。

楼房的东侧大墙给爬墙虎浓绿色、巴掌状的叶子盖得严严实实。秋风把一些老叶子染红了，瞧上去斑斑驳驳。窗口处的枝叶都被剪掉，露出一个个方形的洞，当下窗玻璃在幽黑的洞里反着晨光。院里几棵枝叶繁茂的洋槐长得和楼顶一般高。

院子挺大，安静。由于房身遮翳，大部分躺在凉爽的阴影里。靠墙根停着几辆自行车。扫过的地面又落了许多干卷了的槐树叶子。一个蓬头发的老大娘在门口生炉子,从长筒的拔火罐冒出来的浓白色的烟升到半空中,在阳光里化成一片透明的蓝雾。

"老奶奶,您这儿有个姓常的吗?"

"姓常……"她偏过耳朵,干哑着嗓子说,"是姓常吗?没有。"

"这不是河口道三十六号吗?他说住在这儿呀!姓常,叫常鸣。"

"没有,没有。我在这儿住了四十年了,从来没有过姓常的。是不是姓藏?姓藏的那家十年前也搬走了呵!没有。你准是把地名弄错了。"

白慧觉得奇怪。这时,院里跑过来一个十来岁、模样挺伶俐的小女孩。她刚才在院里玩,听见这位老大娘的话,她叫着:

"呀,张奶奶,您真糊涂。前些天刚搬来的那个人不是姓常嘛!"

"唷!对呀!您瞧瞧,您瞧瞧!连小丫头都说我糊涂了,可不是吗?!"老大娘皱巴巴的脸带着窘笑说,"对,是姓常。一个单身的小伙子,高高的个儿,对吧!人家天天上班下班碰见我,还和我打招呼,叫我'奶奶',我倒把人家忘了。来,您就进楼吧,见了楼梯一直往上走,上到顶头。他就住在顶上边的一间。"

从这儿看得见那间屋子的窗户,是扁长的,快被爬墙虎的叶子吞没了。大概是间亭子间。

在楼梯的尽头是个两米见方的小过道。迎面是扇低矮的门,早先涂着白垩漆,已经发黄。门两旁堆着破木头、炉子和炉具、花盆等物。还有一盆玉树没有死,绿叶上积了厚厚一层灰尘。这儿的房顶抬手就能摸到，的确是间亭子间。她敲门。

"谁？"房里有人问。声音微弱。

"我，我找常鸣同志。"

"请进吧！门没锁。"

白慧转动门把，门开了。她走进去。屋里光线昏暗，空气窒息，如同进了山洞一般。迎面的窗子遮着厚窗帘，却有一长条的地方没遮严，射进一道强烈的阳光，恰好拦在白慧面前，好像一堵固体的墙，反而前面什么也看不见了。

"噢，是你。我应当给你把褂子送去。不巧发烧了，叫你跑一趟。衣服在柜子上，你自己拿吧！"常鸣的声音在对面发出。

白慧向前走了两步，穿过阳光，看见常鸣躺在床上，盖着薄被和一条毯子。

"你坐吧！这有椅子。"

白慧坐下。椅子和床之间是一张小圆桌。桌上放着水杯、药瓶、破报纸、书和一只竹壳的旧暖瓶。

这个还挺陌生的青年面颊烧得很红，白眼球也红了，目光浑浊而黯淡，一些头发贴在汗津津的脑门上。他好像烧得很难受，连打起点精神应酬一下来客的念头都没有了。白慧见桌上有一支温度计。她捏着玻璃杆儿横在眼前。银色的水银柱指示数字的一端，停在40℃刻度的边缘上。

"哟，你烧得这么厉害！我，我给你请医生去！"

"不，不用了……我刚吃了药。"

"不行。要不我陪你去医院。"

"不，没关系。我只是有点感冒，没别的病，退了烧就好了。"他从被窝里伸出手用力又无力地来回摇着。他仿佛也有一种拒绝别人帮助的固执的个性。

白慧拿起桌上的药瓶,是安痛定。

"你还有别的药吗?"

"这药很好。有它就足行了!"

白慧听了,忽然站起身说:"我去一会儿就来。"跟着出去带上了门。

"你去哪儿?"常鸣在屋里叫着。

白慧跑回家拿了钱,到了药店急匆匆地问:"有哪种药治感冒、退烧退得快点的?"她扶着玻璃柜台头向里探着,好像要跳进去似的。

药店的售货员见她这副样子,很觉好笑,但知道她很急,立即说了一长串对症的中西药的药名。

"一样来点儿吧!安痛定不要了。"她说。

售货员便一边把各种药的服法告诉她,一边把几种药按剂量包好放在一个小盒子里交给她。她拿了药付过钱,转身就走。售货员惊奇地看着这个姑娘匆匆离去的背影,对另一个售货员说:"真奇怪!买糕点倒是有一样来一点儿的,买药的还没见过。头一遭遇见!"说完,他笑了起来。

白慧真去买糕点了。还买了一大包鸭梨和苹果,都要最好的。随后她回到河口道三十六号,把这些东西往常鸣床旁的小圆桌上一放。

"你……"常鸣非常不安。

"先吃药!"白慧说着一拿暖瓶,分量极轻,"哪儿有热水?"

"我每次都找邻居要。"

白慧没说话。下楼找门口那位姓张的老大娘要了一瓶热水。

拿回来给常鸣斟了一杯。然后把药片从撕开的药盒和纸袋里挖了出来。"先吃阿司匹林，快！"

常鸣对她笑了。笑里含着被对方的真情感动了的意思。他吃了药，把一双胳膊交叉在脑袋下边枕着。

"你昨天下水着凉了。"白慧说。

"不是。我夜里没关窗户着了凉。"

白慧想到他说的不是真情，因为照他昨天在船上说的，他昨天上夜班，夜里不会在家睡觉，显然是下水救她时着的凉，回来就发烧了。

随后两人无话可说。他俩还很陌生。白慧拿起水果找水来洗。

"要不要给你家里人送个信？"

"我家里没旁人，只我自己。"

白慧一怔，看着他。

"我是孤儿，早没了父母。"他停顿了一下说，"是叔叔养大的。他前两年也病死了。"

白慧把水果洗好擦干净，放在一个碟子里，又反复交代了两遍药的服法，便要返回家去。"再见！"白慧站在门口说。

"你不用再来了。我明天好了就上班去。"

白慧没吭声，低头走出去了。她走后，常鸣发现那件借穿的军上衣依然放在柜子上。

屋里静静的，只有常鸣自己。阳光移到身边的小圆桌上。洗过的、擦得发亮的红苹果，颜色非常鲜亮，散着香气；纯白色的小圆药片一对对排在一张干净的纸上。这个刚走的、脸上没什么表情而话又很少的姑娘，在他心里留下一个最初的、却有分量的印象。

四

　　事情的开头往往很重要，更重要的是接连下来的第二次和第三次。

　　如果白慧第二次来看常鸣，常鸣的病好了，她取走了杜莹莹的衣服，也许下面的波澜就不会产生。偏偏白慧再来时，常鸣的病情加重，感冒转成肺炎，她请医生来给常鸣打针，还必须天天来照顾这个无亲无故的青年。

　　她一接触到这个青年的生活，才发现单身无靠的人的生活处处都有困难。这种人的生活得不到照顾，没有分工，生活机器上每一个部件照例一样也不能少。如果没能力多照顾一下自己，很多地方只能将就将就。于是，凡白慧见到的都默默帮他做了，做得认真、细心，又诚心诚意。常鸣阻拦她。当他对付不了这个姑娘的执拗时，只能报以一种无可奈何的微笑，任她去做。

　　白慧感到了常鸣有种古怪的自尊心。他不愿意、甚至怕对方因为受恩于己而来感恩报德，不愿做那种施恩求报的庸人。白慧呢，尽管深深感激常鸣的救命之恩，但一直没对常鸣提起过那天自己被救的事。这不单是为了迁就常鸣古怪的自尊心。她的嘴向来是挺硬的，即使由衷钦佩、强烈感激哪个人，嘴里也吐不出轻飘飘的漂亮话。

　　在这一点，他们还挺相像呢！

　　常鸣病了十多天。两人天天在一起，虽然不大说话，渐渐不陌生了。爱说话的人碰到不好说话的场合会感到尴尬，习惯于缄默的人则不然。无言中，一样可以相互了解和熟悉。白慧从常鸣对待病的态度上看出他是个坚强的人，极有克制力。虽然年轻（他说他二十二岁），却没有一般年轻人的浮嫩。他比较成熟，连模样也显得比年龄大几岁。这一切恐怕都是他长期孤儿生活中养成的。白慧很想知道他的孤儿生活是怎样的，常鸣一字没提到过。他只说自己是红旗拖拉机厂的技术工人，喜欢跳高、游泳、滑冰和看足球比赛，这都是无意中说出来的，不是故意告诉白慧的。白慧不好问旁的，她有什么权利打听别人的私事呢？她偶然间也谈到自己的家庭。提到自己从小也没有妈妈，但没讲过妈妈的事。妈妈的历史是神圣的，她从来不随随便便讲给别人听。不肯让人家误以为她拿父母的光荣往自己的脸上贴金。

她总坐在椅子上，和他只隔着那张小圆桌。

常鸣在同病魔进行艰苦的斗争。他使劲皱着眉头，紧闭的眼皮微微颤抖。脸颊一阵烧得通红，一阵变得纸那样白，牙齿咯咯打战，但喉咙里没发出过一丝叫苦的声音。只有一天，他烧得厉害的时候，昏昏沉沉中忽然叫了一声"妈妈"，眼角里溢出一颗明亮的淡青色的泪珠，沉甸甸滚落到枕头上……这情景在白慧心中唤起了同情。白慧没有妈妈，在病痛中也希求过母性的温存和慈祥的爱抚。况且常鸣是个孤儿，还没有爸爸。

她见他痛苦，自己也感到痛苦了。每天来到这儿之前，都盼望能够见到常鸣康复的面容。

过了十多天，白慧盼到了。这天，常鸣击败了病魔，面颊上病态的红晕褪去了，眉头舒展开，好像风暴喧闹的湖面，终于在一个早晨恢复了风平浪静。他苍白的脸上微微泛着笑的涟漪；黑黑的眼睛闪出清明的柔辉，一眨一眨看着白慧。白慧忽觉得这双眼睛里仿佛含着一种东西，使她感到一阵慌乱，心儿像受惊的小鹿，腾腾地蹦跳起来。她不由自主躲开常鸣的目光。

"我好了！"常鸣说。

"呵，是吗？"白慧没抬起头说。

常鸣没再出声。白慧大胆地看了常鸣一眼，常鸣低眼看着自己放在胸前的手，手指无意识地动着。他好像也没有勇气来瞧白慧了。突然之间，他们重新变得陌生了。有人说，熟悉中也会感到陌生，大概就是说这种时刻吧！

白慧慌忙提起暖瓶，转身往外走。

"我去打点热水。"

"不，你不用去了。"常鸣说。

"怎么？"她问。没回头，脸朝着门。

"早晨张奶奶上来给我灌了一壶，还满的呢！"

白慧这才感觉到手里提的是装满了水的暖瓶。刹那间好像有什么秘密叫对方发现了似的，她的心猛烈地跳着，脸上热辣辣的，大概很红呢！

她像一只舵杆出了毛病的小船，顷刻失去了平衡，一切都乱了，驾驭不住自己，做事颠倒，连最平常的话也说不出来了。

她回到家，对着镜子好奇地打量自己，镜子里那个人好像不是自己。然后她朝自己的脑袋击了两拳，悔恨自己刚才莫名其妙的、失常的举动。

第二天，她来看常鸣，自己已经恢复了常态。神情、举止、做事、言谈都很镇静。她努力收拾起慌乱中所失落的。

船尾上的舵杆修好了，小船平稳不摇，好像抛了锚。

她见常鸣的目光不含那种意思了，神态很自如，自己就故意做得更自如一些，说话也随便一些，无意间招致一场冲突，这原是想不到的。

常鸣下床了，还很虚弱，走了几步摇摇晃晃，和他结实的身形很不调和，只得坐在椅子上。白慧替他收拾床头，发现有几本旧书。她拿起一本翻了翻，皮儿残破，纸又黄。她扔在桌上，随口说：

"这种乌七八糟的东西还不烧了?!"

这是杰克·伦敦《热爱生命》的译本。常鸣看了她一眼。

"乌七八糟？你看过？"

"我不看，这是资产阶级的！"白慧从来不隐讳自己的见解。

"如果列宁也看过呢？"

"他看？"白慧怔了一下，马上找到一种按照自己的想象假设出来的理由，"那是为了批判！"

"仅仅为了批判？谁说的？"

"我这么想，肯定是为了批判！"

"如果列宁挺喜欢这本书呢？"常鸣微笑着问。但辩论中的笑，容易被对方误解为一种讥诮和挖苦。

"我，我不知道。可能把它当作一本很好的反面教材吧……"她迷惘了，停顿了片刻，跟着像急于摆脱这种迷惘似的，急躁地一摆手，"反正资产阶级的东西都不应该看，所有旧的东西都不应该保留，因为……"她不得不又停顿下来。因为她一向认为不值得推敲，非常充分的道理，却没有充分的语言可以表达出来，甚至没有更多的话来为自己辩解。她有种自我的贫乏感。"反正不应该……"

"不应该？谁规定的？"常鸣也认真起来。

"革命！"她说出这个词儿，立刻感到自己理直气壮了。单凭这个词儿，谁也不能反对，拿它足可以压倒对方，她便以一种胜利者的神态反问常鸣，"不对吗？"

"听起来很完美。"

"什么意思？"

两人思想的锋尖已经对立起来。常鸣见白慧板着的白白的脸冷若冰霜，充满对立的情绪。十多天来，他只接触到她女性的体贴、关切和懂事的一面，头一次领略到她还有好斗、僵硬又幼稚的一面。他开始担心这样对立下去，会弄坏他们的关系，便换了一种方式说：

"我给你打个比方。比如说'我们要消灭一切敌人'，这句话对吗？当然对。我想，没人会反对这句话。可是怎么消灭？都打死吗？"

白慧一怔。常鸣哪里知道他的比拟，恰恰碰到白慧心上的那块症结。

"打死不能算错！"她叫起来。

常鸣对这个姑娘的思想表示惊讶了。

"消灭仅仅是肉体吗？在肉搏的战场上是需要的，甚至是必须的，但在思想战线上……"

"一样，一样，都是要革敌人的命！"

"你怎样划分敌人和同志？"

"敌人？"她在自己的字典上忙乱地搜索词汇，"反对革命的都是敌人。敌人就是反革命！"

"什么样的是反革命？怎样才是革命的？"

"反正，反正谁反对革命谁就是反革命！那得看具体事实！"

"如果……我再举个例子说，比如一名教师……"

这个例子简直像块烧红的烙铁触到她心中的疼处。她一惊,急于挡回去。

"不,不,教师这个词儿不确切,是超阶级的。只有革命教师或是反革命教师!"

"什么叫反革命教师?"常鸣紧锁眉头,说话的口气很不平静了!

"利用讲台宣传封资修,宣传白专道路,毒害青年,搞资本主义复辟,就是反革命!"她叫着。细长的眼睛里有股激情,像翻涌的水浪在湖中冲荡。

"也该消灭吗?"

"该!"她不知不觉重复起郝建国的话,"革命就要大杀大砍,用革命的铁拳砸烂他们!就是要用红色恐怖埋葬敌人!"

常鸣猛站起身,两条胳膊激动地抖着。那病愈之后略显得消瘦的脸白得非常难看。他给白慧的印象是成熟而有涵养的,此刻不知为什么他却控制不住自己了。冲着白慧喊道:

"你这不叫革命!是法西斯!"

白慧惊呆了。这句话竟和那个女教师说过的话完全一样。但现在用这句话指责她的,不是敌人,而是救了她生命的人,自己的恩人。

旧伤口崩裂了。她痛苦地垂下了头……

常鸣一声喊过,自己也呆住了。他好像站立不住那样,一只手撑在小圆桌的桌边上,另一只手捂住了脸。额前乌黑的头发直垂下来。这样一动不动地沉默了多时,才离开桌旁,慢慢走到屋角那边。

"白慧!"这个声音好像在喉咙里打了两个转儿之后爬出来

的，低沉极了。又停了片刻，似乎平静了下来，才接着说，"请原谅……我太冲动了，话说得也太过分了。你的话刺激了我……我暂时不能告诉你这是为了什么。但请你相信，我仍然相信你是个好人。你有革命激情、信念和勇气，可是你过于单纯。请原谅我的直率，你的思想是拿口号连缀成的，你却自信有了这些口号就足够了；而对你所信仰的马列主义、毛泽东思想知道的并不多。革命领袖不是教孩子做事的大人，而是引导人们去思索、去斗争的导师。革命总不像消灭老鼠那样容易。如果你不善于学习和思索，单凭热情和勇气，就会认为那些叫得愈响的口号愈革命，就会盲从那些口号而误入歧途……白慧，我不想教训你。因为这是党的历史上的教训。"说到这儿，他像吃米饭吃到砂子那样，活动着的嘴巴忽然停住了；随后又说，"我的话太多了。照目前某些人的判断，我这些话应当算反革命言论呢！水平线给他们拔高了，原来水面上的东西倒成了水下边的了。正常的变成反常的了。噢，我的话实在多了……你总不会拿我也当作敌人吧！"

白慧一直低着头，两条短辫的辫梢压在肩头。她的头发软，辫梢像穗子那样散开。她摆弄着自己的衣角。

后来她站起身，说声"再见！"就走了，始终没看常鸣一眼。昨天她也是这样走的，但情况和心情完全两样。

昨天她像一只快活的小鸭，今天却像只受伤的鹰。

五

一二百名学生像一群惊马，从红岩中学的街口乱哄哄地飞跑而来。后边是一倍以上的学生拿着木枪、呐喊着追上来。一边追一边抛出砖头瓦片,如同飞蝗一般落进前面奔逃的人群里,噼噼啪啪摔得粉碎。被击中的抱着脑袋奋力奔跑。岁数小的女学生吓哭了,跑慢了的做了俘虏。

两群学生大多穿绿衣服,戴红臂章。败逃学生的臂章一律写着"红革军"。追击者的臂章上印着"浴血"两个黄色的大字,还打着一面这样字号的红布大旗。

近来,运动和前一段时间不一样了。它往深处发展,人们对各种问题的思考和认识进入表面,不同的观点就产生出来。辩论到处激烈地进行着。在大动荡时期,辩论不是平心静气的,火气、自尊心、嫉妒心理、人与人之间旧的成见与新的看法,都难免加了进去。误解和误会也不可避免。斗争更加难解难分。各种奇怪的论调又扰乱了人们的思想,敌我和是非一时分辨不出。分歧就演化为分裂,对立演化成敌对。红卫兵也不是铁板一块了。各个单位、工厂、学校,都分化出许多大小团体。名目繁多的群众组织像雨后春笋,拔地而起。斗争出现了异常复杂的局面……

这期间,坚持己见的马英从郝建国那里拉出一部分观点一致的学生,在校外组织一支队伍,叫作"红革军"。他们刊行了一种油印的四开纸对折的小报纸,专门批判修正主义,还配上生动的漫画,在社会上受到许多革命群众组织的欢迎。他们还在市中心自发而有组织地值勤站岗,维护治安。别看他们人不多,但联系面甚广,颇有影响。郝建国感到对他是一种压力,他骂红革军"吆买人心",骂马英"有野心"。自己也成立一个造反总部,叫作"浴血"兵团,和马英针锋相对,还用了不少办法想搞垮红革军,但没能成功。一月份以来,各地掀起夺权的热潮。各个地区和单位的群众组织都纷纷从当权派手中把权夺过来。其实,这些权力实际上早不在被打倒的当权派手中，它却意味着造反派掌权获得公开的承认和合理化。按当时"夺权"的规矩，夺权应由该单位各群众组织联合起来一齐干。但郝建国事先没通知红革军就单方面夺了权。今天，郝建国派人把红革军请来，说要开庆祝夺权胜利大会。红革军来了，在会上才知道郝建国已经把权夺到手，请他们来无非是想叫他们来承认这一行动和夺去的权力。红革军当然不干，会场顿时大哗，两个组织数百人面对面展开集体的舌头大混战。郝建国早有准备，使用了武力……红革军猝不及防，被打出了学校。他们跑出一个路口，忽被一个声音叫住了。

"别跑，同学们！咱们跟他们讲理，他们为什么打人？"

败逃的红革军停住了。前面站着一个矮小、黑瘦而爽利的姑娘，梳一双小短辫，绿棉袄，脸儿冻得挺红。她是马英。红革军转过身，面对追上来的"浴血"的人。马英勇敢地站在最前头，朝"浴血"呼道：

"你们找我们来开会，有分歧可以辩论，为什么打我们的人？为什么搞武斗？"

她的喊声并不能制止猛冲上来的"浴血"的人。"浴血"中有人用金属般嘹亮的嗓子叫：

"你们是走资派的孝子贤孙，是复辟资本主义的马前卒，就该打！好人打坏人——应该！"

这声音在他们中间搅动起更凶猛的狂潮。他们呼喊着。声音中有嘶哑的怪调。又一批砖头像雨点一般飞过来。大半块砖"嘣"地打在马英的胸脯上，马英双手捂住胸，一窝腰，坐在马路中央。

"活捉马英！活捉红革军的坏头头！"

跑在最前头的几个"浴血"的人，蛮横、勇猛，直朝卧在地上的马英奔来！

红革军中的几个男学生迎上去和他们混战一团。马英被救走，可是大批"浴血"的人赶来，又一些红革军的人被捉住。

红革军的学生们发怒了，拾起打来的砖头抛回去。"浴血"受到阻击，停止了攻击。红革军的残部撤下来，有的人头破血流。他们走到一个十字路口，看见便道边站着一个人，立即从她白白的脸认出是白慧。白慧围着一条驼色头巾，胳膊戴着"浴血"的臂章。红革军的一些人发出叫喊声。

"'浴血'镇压群众，罪责难逃！"

"'浴血'搞武斗，绝没有好下场！"

"打倒'浴血'一小撮！"

这些人刚挨了打，此刻都把满腔怒气朝她发泄出来。尤其那些被打伤的，喊得更凶。白慧完全不知道是怎么回事。有一个短发的女学生朝她叫着：

"真不要脸！你老子是走资派，你还混在群众组织里！"

"回去教育教育你的反动老子去吧！"又一个人叫道。

白慧听了，气得浑身直抖，她不准别人侮辱她的爸爸，跺着脚朝他们喊：

"你们住口！放屁！"

于是红革军和她对骂起来。此时，马英从人群里站出来。她双手捂着胸口，那样子似乎在忍着疼痛，愤恨地说：

"白慧，你还不醒悟？郝建国都搞些什么？他搞的资产阶级专政。你充当他的帮凶、打手，还不及早回到毛主席的革命路线上来？"

"你诬蔑！我们打的是阶级敌人！我们是正确的！我们……"

她的话被一片口号和起哄声压住。她使劲喊也听不见自己的声音。耳朵里灌满了红革军的哄喊。

"打人凶手快快低头认罪！"

"捉住她。拿她和'浴血'换咱们的人！"

这时已有几个红革军朝她跑来。

情况不妙！她转身朝学校那边拼命地跑，渐渐把追赶者的脚步声甩在后边。跟随着她的只是一片愤怒的呼喊，还有几块砖头从她身边飞过，并有一块重重地打在小腿上。她不觉得疼，一直跑到学校门口。

学校大门紧闭。门两旁的墙上站着自己的人，手持木枪。脚跟旁还放着一堆堆砖头瓦片和空瓶子，以及原先上体育课用的铁头的假手榴弹。他们见白慧来了，开了一道门缝放她进去。

广场上的人极少。主席台那边挂一幅大红布的横标，写着"庆祝红岩中学革命造反派夺权胜利大会"。空荡荡、平光光的广场上，给斜阳印着十数面拉成几丈长的飘动的旗影。中间满是大大小小的砖头。还有军帽、废纸、一两支折断的木枪头；砖块在地上砸成许多小坑儿。显然，刚才红革军和她的"浴血"在这里发生过武斗。眼前的景象表明这场恶斗有多么激烈。

"白慧！"

她搜寻叫她的人。远处跑来一个姑娘，原来是杜莹莹。小歪辫在头上一扬一扬，挎包"啪、啪"拍着圆圆的后腰。杜莹莹跑到白慧的跟前，一边喘气一边说：

"你跑到哪儿去了？"

"我？"

"呵，是你呀！还有谁？最近郝建国叫我找了你五趟，每次都碰到你的大门锁，要不就叫不开门。你出门了吗？"

"找我什么事？"

"什么事？刚才还出大事了哪！"杜莹莹睁圆了眼睛说。左眼的斜视较平时更明显一些。

"怎么回事？"

"这些天，咱'浴血'的人分化出去不少，都叫马英的红革军拉过去了。郝建国急坏了，还以为你也跑过去了呢！我说你不会，他倒是挺相信你的。马英真不是东西，她剜心眼想把咱们搞垮、吞掉！"

"咱的人怎么会去加入红革军？"

"还不是相信了马英那套鬼话。马英很会造舆论。她说郝建国搞资产阶级专政，打人，镇压群众；还有什么'打击一大片'啦！破坏党的政策啦！纯粹胡说八道。居然有人相信她那套。人家郝建国为了革命，从运动开始就天天住在学校里。说他搞资产阶级专政，哼！他为什么搞资产阶级专政？难道为资本家吗？纯粹放屁！我看马英不单单恨郝建国、嫉妒郝建国，她有野心！你说对吗？"

白慧怔着，没说话。杜莹莹接着说：

"刚才又发生一场武斗。可吓死人了！大砖头来回飞，差点出人命。前两天咱夺了学校的权，今儿请红革军来开会，红革军说咱单方面夺权，不承认，随即就大打起来。事先，郝建国布置好，马英要是反对就把她扣起来。咱人多，不怕他们闹事。几座大楼都布下埋伏。谁知马英很鬼，她本人没来开会。你没瞧见刚才那场面呢！好家伙，可把我吓死了！照这样下去，我心脏准出毛病。"

"郝建国呢?"

"在办公楼,二楼总部办公室里。你去吧!他见了你保管高兴。我回去了,还得给弟弟妹妹做饭呢!我爹支左去了,不知道什么时候才能回来,妈妈下班又晚。家里的事缠得我分不开身。我可走啦,过两天到你家玩去!"

两人分手,白慧进了办公楼。

楼道里挤了许多人,一片片吵闹声,而且吵得相当厉害。这里光线暗,白晃晃的日光从楼道另一端的玻璃窗射进来,从这边只能看见黑压压的人影。白慧挤上去看,原来是些红革军的俘虏被围在中间。这些人大多和白慧不是同年级的,面熟但不认识。"浴血"的人正在用硬邦邦的拳头教训他们。他们不服,发出被激怒的抗议声。

"你们凭什么单方面夺权?我们就是不承认!你们用拳头棒子也不能使我们屈服!"

"去你的!你们破坏会场,想保走资派的权,妄想!印把子在我们手里了!"一个"浴血"的人叫着。

"我们宣布:夺权无效!"被俘虏的红革军气咻咻地喊道。

"呵——你宣布无效,是吗?"另一个"浴血"的人用一种含着戏谑意味的怪腔调说,"你不过在这儿放了一个屁!"

人群中爆发一阵开心、胡闹和讥诮的笑声,并夹杂着辱骂红革军的话的起哄声。有人把红革军的帽子摘下来扔在半空中。还有人上去动手动脚。这些红革军大叫:

"你们这是耍流氓,有理可以辩论嘛!"

看来,这种场合毫无辨明是非的可能。

白慧一声没出,看了一会儿,从喧闹和扭打着的人群中挤过，上楼找到了郝建国。他在总部的办公室，正与另一个学生研究大字报和标语的内容。

郝建国见白慧进来，只说一声"你坐！"然后扭过头来继续对那学生摆着瘦长的胳膊说："再加上一条'红革军的坏头头马英是制造二·二七反革命反夺权事件的罪魁祸首！'"

那学生的目光一亮，兴奋又佩服地说：

"好！这就带劲了！"

"就是嘛！擒贼先擒王，箭头要对着靶心，目标要找准，打得还要狠！"郝建国一拍那同学的肩膀，用一种老练的指挥者干练的口气说，"你快去写。必须不出今天把这条标语贴到他们总部门口的大墙上。"

"好！"那同学兴冲冲地走了。

屋里只剩下他们两人。郝建国没说话，先回到办公桌前坐下，低着头，两只手玩弄着胸前的哨子。他对白慧的态度完全不像杜莹莹说的那样。他相当冷淡，明显表示出对白慧的不满。

屋角戳着几杆卷起来的旗子和一大堆木枪。靠墙排列几个档案柜，柜上的暗锁都撬去了，露着洞眼，却贴了交叉成十字形的封条；还有两张黄木桌，放着一架油印机和大堆白纸与印好的传单。墙上涂满毛笔写的各种各样的口号、漫画人头像和辱骂当权派的字句。办公桌上有一台电话。这儿原是校长办公室。郝建国坐在这里确实很神气。屋里没生炉火，空气很凉，依然飘着一股挺浓的油墨和墨汁的气味。

"你的政治态度如何？"

郝建国终于说话了。他第一次用这种口气——几乎是一种审问的口气——问白慧。他没听见对方回答，便抬起头用他敏锐的目光瞥了白慧一眼。这张白白的脸上没有任何表情,可是那双细长的眼睛里好像有种莫解的、又确定了的含意。他刚要说话,白慧已经站起来,走到桌前摘下了臂章,又折成两折放在桌面上。郝建国突然像被咬了一口似的,跳起来,椅子撞在身后的墙上。他双手按着桌面,朝她咆哮着:

"叛徒!你果然向马英投降了!"

白慧从细巧的鼻孔里发出一声冷笑,板着面孔说:

"不许你诬蔑我!谁是叛徒?"

郝建国抓起桌上的红臂章,在她面前用力地摇着,吼着:

"你这是为了什么?"

白慧什么也没说,转身把小辫儿从胸前甩到背后,跟着在总部的门口消失了。

转天,杜莹莹来找白慧。她同白慧扯闲天,表面上没什么事,可是表情不大自然,显得挺费劲。然后,她好像把背着的一件什么重东西扔在地上似的,松了口气说:

"算了,我不和你绕圈子了。郝永革不让我说是他叫我来找你的。我不费这份心思,照直对你说吧!他叫我来打听你为什么退出'浴血'总部。"

"不知道。"白慧说,眼睛一动不动盯着窗玻璃上闪烁的冰花。那是寒风奇妙的杰作。

"瞧你!还不说。是不是郝永革冷淡了你?你犯不上跟他生气。他这些日子心情不大好,脾气还见长了呢!这也不怪他。斗争太激烈,咱的人愈来愈少,马英那边愈来愈多,谁也沉不住气。郝永革说……我都告诉你吧!他昨天已经派人了解到你并没去参加红革军。他猜想你是因为你爸爸的事,怕人家揪你的辫子,对不对?"

"我爸爸有什么事。现在我爸爸工厂里有一大半人支持他。他是真正的革命派,谁揪他我跟谁拼!揪我的辫子?哼,敢?!"她扭头对杜莹莹气冲冲地说。

"那为什么?"杜莹莹见她火了,怕再刺激她而小声地问。

"不知道。"白慧仍面对冰窗。从那里透进来的银色的阳光,把她的脸映得雪白,像白雪。

"哎呀,白慧,你怎么有话还瞒着我?"

"我真不知道……"

她好像确实有种说不清楚、不明确的原因。杜莹莹感到困惑了。

"莹莹,你说谁是咱们的敌人?"白慧转过脸,严肃地问。

"你怎么连这个还没弄明白?反革命呗!"

"教师是不是都是反革命?"

"当然不全是了。"

"可是我们前一段时间把他们一概横扫了!"

"触一触有什么不好?"杜莹莹轻松地反问道。

"我们是把他们当作敌人搞的,还是当作犯错误的同志搞的?"

"哎呀!白慧,你真是没事找事。管他呢!革命一搞起来,谁还分这些?"

"不对!毛主席说,分清敌我是革命的首要问题……好,我再问你,《十六条》上明明写着'要文斗,不要武斗',我们怎么做的?"

"那可不好说。搞阶级斗争哪能客客气气的。革命不是请客吃饭嘛,动嘴不管事,还不动武?"

"不对!"白慧声音响亮地反驳道,"你好好看看那些书,你的说法不对!"

杜莹莹这才发现白慧床旁的小书桌上放着一堆书。她过去翻了翻,有马恩选集、列宁和毛主席的书、党史,几本宣传辩证唯物论的小册子,还有一些文学书籍。她漫不经心地拿起一本来看。这是本很旧的书,不灰不蓝的封面上印着"热爱生命"四个字,已经磨得漫漶不清。书名下边有一行清晰的钢笔字,是白慧的字迹:"请注意,这不是坏书,是列宁爱看的书"。桌上还放着一个日记本,翻开的那页写满密密麻麻的小字。杜莹莹毫无兴趣地把书放在书堆上,慢声慢气开着玩笑说:

"你简直是个学者呀!要写什么文章吧!我看倒是你自己要成立一个总部,另拿出一种观点来。我猜得差不多吧!"

白慧黯然地:

"不,我没有资格。我是有罪的人……"

"你这是怎么了?阴阳怪气的!跟我捉什么迷藏呀!怎么说来说去又是个有罪的人了?你犯神经了吧!"

白慧不说,杜莹莹偏想知道。后来白慧终于把打人那件事吐露出来。并非杜莹莹追得太紧,却因为此时此刻唯有杜莹莹是可以说话的人;而且这件事对于她来说,又大又沉,心里实在容纳不下,说出来或许好受些。她讲了那次打人的过程。

"我当时只是出于愤恨,不想真打在要害上了!我……"

杜莹莹略感吃惊。但她见白慧身上好像压了一块死重的大石板,快支持不住了,便安慰白慧说:

"打牛鬼蛇神算什么错？郝永革他们审问当权派哪次不狠揍一顿。不打，他们哪肯服气，哪肯承认呢？"

"不，我准把那人打死了！"白慧缓缓地摇着脑袋说。她愁苦地闭上眼，白白的脸上好似蒙了一层灰色的阴云。

杜莹莹看着她，脑子里好像突然悟到了什么，圆圆的双眼像一对小灯那样闪出光亮。她问：

"白慧，你说那挨打的女的是哪个学校的？"

"不知道。我也没打听过。那天一共十多个学校在咱校开联合批斗会，谁知是哪个学校的。"

"你怎么事后也不打听打听呢？"

白慧没回答。她的原因只是一种心理：怕打听来的消息太坏就会更受不了。

"你们打完她，她给拖着往哪个方向去了？"

"花园路。怎么？"

杜莹莹抿着嘴神秘地笑了笑，说：

"你等会儿。我先问你，那人长得什么样？"

白慧不假思索就说出来："短发，花白头发，中等个，胖胖的。大眼睛挺黑，黑黄脸儿。嘴好像比较大。"她只要一闭眼，这个形象就能出现眼前。画家如果有这样好的形象记忆力，便是求之不得的呢！

"噢，是她呀！她哪里死了，还活着哪！"杜莹莹说。

"怎么，你认识她？"

"她是第四中学的外语教师。名字叫什么，叫什么……哎呀，我忘了。马英准知道，她初中是在第四中学上的。"

"你怎么知道我打的就是她呢？"

"那天开批判会,我在场呀!虽然没和你们在一起,可一直坐在台下。那人就站在台前。就是你说的那长相。"

"哎呀,对呀!你怎么知道她没死?"她连呼吸都停住了,期待着杜莹莹的回答。

"入冬后的一天,我还看见她在大街上走,后面跟着两个学生。"

"真的?"白慧的眼睫毛像扇子一样张开,喜悦地震颤着。

"我亲眼看见的哪!那还有错!"

白慧的双眼顿时亮晶晶地包满了泪水。好像是她的什么亲人死而复活了似的。杜莹莹给她的好友失常的、近似于神经质的举动弄得莫名其妙。她不明白这件事怎么会如此严重,值得这样悲喜。白慧抹了一下眼,问她:

"莹莹,你知道这人是干什么的吗?你那天在会场上,会上揭发她的问题你准听到了。"

"她?"杜莹莹盯着屋顶一块地方,在记忆中寻找回答对方的内容,"她可能当过圣母军……还净讲些外国资产阶级的生活,什么牛奶面包的,毒害学生。"

"真是圣母军?"

"唉,你不知道我记性不好。这是几个月前的事了,又开了多少次批斗会,哪还能记得。反正她不是好人!说不定你打她一下,教训了她,促使她把问题交代清楚了呢!"

白慧请杜莹莹好好回忆一下,杜莹莹再说的话就不大牢靠了。显然她为了安慰白慧而东拉西扯一些靠不住的情况。于是白慧请杜莹莹帮她再去打听一下。杜莹莹微笑地看着她,答应下来。随后杜莹莹起身告辞,答应明天打听到情况就来告诉她。杜莹莹走到门口站住了，问白慧："怎么样？你还坚持退出'浴血'吗？算了吧！你知道郝永革为了你这么做，急成什么样子？他昨晚到家找我，垂头丧气，眼圈还是红的呢！我还没见他红过眼圈呢！他求我来说服你，还后悔当时他太急躁了。样子也挺可怜的！都是老战友了，何苦闹翻了呢？再说你和马英也不是一个心气儿。"她完全是个和事佬。

"回头再说吧！我得和他谈谈。"白慧的话缓和了，脸上如解冻的大地那样舒朗。

杜莹莹因为完成了郝永革给她的使命，又帮助好友排难解纷，除却烦恼，心里也像扔掉小累赘那样轻松和高兴。她开着玩笑嗔怪地骂了白慧一句："神经病！"同时拉着门把儿将自己关在门外。

自从白慧与常鸣发生了那场冲突之后，多少天来，她如同失足掉进了思想斗争的旋涡里。

几个月里深深印在她脑袋里的那些事物：激昂的、庄严的、亢奋的、奇异的和怪诞的……以及各种各样的口号、观点、见解、豪言壮语、奇谈怪论，一下子都聚拥而来，铿铿锵锵碰撞一起，迸溅出光怪陆离的火花，弄得她头昏目眩。这些事物在突如其来的时候，来不及思考，全凭对它的表面印象确认它。现在不同了，事物愈来愈复杂。它分化，演变，不是清一色了。某些事物的表里也不是同一种颜色。需要认真辨一辨了。

她成了雄辩中的双方。争辩的中心就是自己。具体地说，也就是自己做的那件事情。

她设法肯定了自己，又不由自主地驳倒自己、否定自己。她是自己顽强的辩护士，又是无情的抨击者。反复地否定，否定了又否定，以致由于铁面无私地推翻了自己而陷入痛苦的旋涡之底……

旋涡是疾转的。转得透不过气来。时而她不能自已，四肢张开随着某一个想法旋转而沉浮。一股汹涌的热流把她掀上来，又一个寒冷的浪头把她压下去……在深夜，她常常由于这种思想搏斗而彻夜不眠。有时，她光着脚丫下了床，走到妈妈的遗像前站住了；忽然她双手捂住自己的眼睛。因为她受不了妈妈冷静的目光，那目光似乎含着一种深深的谴责。

"妈妈，我对不起您，不配做您的女儿……"

常鸣的话那么有力地反复在她耳边响着：

"你的思想是拿口号连缀成的，你却自信有了这些口号就足够了；而对你所信仰的马列主义、毛泽东思想知道的并不多。……如果你不善于学习和思索，单凭热情和勇气，就会认为那些叫得愈响的口号愈革命……"

于是，她对爸爸说：

"你把书柜的钥匙给我。"

"没有什么可烧的了。都是经典著作。"爸爸说。

"我就是要看这些书！"

她把书抱到自己的房间，贪婪地读着，思考着。在大雾弥漫的海上的航船，会更感到罗盘的珍贵。书上的思想如同一把梳子，梳理着她那些纷乱的、纠缠绞结的思绪。当然，她不可能像大梦初醒那样，一下子明白了整个世界。但是她碰到了一些教给她认识周围事物和自己的、令人信服而十分明晰的格言。

她朦胧地感觉到：郝建国曾经给她涂在伤口上的仅仅是一种

麻醉剂,现在失效了,伤口剧烈地疼起来。颜色漂亮的油膏剥落下来,伤口暴露在眼前。她宁肯把那些油膏全刮得干干净净,看一看这伤口究竟有多深,有多么可怕和难看……

在这期间,她见过常鸣几次;希望还能听到常鸣的见解,但见了面竟无话可说。两人都尽量躲闪着思想上的东西不谈,仿佛怕再加深分歧。她更没有勇气把自己的隐痛告诉常鸣。如果常鸣知道了那件事会怎样看她呢?其实,她从上次两人的冲突中已经清楚地感到了。为此,她发愁和苦恼,似乎担心因此失去了常鸣……

两人见面,好像关系变得冷淡的两国使者的会见,渐渐没什么内容了。她顶多是向常鸣借本书。常鸣连书也不谈,一般只说一句"别转借别人"而已。

两人都没多大必要见面了。不知为何还要见。

今天事情意外地发生变化。当杜莹莹告诉她有关那个一直误以为死掉了的女教师依然活着的情况之后,她就像从一个幽闭得密不透风、毫无希望的大铁罐子里突然蹦出来一样,一下子从漆黑的漩涡里浮到光明的水面上来,身上的重赘全都卸掉了。她感到自己如同一只徜徉在天空中的鸟儿那样自由。

原来事情并不像想象的那么糟糕,完全可以挽救。一切都可以重新好好开始呢!

她站在屋子中间,双手抱在胸前转着圈儿。由于她从小不会跳舞,转圈的姿态不美,很生硬,却完全可以把心中的喜悦表达出来。

她转着圈儿,看见了挂在墙上的毛主席的画像,口中喃喃地说:"毛主席,我要好好学习,一切照您的话做。"她又看见了镜框中妈妈的照片,喃喃地说:"妈妈,您可以原谅我吗?"她还在镜子里看见了自己,忽然对着镜子停住了,简直不认识自己了。

晚上,爸爸推门进来。花白的眉毛顿时惊讶地扬起来。放在过道上的饭桌上摆满了丰盛的饭菜,都是自己爱吃的;女儿容光焕发地坐在桌旁等着他。多少日子来,家里清锅冷灶,常常到外边买着吃。女儿不是紧锁眉头,就是咬着下嘴唇,总像有什么心事似的。他几次想和女儿谈谈,但女儿只报之以沉默。今天到底有什么变化?一时显得屋子都亮了。

"小慧,今天是什么日子……噢!"他恍然大悟似的拍了拍自己的前额,对女儿歉意地笑了笑说,"我又差点儿忘了。今天是二十八日,你过生日,对吧!"

"您真糊涂,爸爸!我的生日是上月二十八日,早过去了!"

六

痛苦是一种秘密,高兴希望公开。无论谁有了高兴的事,都想叫亲人和知己快快知道。

白慧吃过饭就出来了,急渴渴奔往河口道。她走到新兴路和光荣大街的交口处,突然站住了。常鸣就站在对面。他穿一件深色的棉大衣,戴一顶灰兔皮帽。帽子在夜色里微微发白。他笑吟吟看着白慧,好像一直在这里等候她似的。

"你上哪儿去?"常鸣问。

"我?我……上前边买点东西。你呢?"

"我要到那边找个人。"常鸣指着白慧过来的方向,"不过,不是非去不可的。"

于是，不知从哪里伸来两只无形的手，扯着他俩的衣襟，轻轻拉进横着的一条小街。别看这条街很窄，几乎没有便道，像宽胡同，却又直又长，通向很远的地方。

刮了一天的寒风，傍晚时无声无息地停了下来，空气反而有些暖意。鞋底擦着地面的声音十分清晰。路灯下慢慢行走着的一对影子，一会儿变长了，一直拉成几丈长。一会儿缩小了，渐渐缩小了，缩到脚尖里，然后跑到身后去。当走过一盏灯下，影子重新从脚尖双双钻了出来……白慧看见他们的影子，心跳得像敲小鼓那么响。她不敢看，又忍不住偷看一眼……

她本想把自己的秘密全部向他坦露出来。那件事也可以原原本本告诉他了。还有爸爸的情况，妈妈的历史，以及自己对各种事物的看法、想法、疑问和这些天来精神上某些宝贵的收获。可是，不知是何原因，她现在一点也说不出来了。好像一只瓶子刚刚倒竖过来，又堵上一个塞子。她看了常鸣一眼，常鸣低头不语，脸遮在黑影里。忽然她感到一种从来没接触过的东西悄悄来到身边。她害怕了，有如从冬眠中初醒的小树，在春潮将临时颤瑟了……她反而什么也不想说了，生怕打破这奇妙、不安又温馨的沉默。

他们走啊、走啊，一直沉默着。

一道大堤似的黑影横在前面，白慧才知道他们已经走到火车道旁了。喧闹的市声从耳边消失了。这儿有一片小槐树林，当下树叶尽脱，林间给月亮照得雪亮。周围太静了，只有远处一家工厂的汽锤声，一下一下清楚地传来。一片灯光在那边闪烁。这里是月光世界。铁轨像两条银色、夺目的抛物线，伸进漆黑的夜雾里。头顶上充满寒气的淡绿色的天空，澄澈而透明。大圆月亮，散碎的星星都挂在上边……

他们走进小树林，躲着月光。天空的月亮却死跟着他们。

白慧靠着一棵最粗的槐树干背光的一面，抬起眼睛看着常鸣。常鸣的脸浴着月光，朦胧而柔和。幽深的黑眼睛里把一切都表达得非常明确了。白慧的心都快跳出来了，但她努力不使自己低下头，大胆地望着常鸣。常鸣对她说：

"白慧，尽管我们在看法上有分歧，但……但我相信，我能理解你……"

这正是她需要和渴望的话呀！

她突然离开粗糙的、冷冰冰的树干，投进常鸣温暖而有力的怀抱里。脑袋斜倚着常鸣的肩头，脸儿朝外，身子微微颤抖，一滴滴映着月光、水银似的泪珠儿，从眼角落下来。

她听见两颗心猛烈地跳动的声音，但分不出哪个声音是自己的了。常鸣抚弄她的小辫儿，嗫嚅着说：

"你是好人……"

并且还说了一些像孩子感到幸福时说出来的那种傻话。

白慧什么也没说，一直流着泪……

夜深了，他们往回走。走了许久，又回到刚才两个人相遇的那个路口。当下四外一个人没有，只有远处传来的高音喇叭的声音。路灯显得分外明亮。他俩该分手了。

"白慧，你能对我说一句话吗？你一句话还没说呢！"

"说什么……"

"我最想听的。"常鸣期待着。

白慧没张嘴，却给了他一个难忘的、恐怕是终生难忘的目光，常鸣充满幸福地笑了。

"咱们该回去了,特别是你。你爸爸准不放心了,说不定还以为你参加武斗去了呢!明天见吗?明天正好是我的公休日。"

"明天见!"她忽对常鸣说,"我明天再告诉你。"

"告诉我什么?"

"一切。"

"好。明天我也要把我的一切都告诉你。"

白慧把手伸给常鸣。两人握住手。常鸣把她拉到身边,紧紧拥抱在一起。

"常鸣,如果我做过错事呢?"

常鸣陶醉在幸福里,他滚烫的嘴唇贴着她光滑而冰凉的前额。

"只要是你,我一切都可以原谅……"

白慧无限感动地扬起她在爱的冲动中显得美丽动人的白白的脸儿。他要吻她。她使劲一推常鸣,摆脱了,随即蹦蹦跳跳地跑了。她甩动的小手在灯光下闪了一闪,整个身影便在夜的蓝色中隐没了。

第二天上午十点多钟,白慧去找常鸣。

今儿,她穿一件轧了竖条子的绿棉袄,虽然很旧,颜色发白了,却洗得干干净净,又很合身,显出她苗条的身影。她脚上套一双黑条绒面的肥头棉鞋,鞋面用棕刷刷过,乌黑如新。鞋带扎成一对一般大小的黑色的蝴蝶结。头发梳得光溜溜,辫子编得又紧又利落。不知因为天气好,还是怕弄乱头发,她没戴头巾。白慧向来不为博得旁人的好感而打扮自己。现在如何,只有天知道了。

她白皙的脸微微透出一些红晕,眼睛里仿佛藏着许多感受。这时,如果一个看惯了她往常那种缺乏表情的面孔的人,碰到了她,准会大吃一惊的。

她进了常鸣所住的大杂院。上了楼,敲敲门,没人答应。一推门,原来门是开着的,屋里没人,不知常鸣做什么去了。炉火暖烘烘地烧着,地面刚刚洒了水扫过;空气中有股湿尘和燃烧木柴的气味。屋内收拾得挺整洁。床上罩一条天蓝色的新床单,像无风的水面那么平整和柔和。床旁的小圆桌上放了几本书,还有一盆玉树,就是先前扔在屋门外边的那盆,积尘已被冲洗掉,那肥厚、光滑、饱含汁水的叶子,给窗外射进的阳光照得湛绿湛绿,仿佛是翡翠做的;叶面上喷挂的水珠,像亮晶晶的露珠。

她第一次发现这间低矮的非正式的房间竟如此可爱与舒适,连竖在屋子中间的几根方柱子也显得挺别致。老槐树的枝丫在窗洞口交织成一幅美丽又生动的图案……

门儿吱呀一声,她扭过头。眼睫毛扬起来,心也跟着提了起来。没见人进来。哟,原来是只小猫。小猫从下边的门角探进来一个白色的、毛茸茸而可爱的小脸。用它蓝玻璃球似的一双眼睛陌生又好奇地打量着白慧。白慧知道常鸣没养猫,多半是邻居家的。她朝小猫友善地打招呼。小猫走进来,通身雪白,后面翘起一条长长的非常好看的大尾巴。尾巴一卷一舒。

"你来找谁呀?"她小声、像逗弄孩子那样亲昵地对小猫说,"常鸣同志没在家。你怎么自己跑进来啦……"她说着,忽想到她也是自己跑进来的,感到极不好意思,幸好对方是只猫。

小猫走到跟前,傻头傻脑地看着她,朝她柔声柔气地叫,随之用下巴蹭着她柔软的鞋面,表示友好。她弯下腰抱起小猫,轻轻抚摩小猫的光滑而蓬松的毛。白慧向来是不大喜欢动物的。前半年,她和郝建国去搜查一个被揪斗的教师的家,这教师爱养金鱼。他们曾把这种嗜好当作剥削者的闲情逸致,甚至当作逃避革命和厌恶革命的行为。对那教师狠批一顿,并亲手将一缸金鱼都倒进地沟里了。

小猫卧在她怀里,撒娇似的扭着身子,和她亲热地打着呼噜,又朝着小圆桌那边咪咪地叫。

"你是要吃的?噢,不是。你想看书,是吧?好,咱一齐看。"

她抱着小猫走到桌前拿起一本硬皮书。这是鲁迅的一本集子。她翻着,忽然不知从哪页里跑出一张硬纸片飘忽忽、打着旋儿掉落在地。她弯腰拾起来。原来是张四寸大小的照片。照片上是个中年女人。穿制服,略胖的一张脸儿,黑黑一双眼睛温和又慈祥。深陷的嘴角里含着舒心的笑意。白慧觉得这女人特别面熟,尤其是这双黑眼睛。突然!照片上这双眼好像对她睁大了,睁得非常大。跟着额角涌出一股刺目的鲜血,顺面颊急流而下。双眼闭上了,目光在最后一瞬分外明亮,仿佛不甘心消失似的……紧接着一个冷冰冰的声音在白慧耳边连续不断地响起来:

"她死了,死了,死了,死了……"

这声音像一只大锤,一下一下猛击着她;她摇晃着,简直站不住了。哐啷一声,怀里的猫和手中的书一齐掉在地上。猫被砸在脊背上的书吓跑了。

白慧手里捏着那张照片,照片上的女人还是那温和慈祥的样子。时间再一次在她身边停止了,她已经不知道到底是怎么回事,到底发生和将要发生什么事了!

这时，楼梯响了，有人走上来，并传来常鸣的声音：

"你怎么这样慌慌张张？遇见生人了吗？那不是生人，是咱的老相识。她名叫白慧。"

显然，常鸣在和受了惊吓、逃下楼的小猫说话。他刚在楼下的盥洗室漱洗过，手端着脸盆走上来。他身穿一件褐色的粗线毛衣，饱满的胸脯把毛线编织的竖条图案全撑开了，里边的白衬衫领翻出来；才洗过的脸湿漉漉地散发着一种朝气，显得清爽又精神。他早听见白慧上楼的声音，知道白慧就在屋里。

"可以进来吗？"他站在门口开着玩笑说。

里边没有回答。他把屋里的白慧想象得幸福又腼腆。

"噢，原来有气派的将军都是这样默许他的部下的。"他笑着说，推开门进去。白慧坐在圆桌旁的椅子上。他一看见她，立刻惊愕住了。白慧的脸白得可怕，只有眉毛显得分外黑；表情难以形容，好像各种最难受、最痛苦的心情都混在一起，从这张脸上表现出来。

"怎么？"他放下脸盆，问白慧，"你不舒服了？"

白慧直怔怔地看着常鸣。

"你怎么了，白慧？"

白慧依然直盯着常鸣，目光呆滞。她没有力量站起来了，坐在那里把手中的照片举到常鸣面前，问：

"这是谁？"

常鸣的神色立刻变了。他把照片拿过去看着，痛苦的阴云顿时跑到脸上，眼里涌出泪水。他声音低沉地说：

"这正是昨晚咱们分手时，我说准备要告诉你的事情。我不能瞒着你。她是我的妈妈！"

白慧挨了致命的一击。她声音颤抖地：

"她是做什么的……"

"是第四中学的外语教师……"

没错了，就是她！白慧声音小得连自己也听不见了。

"她现在在哪儿？"

"死了，活活被那些极左分子折磨死、打死了！"常鸣身子一歪，一屁股重重坐在淡蓝色、铺得平平的床单上。床单的皱褶向四边张开。他好像坐碎了一块玻璃。

一刹那，白慧心中的伤口猛烈地撕开了。她的心碎了！她觉得，命运偏偏在这里给她安排了一个大陷阱：落进去了！没顶了！然而凭着生命的本能，她在绝望中挣扎，好似溺水的人拼命去抓漂在水面上的破碎的小木板。

"她一定有罪！"

陷入痛苦中的常鸣完全没有去注意白慧和她的话。常鸣扬起满是泪水的脸，哀号着：

"她哪里有罪？她热爱党，热爱毛主席，热爱祖国，热爱生活、青年一代和她自己的事业……她哪里做过半点危害人民的事？有罪的不是她，是折磨死、打死她的那些人，那些凶手！"

"不，不！"白慧拦住常鸣，生怕他说下去似的，"你了解她只是表面的。你不知道她的历史。她在旧社会难道没做过坏事？没当过圣母军？"

"什么'圣母军'，你胡说些什么。她的过去我全都知道。她不止一次对我说过！"他受感情的驱使，冲动地叫着，"你听，我把这一切都告诉你，但不能告诉那些打人凶手！他们也不想知道，不想承认。如果他们承认这一切，还有什么理由毒打人？他们必须否定一切……我妈妈和爸爸都是原北师大的学生,是穷学生。毕业后,每人只有一张文凭,两手空空地失业了!爸爸给一个报馆抄写稿子——对,现在他们会说这是抄写反动文章;妈妈给一个有钱人家洗衣服,看孩子——对,他们会说这是给资本家当奴才,为资本家服务。后来,爸爸和妈妈把积攒的不多的钱全花了,才托人谋到一个中学教书的差事做。妈妈教外语,爸爸教中文。爸爸痛恨旧社会。上课时宣传了进步思想,被人告了密,触怒了国民党当局,给当作'赤化分子'弄到警察局蹲了一年的监狱。在狱里挨打挨饿,受尽折磨,得了胃穿孔,差点死在狱里。出来后不成人样了。工作也丢了。那时我才两岁多,妈妈怎么能养活得了一家三口人。多亏解放了,救了我们一家。爸爸和妈妈一直没离开讲台,因为他俩都热爱教育工作,更因为热爱青年一代。妈妈说过'总跟青年在一起,心也总是年轻的'。爸爸带病坚持工作。后来两人都先后被评为'一级教师'。妈妈这张照片就是当时照的。五九年爸爸旧病复发,大吐血死了。爸爸临终时,手指着我就是不合眼。妈妈说她一定把我培养成才。爸爸摇头,表示妈妈错会了他的意思。妈妈明白了,哭了,说'我一定为党、为祖国把像常鸣这样一代代的孩子们培养成才'。爸爸才含笑闭上眼……妈妈她……整天像牛一样工作着。下了课,就和同学们谈思想、谈学习和工作,做个别辅导,常常忘了吃饭,很晚才回家。吃过饭,又带着身上的粉笔末子趴在书桌上批改学生作业,有时到深夜……当然,现在他们会说这是'不遗余力地毒害青年',那就由他们说去吧!反正历史不是靠他们作结论的。妈妈是个多么忠诚、勤恳、善良的人呵!年复一年,她把多少批学生送上了大学,或者送到工农业战线上去。年年春节,我家都聚满了妈妈历年教出来的学生们,有的看上去和妈妈的年龄差不多了。他们在哪儿工作的都有。有的已经很有成绩了。但他们依然还是那样尊敬和热爱妈妈……你看,你看吧——"他跳起来,拉开柜子的抽屉拿出一包报纸裹的挺大的包儿,两只激动得颤抖的手从中撕开纸包。把一二百张照片撒在圆桌上。照片上的人各式各样。有的是军人,有的是三三五五在一起照的。还有和常鸣的妈妈一同合影的。常鸣大把大把抓着这些照片,"看吧,这些就是所谓的妈妈毒害的人!难道这就是她的反革命罪证?凭这个来要她的命吗?妈妈的身体原来并不坏呀,她还能为革命做多少年工作呀!但被那些凶手关在学校的地下室里活活折磨死了,冤屈死了!一次次的毒打、酷刑、人格侮辱。他们揶揄人的尊严还不够,还要像法西斯一样,从肉体上消灭一个人。那些自称为革命派、喊得最响最凶最漂亮的家伙们,他们的所作所为正是摧残革命的本身!我就是因为妈妈,给他们赶出家,到这里来的!不,不,不,白慧,你不要捂着耳朵,你不要怕听这些悲惨和残忍的事情。你应当了解我的妈妈……她临死的时候,两条腿全被打坏了,站不起来。身上的伤口还没有愈合……"

"她肯定不满运动,仇恨运动!"白慧双手捂着耳朵大叫。

"不!毛主席发动这场大革命是要把我们的党和祖国变得更强大!她所恨的是那些背离党的政策而胡作非为的人,恨那些破坏运动的人!恨那些真正的人民的敌人!妈妈临终时对我说:'鸣鸣,你要相信党,相信毛主席……我相信是非早晚会分明,到那一天,别忘了到我的灵前告诉我一声……'一个人临终的话,往往是他心里最想说的话。白慧,你不要摆手,你听我说下去……"

"不，你不要说了。这不是真的!"白慧紧闭着眼，激烈地摇着双手。

"是真的。没有一点虚假。你听我说呀!"

"不!"白慧突然张开眼睛，眼珠通红，带着泪水，强硬而发狠似的说，"她不是这样一个人!"

常鸣呆了。他从迷乱的痛苦中惊醒过来，奇怪又困惑地望着白慧。白慧忽然站起来几步冲到门口，拉开门跑下楼去。她的模样完全像个疯子。常鸣大叫：

"白慧，白慧!你这是怎么回事?"

常鸣一夜没睡。天亮时疲乏极了，昏昏沉沉刚合上眼，忽听门那边嚓嚓地响。他睁开眼，问：

"谁?"

没有回答。只见从门缝底下一点点地塞进来一个白色的东西。

"谁?"

他下了床。这时他听到一个人跑下楼梯的脚步声。他开了门，从地上拾起那东西，原来是一张信纸，折成一个交叉成十字花儿的菱形小纸块。他急忙跑到窗前，掀开窗帘往楼下看去，只见一个围着头巾、穿浅绿色棉外衣的女孩子慌慌张张地跑出大门去。这正是白慧。他想喊住她，但已经来不及了。

他打开信笺看，顿时呆住了。想不到世界上还有这样的事。下面是信的原文：

常鸣：

  你恨我吧！我打过你的妈妈，而且是狠狠地打的，打得头破血流！我是你的仇人！

  我昨天本想告诉你的正是这件事。谁知事情这么巧、这么残酷。她恰恰是你的妈妈。但我觉得这种巧合很好，它是对我最公道、最有力的惩罚。比我自己恨自己、自己打自己解气得多！

  虽然不见得是我把你妈妈打死的（这绝不是为自己辩解。也绝不想求得你的宽恕！），尽管你说过你能原谅我的一切（我知道，这里边绝不包括这件事）；但我想把这一切都详细地告诉你。因此我想见你一面。今晚八点钟，我在东大河大湾渡口的大钟下等你。我知道，你恨我，不愿意再见到我，我却请求你来。这恐怕是我们最后的一面了……

  我等你。

你的仇人和罪人
白慧

常鸣捏着这张信纸，地面好像在脚底下液化了。周围一切可视的都虚幻了，化作无声的烟……

当晚，阴了天。下了大雪，又起了大风。

大湾渡口平日人就不多。在这种恶劣的天气里，又是夜晚，几乎渺无人迹。渡船不知停在岸哪边了。漆黑而空阔的河口上，大风雪好像一个巨大的无形的披发魔鬼，在远近发出一片凄厉的怪调的嗥叫。开始时，不知哪儿还传来呼喊渡船的声音，跟着就消失了。

透过一阵阵飞卷而过、白茫茫的雪雾，隐约可见渡口处堤坡上的灯光大钟前，孤零零立着一个人影。钟上那根短粗的时针指着八点的地方。

这是一个女孩子。就是白慧。

雪花给风吹得有了力量，沙沙地打在她的衣服上。大钟圆形的玻璃面上有大字报贴上又撕下来的痕迹。红色的秒针飞快地转动，时针渐渐移到九点、十点、十一点……她还是孤零零地站着。风雪愈来愈大，她却像一段锯断了的树干，一动不动地立着。浑身挂满雪，快变成白色的了。积雪已经盖住脚面，但她那一双细长的眼睛瞪得大大的，闪着绝望而依然坚定的期待的光。

第二卷

一

"傻瓜！地道的傻瓜！要不就是临阵脱逃的懦夫，没出息、保命、毫无作为的逍遥派。逍遥派就是对革命的颓废派。你同意我这么评价白慧吗？"

郝建国用他金属般嘹亮的嗓音说。他和前几年的样子有明显的变化。脸颊更瘦，颧骨突出了，下巴尖了，轮廓也就更加清晰。由于长期处于严肃状态中，鼻唇沟过早地加深，和他的年龄，和他年轻的面孔很不调和。但那双距离过窄的大眼睛依然明亮有神，敏感而犀利，锐气不减当年。他一方面，有种在复杂的斗争中养成的成熟、老练的劲儿；一方面还有种青年人过早发迹而扬扬自得、忘乎所以的狂气。他还戴军帽、穿绿色军裤,上衣换成蓝华达呢制服。脚上不穿胶鞋了,穿的是厚底的黑牛皮鞋,鞋面像漆过那样亮,鞋底沾过水,走起来吱扭吱扭地响。当下他倒背手在屋子中间极慢地溜达着。仿佛有意欣赏鞋底发出的吱扭声。

他对面坐着的是杜莹莹,只是人胖了些,其他变化不大。孩子般的单纯气和温和的性情仍保留在她的圆脸上;左眼自然还是那样向外微微斜视的。她说:

"我就不同意你这样议论白慧。你总骂她,好像和她有什么私仇似的。"

"我和她有什么仇?我是说当年她不该当逃兵。不然的话,她也和我一样干出来了。不至于到一千里地以外'修理地球'去!我没说她是'坏蛋',而说她是'傻瓜'!这是恨铁不成钢的意思。"

"不,你不了解她。她是自己要求走的,怎么是傻瓜呢?"

郝建国咧嘴笑了笑,说:"好,我们撇开她,先说说什么样的人是傻瓜……"他正说着,外边有人敲门。"哦!你等等,有人给我送椅子来了,咱一会儿再接着说。"他到外边去开门。

当下他们是在郝建国的房间里。时间已过了五年。现在是春天。屋内阳光明亮,窗外的树全绿了。

五年中,无论什么都有显著的变化,人更是如此。在六十年代末的大动荡暂时平歇下来之后,学校的大部分学生都去支边支农。白慧走了;郝建国留了校,靠着运动中冲锋陷阵的资本和拼力奋斗,飞黄腾达了;杜莹莹因心脏病,留在家中休养。时代、社会、环境的变化,改变着人。这些暂且不说,单说郝建国的名字,也从"郝永革"改回来了。

郝建国的皮鞋声从外边响了进来。他一边扭回头说:

"放在过道就行了。"

"不不,我给您放在屋里吧!"随着这声音走进来一个四五十岁、矮粗、眼球发红的男人。他穿得破旧,形容猥琐;头发和肩膀上沾了几朵柳絮。他搬进两把亮闪闪的电镀折叠椅,靠墙放好。杜莹莹认出他是学校财务组的老张。老张看见她却没认出来。他对郝建国挤了挤红红的小眼睛,露出殷勤和讨好的笑容,说:

"郝主任,我给您挑了半个多小时,差不多都有毛病。不是电镀有残,就是皮面颜色不鲜。就这对儿最好!"

"嗯!"郝建国朝他满意地、嘉奖似的点点头说,"你倒挺能办事。不坐坐歇会儿吗?"他这句客气话,实际上是不客气的逐客令。

"不了,不了!"老张立刻领会到郝建国的意思,忙摆着手说,"您再有什么事尽管招呼吧!您这儿有客人,我先回去了。"

杜莹莹觉得不大好意思,站起身说:

"您歇歇吧,我没事。"

郝建国是背对杜莹莹站着的。他用背在屁股后面的手摇了摇,示意给杜莹莹,叫杜莹莹别再跟这人客气;同时对这位老张平淡地说:

"好,你回去吧,回去好好歇一歇。"

老张非常知趣,转身已到门口,又回过头伸长脖子朝杜莹莹使劲点点头,表示再见,随即被郝建国送出大门。

郝建国回来,向崭新的椅子高兴地瞟了两眼,转而对杜莹莹说:"刚才咱们说到哪儿了?噢,说到'傻瓜'。究竟何谓'傻瓜',何谓'聪明人'呢?"他好像来了灵感似的,目光一闪,"我先问问你,你说,刚才送椅子这个人——他是原来咱学校财会组的会计老张。你还记得他吗?好,咱就说他吧!你说他是聪明人还是傻瓜呢?他费了很大劲给我买来椅子,还向我献殷勤,你准认为他是傻瓜吧!不,也许你还不知道老张的情况。他贪污过一千元,定为坏分子,已经调到后勤组监改去了。我呢?校领导,革委会副主任,专案组长。他拍我的马屁还算傻吗?当然,这只是想讨些好,早点给他摘去帽子。小聪明,算不得什么。但由此可以引申出一个道理——评价一个人聪明还是傻瓜,先要看看他所处的地位,再看他怎么去做。聪明人善于改变自己的处境,能够发现和抓住他周围的有利因素、有利时机,设法变被动为主动。傻瓜则恰恰相反。尤其在处于逆境和劣势时,傻瓜总是听其自然,束手无策,坐以待毙。聪明人却要调动起全部的主观能动性,所有脑细胞都处在最活跃的状态中。现在,该轮到评价白慧了。她表面挺聪明,在运动初期积极能干,可是她老子一出问题,她就像蜗牛一样缩回去了,不敢干了。其实那时也有人给我爸爸贴大字报,攻得也挺凶。当然他的职位比不上白慧的爸爸,也比不上你爸爸,仅仅是个车间主任。可是我根本没对别人讲过。自己顶着干,比谁干得都猛。怎么样?杀出来了!现在我的职位反比我爸爸的高。我可不是夸耀自己。有些道理,我也不是一下子就明白的。运动开始时,我还有些简单、幼稚、狂热的东西,现在想起来挺可笑。在政治斗争中,不能动私人感情;所谓的'正义感'也轻易不能用。你单纯,就容易被利用。你只有好心,那你准倒霉。没有权,你的好心又顶个屁用?权又是怎么来的？人家白送给你的吗？不……哎，这些话你可别跑出去乱说。我从来还没对别人讲过，仅对你。当然不单因为你可靠，更重要的原因，我不说你也明白……"他用目光表达着另一种语言。

杜莹莹低下头，圆胖的脸蛋涨得绯红。郝建国正在追求她。近半年，他们的关系已经相当密切和明朗化了。郝建国又敏锐地、不大放心地瞅了她一眼，半开玩笑地说：

"你可别出卖我呀！出卖我的人绝没有好下场。马英怎么样？闹了一通也没留校。滚蛋了，和白慧一块儿耍锄头去了！"

"去你的！谁出卖你？我不懂你那些什么聪明呀、傻瓜呀，我就是你说的那种傻瓜，听其自然，束手无策；我没你那么大能耐，一辈子也聪明不起来了！我只想快点把病养好，早点工作。至于白慧，你说的还是不对。你根本不知道是怎么回事。她当时退出'浴血'并不是因为她爸爸；她去支边，一是她愿意去，二是她非去不可的！"

杜莹莹给郝建国刚才那句话气急了，一不留神把一件秘密暴露出来。这件秘密正是郝建国一直没弄明白的问题：到底白慧当初为什么退出"浴血"？到底她为什么那么坚决地要去支边，而且还要求"愈远愈好"？现在，郝建国好像忽然从杜莹莹身上发现了一根拴着这秘密的绳头。他要牢牢抓住绳头，把那件百思不解的秘密拉出来。

"莹莹，这些话你以前从没对我说过。我反正把心里的话都告诉你了。要是有一点隐瞒，你查出来，可以把我弄死！我一直以为你对我毫无保留，原来并不是这样。"郝建国看了看杜莹莹迟疑的神色，改换一种不满的口气说，"告不告由你吧，她跟我有什么关系。她现在想加入'浴血'也没地方加入去了。'浴血'

对于我，也早完成它的历史使命了！你以后要是有话不想告诉我，就一点儿也别露；别露半句、留半句的。我就怕人这样，好像不信任我，我自尊心受不了！"

"你真能逼人。她不过因为打了人！"杜莹莹说。

"打人？打谁？"

"她说是一个女教师。在校门口打的，还是运动初期的事呢。那个女教师姓徐……"

郝建国恍然大悟。他想起五六年前的那件事。他的记忆力极好。

"噢！我还当什么大不了的事呢！其实这件事发生时我也在场。当时我就察觉到她害怕了，畏缩不前。事后她向我承认了。我还给她打了气儿哪，哪知道她还当作一回事。那时，哪个牛鬼蛇神没挨过揍！白慧不过打了一棒子，见点血，就疑神疑鬼的。我看她的神经不大健全。怕事的人更怕死，她要上战场打仗准是个逃兵。"随后，他又好笑地说，"你还说我刚才判断得不对呢。我说她不是傻瓜就是懦夫，现在看来两样全说对了！"他声音嘹亮地笑了起来。

"不，她说她打死了那个女教师，叫我去替她打听。我一打听，那女教师还确实死了！"

"哦?!"郝建国脸上的笑顿时没了。

"但不是白慧当场打死的。是后来叫第四中学的几个人折腾死的。"

"哦！"郝建国脸上重新浮现出笑容。他问，"那有白慧什么事呢？又不会有人找到她头上来。"

"是呀，我告诉了她，可是她还说自己有罪。后来我才知道……"杜莹莹说到这里忽然停住口,好像遇到什么障碍来个急刹车。

郝建国飞了她一眼,沉吟一下说:"你现在说的这些事,过去可都没对我说过。"这话中有责怨杜莹莹对自己不够忠实的意思。他先用这句话刺激一下杜莹莹,然后追问道:"后来你知道什么?"他的口气似乎非要知道不可。

"她,她因为和一个青年要好……"

"噢,谁?"

"就是那年十月二日咱们在公园庆祝国庆,我们在船上打闹,白慧掉进湖里,那个把白慧救上来的人。你还记得那件事吗?"

"记得呀!你还借给那人一件军上衣穿。对吧!又怎么回事?"

"那人恰恰是白慧打过的那个女教师的儿子。"

郝建国呆住了。一瞬间,这意外的情况在他心中所引起的嫉妒、恼恨、幸灾乐祸的心理,杜莹莹是根本不会知道的。他从鼻孔里冷冷哼出两声,撇着嘴挖苦地说:

"好妙,好妙!谁说生活中没有小说,这也称得上'今古奇观'呢!那小子知道白慧打了他妈妈吗?"

"她向他承认了……"

"真混蛋!后来怎么样?你能不能痛快点儿,别这么吞吞吐吐的,要不就别告我!"

"后来两人决裂了!那青年不能原谅她。她去支边,也为了不在这里再碰上那人。"

"原来是这样,这样!这样……"他在屋中间来回踱着步,皮鞋吱扭吱扭地响着,明亮的黑眼珠在眼眶里来回游动。突然他站住了，目光闪闪地死盯着杜莹莹问，"他们现在还有联系吗？"

"不大清楚。我想不会有吧！"

"那小子住在哪儿？在哪儿工作？叫什么名字？"

杜莹莹见他的模样有些狠巴巴的，心里挺怕。

"你问这个做什么？"

"有用！这事关系到我。白慧打那女教师时，我也打了。打得比她厉害！"

"你不是说，这不算什么事吗？"

"你真糊涂！难道你一点也不关心形势吗？现在不算事，将来不见得不算事。造反派现在是大爷，没人敢碰，因为上边支持。明天将怎么样，你敢担保？你笑什么？你以为我胆小吗？我的胆才大哪。胆大不是胡来，细心不算胆小。你没看到目前有人想翻运动初期的案，在搞落实政策。那死鬼说不定也会落实。虽然她不是我们打死的，但死鬼的儿子要是恨白慧，万一说出白慧打过他母亲，事情再一追究，难免我也要受牵累。这事和学校里的事不一样。学校的事我说了算，外边的事就由不得我了。到那时，我的仇人也会借故搞我。我必须设法防备，不怕一万，只怕万一。"

杜莹莹心里没了主意，郝建国恼火了。

"你这人真怪！告诉我怕什么，又牵扯不上白慧。要牵上她就得牵上我。在这件事上，我俩利害相关。莹莹，我明白告诉你，将来如果我要在这件事上倒霉，我本人倒没什么，就怕你受不了。我可预先都向你交代清楚了！"

杜莹莹担心地看着郝建国，说：

"我记得那人住在河口道三十六号；名字，名字，记不得了……"

郝建国听了,露出满意的微笑。他说:"这就行了,有线索就好办。谢谢你呀,莹莹!"同时,他给杜莹莹一个温存的眼色,使杜莹莹害羞地埋下头来。

郝建国很快就打听到这青年叫常鸣,是红旗拖拉机厂的工人。他立即带专案组里的一个心腹,以专案调查的名义去找常鸣。

红旗拖拉机厂很大。当前正搞学大庆运动,厂内外大墙上贴满红色标语。一进大门,道旁竖着两排很大的玻璃展窗。窗内挂满先进人物的大照片,作为表彰。每张照片下都写着他们平凡而感人的事迹。

郝建国往里走着,一边漫不经心地从这些照片上扫视而过。他眼里所感兴趣的不是旁人的光荣,而是过错,因为后者对自己有用。但这时他的目光却在一张照片上停住了。照片是一张青年人喜气洋洋的脸。照片下端用红毛笔端端正正写了两个字:常鸣。他扭头对随来的人冷冷地说:"就是他!"同时,狠狠地咬了一下嘴角。

到了党委接待室,接待他的是一位上了年纪的厂领导。人矮,不胖,但脸色红润,精神饱满,满头稀疏松软的头发,有一两绺总滑落到额前来。他很热情。当他看过调查介绍信,得知郝建国他们来找常鸣了解情况,便主动而情不自禁地啧啧夸赞这个青年的工作和品行,一边不住地把滑到额前的头发推到脑顶上去。郝建国厌烦地截住他的话,问道:

"他的政治表现怎么样?"

"很好。他是我们厂一连三年的厂级先进工作者,学习刻苦,能结合实际,很有成效。"

"我问他对'文化大革命'的态度。"

"是积极的,在运动中表现很好。"

"对他母亲死的问题呢?能不能正确对待?有没有抵触情绪?"

花白头发的厂领导看着郝建国冷冰冰的目光,皱起眉头。他对对方问话的内容和审问式的口气明显地流露出不满。他把遮在额前的一绺头发推上去,回答得冷淡又简洁:

"他的母亲正要被平反。"

郝建国听了这消息一怔,暗中庆幸自己来得正是时机。他不想和这位总去弄头发、不大对味道的厂领导多费唇舌,便说:

"我见见常鸣本人吧!"

花白头发的厂领导什么也没说,站起来走出去。不多时,一个高高的、结实的青年走进来,说:

"我就是常鸣。"

郝建国一眼盯住他,上上下下打量他,目光显得挺忙碌,好像要从对方身上寻找出来什么似的。他丝毫没有因为眼前这个青年曾是他凶狠棒打过的已经死去的女教师的骨肉,而有任何感触和不安,反倒非常仇视他。

谁也不知道他心里有桩隐秘——他早在中学时代就喜欢白慧,就是白慧自己也不知道。在恋爱没发生之前,往往是单方面的钟情、痴情,或自我安慰。那时他还小,不会表白,只想接近她并引以为快慰。从校团总支、红卫兵连部到"浴血"兵团,他一直和她在一起。他所感到的幸福唯有自己懂得。可是自从白慧突然退出"浴血"兵团到坚决奔赴"愈远愈好"的边疆，她好像一只给风卷去的风筝，愈飞愈远，拉也拉不住。他曾几次找到白慧，先是请她回到"浴血"兵团，后是请她留在城市，却遭到白慧的拒绝。他曾猜想过这里边可能有什么特殊的缘故，但无从得知。白慧和杜莹莹不一样，她不想叫你知道的，你休想知道。这也是他喜欢白慧的原因之一。

在白慧走后一段时间里，他曾给白慧写过一些很热情的信，但他一共只收到两封回信，平平淡淡地回绝了他；此后连张明信片也没再寄给过他。自尊心和感情受到挫伤，爱就渐渐变成恨，这便是杜莹莹说他总是骂白慧的根由。虽然现在他不那样对待爱情了，对这种东西有了新的概念和理解，但他对这个少年时代所爱慕的人却有一定程度的例外。直到今天他才明白，他不能求好于白慧的一个最关键的障碍，原来就是坐在他对面这个陌生的青年……

今天他来找常鸣有两个目的：一是他与杜莹莹谈过的，要设法使常鸣出证，证明他不知道白慧打过他母亲，免除后患；二是要在常鸣与白慧已然破裂的关系中，再切下一刀，彻底搞散了。

他用自己事先想好的办法，先兜着圈儿问常鸣的工作、学习和生活琐事。常鸣感到困惑，不明白这些话题对他们有何用处，尤其是郝建国以一种漠不关心的态度同他谈他的私事。这做法把常鸣搞糊涂了，哪知郝建国在故布迷阵，麻痹他。就在这时，郝建国骤然扭转了话题，非常迅速地问道："你认得白慧吗？"然后，一双距离很窄的黑眼睛死盯着常鸣。同时，与郝建国同来的那个人打开一个小本子，准备记录常鸣的回答。

常鸣遭到意外的袭击，如同挨了一枪，全身震悚般地一颤。

一瞬间,他眼中流露出的全部心理,都给郝建国敏锐的目光捕捉去了。

"我认得。"常鸣说,并极力恢复平静。

"你怎么和她认得的?"郝建国要乘对方混乱之际多弄出一些实情,所以追问得很紧。

"我救过她。那次在公园,她掉进湖里……"

"不用说了,我们全知道。你和她是什么关系?"

"偶然相识。"

"后来发展成什么关系?"

"熟识。"说到这里,常鸣已经平静下来,思路也清楚了。

"她找过你几次?"郝建国问。旁边一个飞快地记录着,钢笔尖在纸上嚓嚓响。

"十来次。"

"你找过她几次?"

"我没去过她家。"

"真的吗?"

"真的!我不认识她家。"

"你们什么时候中断的联系。"

"认识后的两三个月。"

"为什么?"

"因为——"常鸣想了一下,说,"因为她不来找我,就中断了。"

其实,郝建国已经知道事情的底细,不是他不想揭露,而是不能揭露。他所需要的回答恰恰不该是事情的真相。他脸上没有一点反应,问话转到另一个内容上:

"你们都谈些什么?"

"很少谈话。我们的关系一直到中断的时候还是陌生的。她来找我,只是出于感激而来看望看望,因为我救了她。"

"你知道她的情况吗?"

"不详细。"

"你听说她打过人吗?"

常鸣听到这个问题,他的表情变得很难正确描述出来。大概因为他这一瞬间反映出的心理活动太复杂,他低下头沉默了,没有及时回答。郝建国怕常鸣由于憎恨白慧而说出事实,便改变了问话方式:

"她说她没打过人。"

常鸣抬起头来。他的脸色灰白而难看,终于这样回答。

"这个……我不知道。"

郝建国露出笑容,满意地点了点头。这正是他所希望和需要的回答。由此他也猜想到了直到现在白慧在常鸣心里是个什么样的形象。他要借此,把得到的回答落实得再具体一些。

"你母亲是怎么死的?"

"被……被打死的!"

"被谁打死的?"

"第四中学的几个人。这件事军管会和第四中学的革委会都知道,正在调查。"

"她没在别处挨过打吗?"

"我不知道。"

"白慧没打过吗?"郝建国又一次突如其来地问道。

"没,没有。"

郝建国立即站起来，从同来的那人手中要过记录，逐字逐句看过一遍后交给常鸣，口气变得缓和又客气：

"你看一遍，如果属实，就请你签名并按个手印。"

常鸣看过后放在桌上，垂下头没有说话，仿佛心里在进行着激烈的斗争。郝建国从公事包里拿出一个圆形的红印盒，打开盖儿，咔嚓一声放在常鸣面前的桌上。常鸣迟疑地伸出手指，指尖微微发抖，在印盒里一个劲儿地按着，好像下不了决心把手指抬起来似的，直把整个指尖都沾满了黏糊糊的红印油。

"怎么？你的话不属实吗？你如果听说白慧有什么问题就揭发吧！"

常鸣忽然冲动地、神经质地把血红的手指猛抬起来，在记录纸上狠狠按下，又好像咬住了似的，手指按在上边停了半天才拿开，纸上便留下他清晰的指印。他做了一个违背事实的、对不起死去的妈妈却有利于白慧的证明。他扬起头来。郝建国看到他前额全是汗水，神情痛苦，泪水在眼眶里晃动。郝建国完全明白他是什么心情，只装没看见。

"请问你们，她在哪里？"常鸣沉了一会儿，问道。

"谁？"

"……白慧。"

郝建国瞟了他一眼，问：

"你不知道吗？"

"不知道。否则就不会问你们了。"

郝建国停顿片刻，眼珠移到眼角上，跟着又移回来，反问常鸣：

"你问这个做什么？"

"……没有目的。"

"那你就没必要知道了。"

屋里静了一下。常鸣又问:

"再请问你们,要我证明这个做什么?"

"对不起,这是专案工作,性质是保密的,也不能告诉你。我们只是为了澄清事实。我们相信你的话,相信经你盖手印做证的全是事实。刚才你的领导赞扬你对党很忠诚。在我们短短的接触中已经深有所感,你是不会对党说瞎话的。希望你始终如一。至于白慧——"郝建国换了一种关心的口吻说,"你以后可不要再和她接触了。"

"她……怎么了?"

"我们不好告诉你。不过请你相信,我们是爱护你,为了你好。"

说到这儿,郝建国从常鸣脸上表情的变化看出自己的目的和期望的效果都已经达到了,便站起身,表示常鸣可以走了。常鸣走后,他便找来那个花白头发的厂领导,办好取证的手续。在回去的路上,郝建国嘱咐同来的人不要把今天的事对任何人讲,然后跑回家,趴在桌上,给白慧写了长长的一封信。

二

在张家口正北数百里的地方,是一片干燥、平荡荡、浩茫无涯的高原。高原上没有突兀的大山和幽深的峡谷,最多是些碟子样的浅浅的盆地。到处铺着黄澄澄的细沙,长满丰茂的绿草;大片大片乳白色的羊群在上面蠕动。晨曦中,草原是蓝色的,远看就像反映着蓝天的巨大的湖泊,羊群便是飘曳的云影。还有一群群馒头状毡房和积木似的新房舍点缀其间,充满高原草原所特有的空阔、清新和恬美的诗意。

　　锡林郭勒盟包括的十来个旗县就散布在这儿。盟的繁华中心叫作锡林浩特,是个有新兴气象的小城市,却也有着悠长的历史。市区正北有座三四百米高的小山,形状如毡房,因此得名叫作敖包山。它在平得像绿色的大纸板似的草原上乳头般地凸出来,非常惹目。早在远古,人们从漫无边际的草原上到这儿来,就以它为标志。山上有座古庙,庙院内保留着一株盘根错节、生长于唐代的古槐。凡是在草原上生活了三四十年以上的人,没有没见过它的。

　　五月在这里,很像内地的阳春天气。阳光把空气晒得暖融融的。到处那么透亮、干净,好像都用清水洗过,罩了一层玻璃似的;草原早就绿了。百灵鸟在很高很高的空中鸣啭,根本看不见它们;只有一阵阵银铃般动听的鸣唱洒下来。敖包山开满了杏花与桃花。这些花香混同高原上青草的气息,给风吹得到处飘散。虽然气味变得淡薄了,但此地人对这种气味非常敏感,一闻到它,便油然生发一种对珍贵的往事深沉的眷恋……这个季节,很多人都来登山,站在山顶放目远眺,伸向天边的草原的绿色,会把人们的思绪带得一样远。离人遥远的事情总是属于将来的,或者是过去的。连外地来的客人伫立在山顶欣赏这种景色时,也会引起联想,唤起记忆或幻想中的形象而流连忘返……

　　常鸣在山顶上足足站了两个小时。他在暮色中走下来,心里有说不出的舒畅的感觉。短外衣的袖筒里带着些草原醉人的气息。

他回到市区大街的一家招待所里，进了自己的房间。多日里对面的床一直是空的，现在却放了一个褐色的大手提包，肯定新来了一位客人。再一看，桌上摆了许多点心水果，还有一张便条裹着一张长途汽车票。他看过便条才知道本地拖拉机修配厂的同志们已经替他把明天返回去的汽车票买好，约他明天在车站上见；桌上的点心和水果是留给他吃的。

前几个月，这里的拖拉机修配厂去到常鸣的工厂请一名技术员，工作期限半年，帮助解决些技术问题。常鸣虽然不是专职的技术员，但他很刻苦钻研，对于解决非一般性的技术问题都能胜任。领导很信任他，就派他来了。他在这儿工作不到三个月，一切进行得挺顺利，问题都比较圆满地解决了。他打算明天离开这里返回去。敖包山是草原上的名胜古迹，他来后工作很紧张，一直未能去玩玩。所以今天下午抽暇去一趟，又怕修配厂的同志们知道了要陪他去而耽误工作，便没有声张，自己悄悄去了。

他吃了一点东西。只听屋门"哐"地一响，走进一个块头很大的男人，斜背一个黑色的人造革挎包，两步就走到常鸣面前，简直可以说是闯进来的。这人的脸通红通红，显然喝了酒。他的鼻子、眼睛、嘴、耳朵都是大号的，伸过来的一只大手紧握常鸣的手。这手又热又肥厚又柔软，像个胶皮的热水袋。

"我叫马长春，就是长春市的'长春'那两个字，你就叫我老马好了。我是独唱演员，在沈阳工作。"

他的嗓音明亮、圆润、柔和，底气很足，显然在发音和用气方面下过很深的功夫。常鸣想起他曾经是位颇有些名气的歌唱家，不过近几年似乎销声匿迹了，听不到他的歌声了。常鸣摇了摇他握着的手，热情地说：

"我叫常鸣。听过您的歌，您唱得很好。"

马长春先是兴奋地睁大眼，接着摆摆脑袋，叹口气说：

"那是当年'过五关'时候的事了，现在'走麦城'了。不提那段儿啦！"他说着，把挎包摘下来扔在床上，又摘下帽子扔在一边，满头浓密的黑发立即像钢丝那样翘了起来，有几撮竖得直直的，那神气仿佛在说："你压不倒我！"他拿出烟递给常鸣一支，常鸣推回去，表示不会抽烟。

马长春极爱说话，说起来滔滔不绝。而且爱议论不平的事和谈论自己。不知是过量的酒精造成的，还是一种天性。

"我以前唱的都是抒情的歌曲；现在呢，只要激情，不要抒情。歌儿不应该唱，而应当喊，拼命地喊，直嗓门，音量愈大愈好。最好是如雷贯耳，震聋观众的耳朵！因此，我来这儿，想调到这儿来工作。在草原上唱歌，你有多大音量也不够用的。哈哈，我这是笑话。我是给一群非常革命派挤得没饭吃了！哎，老弟，你说说看，凭我这几句话能定上什么？"

常鸣笑了笑。他习惯用笑来回答生客。他并非没有主见，而是怕找麻烦。因为生活中专门有一批人靠找碴整人活着。他们善于在干净的地方发现污点，再把污点放大数百倍，乌黑一片地涂在你的脸上……

老马又来问他了：

"哎，老弟，你是极左分子吗？是靠小汇报过日子，还是靠勤劳、实干和能力生活的人？你是不是也想拿个小本子把我的话都记下来？"

"我希望咱们谈点别的。"常鸣微笑着说。

"噢！"老马张大嘴朗朗地笑了，指着常鸣说，"老弟，我头一眼就看出来你是个正派人！你准打心眼儿里就憎恶林彪那种人，你决不会为了往上爬而陷害好人。对不对？嘿！我的眼睛可厉害呢……当然，有时我也会把人看错，那就是每天围着我转的几个非常的革命派。他们过去和我要好，我信以为真，不分彼此。后来整我最厉害的恰恰就是他们几个。他们搞我的主要罪状是十年前我在电台演唱过一些外国民歌。按照他们给我定罪的逻辑：产生那些民歌的国家，只要现在是资本主义性质的国家，他们就说我宣传资本主义；如果是修正主义性质的国家，他们就说我宣传修正主义；如果现在是真正的社会主义的国家呢，而我也唱过不少的革命歌曲呢，嘿，他们提也不提。或者说我是为了宣传封资修故意设置的障人耳目的红色挡箭牌。然后，他们又在我身上找一些缺点，无限上纲，或者胡乱给你歪词。比如有一次歌舞团庆祝新年的宴会。我平时很少喝酒——你知道，歌唱演员是不适宜喝酒的。那天大家逼我喝，我喝了两盅就醉得不成样子了，这就成了我运动中的一条罪状。他们说我对现实不满，借酒浇愁。再比如，有一次我下乡演出，街上有个女人卖咸花生，我买了几角钱的吃，他们就说我支持资本主义……诸如此类，全都拉在一起。你想想，老弟，我又宣传封资修，又支持资本主义，又对社会主义不满，我成了什么人？于是他们搞我，所用的办法你根本想不到。他们知道我有说梦话的习惯，每晚在我床边安排一个人，守着我，就像守灵似的，手里还拿着个小本本，专门记我的梦话。他们说，一个人的梦话最能反映他灵魂深处的东西。据他们说，一次我在梦里叫了一声'火'，转天就足足审了我四个小时，问我要烧什么？他们就这么搞我！如果有可能，他们会在我的肛门上也安装一个窃听器，连放屁的声音也要分析分析呢！老弟，你不要笑，他们办的愚蠢的事多着哪！这是革命派吗？我只能称他们作'非常革命派'。就这样，他们'非常革命'地挤进领导班子。现在呢，落实政策了，当权派恢复了职务；我也被落实了。你想想他们能高兴吗？他们怎么肯把一个关在笼里的鸟儿放了呢？他们整天什么也不干，摆弄人，折磨人已经成了一种嗜好。这也是他们用来表现自己'非常革命'最便当、最省力气的方式。但落实政策是毛主席的指示，他们不能公开对抗，就暗地盯着我，看我有什么'复辟行动'。我猜他们的小本子上又记得满满的了。因为他们不断抛给我的眼神等于告诉我了。谁知道，现在有些人拼命叫喊'复辟'、'回潮'，安什么心？自然报上也这么说，咱就不好议论了。我受不了这种精神负担，只要一激动，晚上准失眠。这纯粹是给他们记录梦话时搞的。这样下去，身体非叫他们弄垮了不可，所以我要赶快离开他们。正巧听说这里的歌舞团需要独唱演员，我就跑来联系。我要到这里来好好为牧民们唱一唱，我要让自己的歌声在草原上飘荡。多年来，我唱不了歌，喉咙里好难受呀！"老马的眼睛在灯光里亮晃晃。他好像在克制自己，泪水汪在眼眶里，没有落下来。他对常鸣说："你那里怎么样，有没有这种'非常革命派'呢？"

"臭虫跳蚤哪儿没有？有人的地方就有，否则它们就活不了。它们是靠吃人血活着的。"常鸣愤懑地说。显然他给马长春的遭遇激发起来。

马长春听了非常激动。痛苦的人受不了的往往是同情。他睁大眼，泪珠双双掉下来。他叫着：

"说得对，老弟。我猜想你也是个受害者，对不对？不过，你年轻，不会像我这样，给他们害得这样苦！"

常鸣默然了。他和马长春不同，他从不肯把内心的苦楚对人讲，而能够把生活中的种种感受锤炼成思想。此刻他胸膛里充满有力的情感，神情刚强又凝重。他说："受害的何止你我。重要的是党、国家、人民，是青年一代……"他一时要说的话太多，不免停顿下来。

"对!"马长春跳起来，大手一把抓着常鸣的胳膊，连声叫，"好，好，好，说得好!"他冲动得再也说不下去了。厚厚的嘴唇抖索不止，惊讶地望着这个不大熟识、貌不惊人的青年人。他觉得这青年人非同一般，感情深沉，朴实又成熟，内心的东西似乎很丰富。还有一个很开阔的精神境界，比自己显得厚重得多。"老弟，你好像比我看得开、看得远些。我……"

常鸣瞅了马长春一眼。他知道，一个人太痛苦了，常常会跳不出自己的圈子。在这点上，他有过更深的体会，便不禁问道：

"搞你的究竟是些什么人？"

"实告诉你吧！最凶的两个都是我的学生！"马长春变得怒气冲冲，嗓门大而明亮。声音撞在四面墙上，发出嗡嗡的回声。

这里的故事想必又曲折又令人气愤和伤心。马长春抓起桌上的杯子，把半杯水两大口喝下去，又点上烟，狠狠吸了一阵子，扬起头刚刚要讲这段事，忽然有人敲门，进来两个姑娘，一看模样就知是内地来的知识青年。一个胖胖的，另一个苗条又俊俏，年龄都不过二十四五岁。这两个姑娘一听说脸儿红红的大高个子就是她们要找的大名鼎鼎的马长春时，便笑嘻嘻又非常热情地请他去楼上做客。经过简短的对话，才知道她们是盟里从各个旗县临时抽调上来的理论学习班的学员，就住在招待所的二楼。她们从招待所服务员那里得知歌唱家马长春今天刚到，就住在这间房子里,立即来邀请。当然是想听听马长春的演唱了。

"您只要为我们唱一支歌就成。我们要求不高,就是太想听您的歌了!"胖姑娘说。

"您要是不唱,来做客我们也同样欢迎!"俊俏的姑娘微笑着说。

她俩的态度真诚又恳切,还含着一种敬意,即令是倔强的人也不好推辞呢!一个真正给过人精神力量与美的感受的艺术家,自然会受到人们的尊重。这种尊重对于现在的马长春来说就非比寻常了。这等于是马长春的价值的一种见证,还等于告诉他,人们还记得他,没忘了他。

"你们别这么客气!"马长春顿时显得很受感动,兴奋极了。他摇着肥厚的大手,说,"你们想听我的歌,只要招呼一声'老马,来呀,唱吧!'我就来了!"

两个姑娘都欢喜地笑起来。她们殷勤地为老马把房门打开。

老马激动地在原地转了两圈。他好像要拿什么东西又忘了似的。突然他拍了拍自己的前额,说:"原来在这儿——"跟着窜到桌前,抓起烟盒,又掏出一支烟递给常鸣。常鸣笑了:

"我说过,我不吸烟。"

"呵,我真是忘性比记性大。哎,老弟!你也来吧!我刚才听服务员说,你明天就走了。差一天咱们此生也许就根本不会认识了,真是'有缘千里能相会'。我应该给你留下一点歌声作为纪念,你听了我的歌就会更了解我……"

常鸣也很想听到他的歌,高兴地一同去了。当他们走在走廊上,老马突然站住对常鸣说:

"老弟,我想求你点事。"

"什么事？"

"请你替我买几片安眠药。我今天太激动了，晚上肯定会失眠。药店就在大门口往右边五十米远的地方，我怕一会儿药店下班了。"

"可以。"常鸣答应他。

马长春掏出钱，常鸣客气不要，马长春把钱使劲塞进常鸣的衣兜里。

"请你快去快回来吧！歌唱家不应该等听众请，应当主动地去邀请听众！好，我们一会儿见！"

马长春说罢，随那两个姑娘上楼。常鸣往大门口走去，耳听他们上楼的脚步声、姑娘们清脆的笑声和马长春洪亮的大嗓门：

"你们向往北京吧！好，我先给你们唱一支《北京赞歌》……"

小药店已下班关门了。常鸣向一个路人打听还有哪个地方售药。这个路人倒挺有办法，他叫常鸣去医院看病，就可以买到药。

"这儿有两所大医院，晚间都有值班的。一所是盟医院，另一所是旗医院。盟医院比较近。你看见前面那个亮着碘钨灯的地方了吧！打那儿往西拐，只过两个小路口就到了！"

常鸣找到这所医院。这是座平顶的、白色的、漂亮的建筑物，在夜色中依然能显出这些特点。院子很大，一些影影绰绰、辨认不出名目的花儿在重重暗影中散发出浓郁的芬芳。两盏蛋青色筒形的壁灯在楼门口两旁放着柔和的光。几乎没有人，静极了。

他走到楼门口,见壁灯下贴着一张大红纸的感谢信。

他不经意地扫了一眼,正要推开门走进去,却忽然全身微微一震,停住了。这张感谢信的题目是"感谢我的救命恩人白惠同志"。他忙看了信的内容。上边说:前不久一个夜晚,牧民布仑(写这封公开感谢信的人)从马上掉下来,被经过的一辆拖拉机把腿轧坏了,流血过多,昏死过去。开拖拉机的司机把他送到这儿来抢救,必须赶紧输血。他是 O 型血,急诊室的 O 型血暂时没了。在医院值班的几个工作人员中,只有一个临时在这儿学习技术的赤脚医生白惠是 O 型血。她立即给布仑输了 200cc,但还不够。据说这个"白惠"很瘦弱,身子又虚。在这牧民的生死关头,她坚持又献出 100cc。布仑得救了。布仑对这个赤脚医生的感激心情用了一连串"救命恩人"的字眼来表达还嫌不够……

感谢信上对白惠所用的代人称是"她",而不是"他",无疑这个白惠是女的。

"白惠?难道是她?会有这样巧?她难道支边到这里来了?"常鸣想着,跟着又否定了自己的想法,"不对,这上面写着的是'白惠',而她是'白慧'。音同字不同,不是她!"他推开门走进急诊值班室。

值班的是个蒙古族的女医生,四十多岁,脸盘短而宽,皮肤黝黑而滋润,会说汉语,态度很和气。她听说常鸣因买不到安眠药而来看病,便咧开薄薄的嘴唇笑了笑,给常鸣开了一张取药单。

"你直接到走廊东头的小窗口去取吧!不用挂号了。"

常鸣谢过她,走到走廊东头。这儿有个小小的玻璃窗口。玻璃是磨砂的,窗口是半圆形的,里面点着灯,窗口很明亮。常鸣把取药单递进去:"多少钱?"

他从窗口往里看,桌前坐着一位工作人员,穿白大褂,戴白布的无檐帽和挺大的纱布口罩,正在低头看报纸,看样子是个女护士。她没抬头,而是伸出一只手熟练地接过药单并放在眼前铺开。忽然,她的眼睛仿佛在药单上停住了。长长的眼睫毛惊跳了一下,猛然抬起头来。

常鸣简直不敢相信,在这白布帽和大口罩中间一段白白的脸上,一双非常熟悉的、细长的眼睛睁得极大,极其惊讶地直对着他。这正是白慧!太意外了的巧合使双方都惊呆了!

常鸣就像触电似的,浑身一抖。他猛转过身,药也没取就离开了窗口。他大步走到楼门口时,只听后面一阵急促的脚步声赶上来。他赶紧推开玻璃大门走出去。刚刚下了两磴台阶,身后响起一个痛苦的乞求似的哀叫声:

"常鸣,你先停一下……"

常鸣在台阶中间站住了。没回头,却看见白慧的影子清晰地印在他的脚旁。

"你……你好吗?"白慧说。她站在台阶上边,两只手好像不知该放在哪儿而合抱在胸前。

"嗯。"常鸣的冷冷的声音。

"你来做什么?"

"办事。"

"你,你住在哪儿?"

"我一会儿就回去了!"

随后便是沉默。这是一种尴尬、紧张和可怕的沉默。白慧见常鸣的右脚又下了一磴台阶,她就像要去抓住断了的缆绳、很快就要被风浪带走的小船似的,急切地往前走了两步,两条瘦瘦的胳膊伸向前,声音哀颤:

"常鸣,你真的永远也不能原谅我吗?"

常鸣给这痛彻心扉的呼声打动了,慢慢扭过头来。当转过半张脸的时候,忽然又下狠心似的,重新转回头去,坚定地迈着大步走了。

他走了,没听见身后发出任何声音,即便有任何声音也不会使他再回转身来。就这样,他回到招待所,没上楼,而是回到自己的房间里,锁上门,关了灯;一个人在黑暗中来回走着。在一个很高的空间里,响着马长春动听的、充满情感的歌声。这支歌他从来没有听到过:

> 迎接你,美丽的朝霞,
> 因为你是太阳的翅膀。
> 你是驱逐黑暗的利剑,
> 你是诛灭妖魔的钢枪。

> 你不怕乌云遮掩你的身影,
> 你不怕黑夜吞没你的容光;
> 那是短暂的,转瞬即逝,
> 明天早晨,就是你的希望。

> 你在赢得光明的天空中,
> 你在争得胜利的大地上;

你还是五彩缤纷的画笔,

把人间,把生活变成瑰丽的画廊……

这歌声一忽儿变得温和又深沉,好像一条雪白的云带飞远了,一直飞到他白天在敖包山顶极目所望的地方。一忽儿又带着激昂的节奏,像飞泉落入谷底那样在耳边轰响。在他心中激起无限的、刚毅的力量,唤起对生活饱满的信心与热望,使他一个人在屋里再也待不下去了。他打开门,跑上楼,一头闯进那充满着歌声和笑声的房间里。

马长春惊奇地望着常鸣脸上的泪光和冲动的表情,莫名其妙地睁大眼睛。跟着,他大步走到常鸣面前感动地叫道:"老弟,我说你为什么半天没来呢!原来你一直在门外偷听我的歌!我知道,你受感动了!你刚刚听到的这支歌正是我自己作的。老弟你呀,原来是我的知音!"他一双大手紧紧拢着常鸣的肩膀,大颗大颗的泪珠不住涌出来……

当晚,马长春由于过分激动,又没有安眠药,怎么也睡不着了,索性滔滔不绝和常鸣大谈起来。常鸣的脑袋都快炸了,哪里听得进去别人的话。马长春还总问他:

"怎么?老弟,你睡着了吗?"

直到后半夜,马长春实在太疲乏了,说着说着,字儿渐渐咬不清楚,跟着发出鼾声。声音在胸腔里如同拉风箱。

常鸣却通宵未曾合眼。

在夜的黑暗中反复而交替地出现两个人的面容,一个是白慧,一个是他的妈妈。一会儿是几个月里他和白慧相爱时的种种细节,一会儿是二十年中妈妈种种慈爱的音容。这是两种不同的情感，互相不能替代，一样的牵肠挂肚。然而，当妈妈临终时遍体鳞伤的惨相浮现在眼前时，这两种情感竟化作战场上相对的刀枪，铿锵碰撞，发出嘈杂震耳的轰鸣……一会儿又是白慧的哀求："你真的不能原谅我吗？"一会儿又是妈妈临终的遗恨："这些法西斯！"……

"妈妈，我应该不应该原谅她呢？"他心中嘶哑地叫着这个声音。

谁来回答他？

几年前，当他知道自己所爱的人，曾打过自己的妈妈，断然和她一刀两断。他没赴约去东大河大湾渡口的大钟下与她会面，从此两人再没见过。然而，情感的丝缕最难切断，时时还牵扯着他的心。他冷静下来，却想不明白这样一个心地纯洁、诚挚认真的姑娘怎么会去打人？难道她给自己的印象是一种假象？不，如果这样，她就不会承认那一切……

随着政治斗争的反复与深化，随着善于思考的常鸣对这斗争的性质和本质看得愈来愈清，他渐渐认识到白慧是被某些阴谋家欺骗和利用的人，他开始从这一点上原谅她了；甚至产生一种帮助她廓清迷雾、悔过前非、摆脱痛苦的恢宏而正义的激情。他想去找她——尽管并不知白慧早已离开城市——可是每每此时，死去的妈妈便好像突然出现在他面前。他立刻迈不开步子了。是啊，怎么能去原谅一个打过自己妈妈的人呢？妈妈在九泉之下要恨死自己呀！

他在理智上原谅了她，感情上却做不到。

前年，那两个不明身份的人找他调查白慧，使他对白慧有了新的看法。这两个人怎么知道他与白慧的关系呢？白慧在哪里？

出了什么问题？为什么那个瘦瘦的外调人员嘱咐他"不要再和白慧接触了"呢？当时，虽然他由于感情的缘故，出证否认白慧打过自己的妈妈，但事后他对白慧发生怀疑，甚至产生一些很坏的猜想。可是这些猜想却不能与白慧曾给他那些美好的印象重叠在一起，统一起来。他留恋着无限温馨的往事，尽管他猜疑这往事可能是一个可怕的骗局。

这样，今天在医院意外碰到白慧时，他便再次拒绝了她。

现在，想起刚才那一幕，想起白慧那痛彻心扉的哀求声，想起那份赞美她的感谢信，种种猜疑就像投进热水里的冰块，顷刻融化和消失。虽然那个外调人员的话仍像一个噪音干扰着他，却很微弱，给心中重新卷起来的情感的浪涛声吞没了。他又开始同情她、可怜她了。尤其是那痛苦的哀求声深深打动了他，总在耳边萦回。到底他该怎么去做呢？

第二天一早，他告别了马长春，走向车站。远远见红旗拖拉机厂的几位领导和同志在等候他，汽车也停在那里。

忽然，他觉得，好像有什么东西要远远地把他拉走，或者有什么东西在后边牵住他。他猛然扭过身，直朝昨晚那座医院走去。他走着，走着，眼前又出现妈妈临终时悲惨的面容。这幻象太逼真了。而且十分固执地挡在他面前。他停住了，直条条地足足站了几分钟。最后他下了决心似的，硬转回身，迈着大步重新奔向车站。

他上了车。拖拉机厂来送行的几位同志见他神情恍惚，以为他生了病，请他多留两天，他却执意要走。

车开了。直走出很远的地方，他还扒着车窗朝这边看，仿佛要看到什么人在这边出现。

他哪里知道，昨晚，一个姑娘孤零零在这里站了个通宵，天明时才离去，就像当年那个风雪之夜在东大河大湾渡口等待过他一样。

三

这次意外的相遇像投来的一块大石头，在白慧心中激起轩然大波。给岁月沉淀到心底的沉重的东西，又都重新翻上来，混扰一起，一时难以平静下去了。

几年前，她就是带着这些沉甸甸的东西到这儿来的。

她要在这里好好干一番。首先她认为应当这么做，还要以此对自己证明自己是好人；更为了远避那些摆脱不开的矛盾和痛苦……这样，新生活就在她的面前展开了。壮丽的草原，辽阔的天空，弥漫着奶茶香味的小毡房，酷烈的风寒和扬起长鬃飞奔的骏马，以及这在建设中的朝气蓬勃的景象，使白慧耳目一新，宛如一股清凉的水，冲淡了拥塞在心中的那些事。原先她脑袋里好像给绳索紧紧缠着，打了许多死结，箍得很疼。在这儿一下子都松开了。

这儿也有斗争。但较多的时间只是她一个人坐在牧场隆起的草坡上。羊群在远处吃草，除去柔和的羊叫声和窸窸窣窣的啃草声，草原那么静。当微风歇憩下来的时候，耳朵会静得发响……纷乱的思绪便沉落下来，静止了，得以细细分辨。即使有斗争，也是冷静的、理性的、从容不迫的。她从家里带来不少书，特别是那些经典著作叫她翻了不知多少遍。趴在有弹性的青草地上，手捧着书，嘴里咬着一朵洁白的矢车菊的花茎。茎中苦涩的汁水流进口中,她不觉得。没人打扰她,常常是从晨起到日落,直把身子下的草都压平了。她懂得了某些原来不懂的东西,发现了某些自己原以为是正确的东西恰恰是荒谬的。还发现报纸上某些文章所阐述的思想非常可疑。后来,林彪事件发生了,证实了她的某些怀疑是有理的;同时又产生了新的疑问使她迫切想从书里弄明白。

真理是事物的原则与法则,不是某人某事的详尽的注解,因此它不会一下子就跳到眼前。别有企图的解释巧妙地歪曲它。在人们确认出它的真正面目之前,往往给凶气恶氛扰得忽隐忽现。

白慧在没有认清它的时候,怀疑自己;在看见它的时候,更感到一种痛苦的内疚。这又成了一种反作用力,使她的工作做得更好,非常好。每年旗里评选先进人物时,她是不需要讨论就一致通过的当然的一名。后来,旗里由于缺乏医生,就派她到锡林郭勒盟医院学习半年,做了一名赤脚医生。这个工作无形中使她得到许多安慰。她到处为人治病,解除痛苦;在接生时,为别人的家庭双手捧来幸福。她看着人家病愈后康复的、感激的笑容,便感到有一只无形的、温暖的手抚慰着她的心。当一个病危的生命因她设法获得新生时,少有的笑意就出现在她的嘴角上。她仿佛在默默地赎一种罪过。

于是,她整天斜背一个鼓鼓囊囊的十字包,骑着一匹短腿的栗色蒙古马在草原奔来奔去。哪里发生病痛,哪里便是她奔往的目标。无论路途遥远,还是风沙骤起,都不能使她退缩。她好像去消除自己的苦痛似的。冬天的草原上,雪坑隐藏在雪被下边,很少有人迹,却常常有她那匹蒙古马驰过的蹄痕。一个给她从死亡边缘抢救过来的斯琴妈妈,送给她一件金黄色的蒙古袍子。她便换上这种装束,头上缠着天蓝色的绸巾,脚上穿半高跟的软马靴,显得英俊极了。坐骑上那副漂亮的镀铜马鞍也是人家送给她的。人们用香喷喷、浓褐色的奶茶迎接她,用马头琴抑扬的琴音赞扬她……她从这崇高的救死扶伤的工作中感到自己存在的意义与价值,获得了生活的勇气。空荡的心也一点点充实起来。

她在这里所收到的来信大多是爸爸和杜莹莹寄来的,间或还收到郝建国的来信。她通常在马背上读这些信。

她从爸爸的来信中看出来,爸爸的落实工作进行得很慢,直到前年才落实,已不在原厂工作而调到机械工业局当一名"顾问",没有实职。爸爸仍像往常一样,很少谈到自己。但他的落实总是令人高兴的事,为白慧卸下一个沉重的负担。然而为什么不给爸爸安排实际工作,而叫他仅仅做一名有也可、没有也可的顾问呢?爸爸是怎样想的呢?她曾去信问爸爸,爸爸回信却不说。她又写信请杜莹莹帮她打听一下爸爸的情况究竟如何。杜莹莹没有认真帮她去做,多半忽视了这件事,或者由于杜莹莹非常忙,有些自顾不暇。她每天忙于家务,学习日语,其余时间在谈恋爱。可是很长一段时间里,杜莹莹并没告诉白慧追求她的是个什么样的人。

这之前,白慧经常收到郝建国的来信。一开始就表达了自己强烈的爱慕之情,要求做朋友。他称赞白慧在那"横扫一切的时代里表现出的勇敢和坚定性"。也埋怨白慧后来"莫名其妙地消沉下去了"。他说他"一直喜欢"白慧,因为她身上有一种"在其他女孩子身上少见的硬气劲儿"。他很希望"有一个坚强的生活伴侣,一起战斗而不是一起摆弄油盐酱醋"。还希望白慧"回到斗争的旋涡中来,重新体会斗争的快乐与幸福",并在每封信里都切盼白慧"立即回信"给他。

当时白慧正处于失恋的痛苦中,好像一个叫火烫伤的人,伤痛未愈,看见一根毫无危险的燃烧的火柴杆,也赶忙躲开。再说她从没喜欢过郝建国。她对这个精明强悍、机敏健谈的青年,只有过赞佩之情,或者说仅仅是一种好感而已。现在呢?郝建国在她心中的形象已经不那样完美了。虽然她还不能对郝建国做出明确判断,却好像从一件美丽的瓷器上发现一条裂纹似的,看上去已很不舒服。她回信对郝建国说自己只想在这里好好学习和锻炼,不想回城市,更不想交朋友,只想"独身","那样更自由"。由此而引来郝建国长篇大论的议论,表白,发问,以及各种形式的"劝降书",她却没再给郝建国回信。

后来,杜莹莹来信透露她的追求者也是郝建国,而且流露出她对郝建国的赞佩与倾慕,并要求白慧替她"分析分析","出出主意"。这时,白慧偶然还会收到郝建国的信,她便对郝建国产生恶感。难道郝建国的感情是"多弹头"的吗?她猜不透郝建国是怎么想的。一方面想把这件事告诉杜莹莹;一方面又怕杜莹莹知道后难过,因为杜莹莹真的喜欢郝建国,因此她给杜莹莹的回信只说"这件事只能由你自己考虑和决定,不过应长期考验和观察,尽管是老同学、老朋友。朋友和伴侣的条件要求绝不是一样的"。她下决心再不去搭理郝建国。她确实抱有"独身主义"的念头了。

杜莹莹的来信还含蓄地问到她"有没有碰到称心的人",白慧看了这些关心的话,不由得从鼻腔里冷冷地哼出声来,那颗受过重创的心中便翻起一个小小的、苦涩的浪头。每当此时,她都要驱马,迎着风,在草原上尽情驰骋一番……

常鸣从未来过信。他俩自从那桩可怕的事情揭开后,谁也不知道谁如何了。在她刚刚来到草原上时,还曾经给常鸣写过一封信,但一直没有寄。她手里捏着写好的信盼望邮递员快来;邮递员到了,她却躲开了。信留在自己手里,到现在纸都搁黄了。然而,那些沉浸在爱的甘甜中的日子,包括所有细节,她一点也不曾忘掉。经过的事就像一幅连着一幅的珍贵而迷人的图画珍藏在她心底,偶尔也会像流星一样从眼前一掠而过。那河口道三十六号的亭子间,小圆桌,爬满藤叶的窗洞,以及月光中分外恬静的小槐树林,大街上双双的影子;还有常鸣的种种形象——站在船板上湿淋淋的、病中的、侃侃而谈时的,他的声音、动作、笑貌,说过的话,都像刻在她的心上一样。特别是那充满爱和幸福的目光,常常对她一闪一闪……但这一切再不会回到她身边了,不属于她了。仿佛给一阵凶猛的风暴吹去了……

有一天,她忽然收到一封信。这封信大大惊动了她,是郝建国寄来的。

信上提到了运动初期他们在校门口打那个女教师的事!居然还提到了常鸣!

据郝建国说,"常鸣去到学校找你,吵闹着要揪你,说你打了他母亲,要和你算账。这小子蛮不说理,充满对你的仇恨。我呢,也不客气,否定了这件事。我叫他拿出证据来,他拿不出来,我把他驳得无话可说,他才走了。不过,你别害怕;这件事已经过去了。你不必追问、打听,更不要对旁人说,反正这儿有我,谁也怎么不了你。我永远和自己的老朋友站在一起,你只管放心好了。我只是不明白,这小子怎么知道你打过他的母亲?"并嘱咐她,"你如果有什么事,有什么想法,尽管给我来信好了。"

不要对旁人说，更不要对杜莹莹说。"

这封信扰得白慧整天胡思乱想，冷静思考之后，却觉得郝建国所说的这件事有些细节是不可信的。因为常鸣既不是那种人，也不会那样做，何况事隔数年，常鸣为什么当时不来揪她呢？但其中也有可信的根由，郝建国并不认识常鸣呀！后来，她想到，此事她只对杜莹莹说过，是不是杜莹莹与郝建国谈恋爱，关系密切，告诉他了。郝建国为什么不叫自己对杜莹莹说呢？她便没给郝建国回信，而去信问杜莹莹；此后她回去探亲时也找到杜莹莹问过，杜莹莹回答得含含糊糊，只说一句："别理他，神经病……"

白慧便意识到这件事不大真实可信。

这件非真非假的事却弄得她又矛盾，又苦恼。一会儿她怀疑到郝建国的品行，一会儿又怀疑常鸣当真这样做过。此外还勾起那桩往事，叫她总去想……

岁月的尘埃层层覆盖，生活的浪潮慢慢冲刷。过去的事总会逐渐淡薄下来，但那桩往事、那桩罪过在她心中并没淡漠，而是沉甸甸地落入心底。

日久天长，表面总算平静了，有时连条波纹也没有。

这次相遇太意外、太突然了！她重新失去平衡。无论怎样努力也稳定不住了，因为常鸣仍不能原谅自己。这表明她依旧是个不能原谅、不可饶恕的人……

往后的日子难过了。

那些沉重的东西再沉不到心底，而在中间悬晃着。偶然碰到什么有关的事，那东西就在心里边来回撞得发响。

外边在搞落实政策了。老干部、知识分子恢复了名誉和工作，她觉得这一切都是对的，理所当然应该这样。另一方面，便更深深地感到一种内疚。外边又搞"反复辟"、"反回潮"了，这些张牙舞爪的理论完全可以把她那个自认为的罪过解释得合情合理，完全可以从中找到安慰。但不知为什么，这些理论对于她愈来愈显得无力了，好像失效的药膏，于事无补。她如同一个破皮球，单靠打气是打不起来了。

有一次，知识青年的代表聚在盟里开会，她碰到了马英。马英是和她一起分配到草原上来的。但不在一个旗里，距离很远，再说两人以前有隔膜，从来没有来往。马英在牧场中的一个奶厂工作，干得非常出色。在这次大会上被选为出席整个自治区知识青年代表大会的代表。她与白慧见面亲热极了，还像运动前在学校团委工作时那样。白慧也是一样。旧友重逢，可以享受到一种温暖的情谊。谁也不想再碰一碰曾经隔在她们中间那堵看不见的、令人烦恼的墙，因此，两人都没谈到郝建国。

闭会那天，各旗代表纷纷返回去。白慧与马英骑马上了草原，并骑高高兴兴地走了一段路。将要分手时，两人激动地在马背上紧紧握了手。草原的太阳把马英黑黑的小脸儿晒得更黑了。身子却显得比以前健壮得多，简直像一只立在马背上的矫健的小鹰。马英忽然带着一股冲动劲儿止不住地说出了心里的话：

"白慧，你干得这么好，我真高兴极了！以后咱俩经常通信，互相勉励；咱们就来做草原上第一代有知识的新牧民吧！这儿天地这样广阔，真能大干一气哪！白慧，说心里话，我过去确实对你有些看法。你、郝建国和一些人在运动初期有些做法太过激了。现在看，确确实实是上了林彪他们的当！不知你是否同意我的看法?当然,这不能说你是故意那样做的。我也犯过'怀疑一切,否定一切'的错误呀!那时,咱们太单纯,只靠朴素的阶级感情和革命热情。似乎觉得干得愈过激就愈革命,幼稚地以为自己无论怎么做都是为了'保卫党中央和毛主席',不会有错。哪知道有些做法恰恰背离了毛主席的一贯教导。阶级斗争、路线斗争真是复杂极了,今后咱们真得擦亮眼睛,多学习、多思考。别看草原上地大人稀,斗争也很复杂;再说,难道现在就没有林彪那种坏人?哎,白慧,你同意我的看法吗?"

白慧听着,点着头。马英亲热地拍了一下她的胳膊说:

"你记得,运动初期在校门口你打过一个女教师吗?她叫徐爱华,是第四中学的外语教师。我在第四中学上初中时,她是我的老师。她年年都是模范教师,可以说,除去对我的生活照顾之外,她真比我的妈妈还关心我。而且她关心的不是我一个人。所以,你当时打她那一下时,我在你后边拉了你一下,但没拉住⋯⋯"

白慧完全听呆了。因为她清楚记得,那天她砸下木枪时,有人拉了一下但没拉住。她一直不知是谁。而后,她幻想过那只手把她拉住了,如果真是那样,一切恶果都会免除。现在她才知道,那只手竟是马英的。生活中往往有这种情况:在事情转折时,好的可能总是有的,但没起到决定作用。它只能使人更加惋惜,追悔不及。白慧怀着这种心情听马英接着说:

"她要是还活着就好了,可惜叫第四中学那帮极左派折腾死了。真可惜!你要是知道她是个多么好的教师,准会后悔的。不过后悔也没用,应当记住教训啊!"

随后马英又说了一些话,白慧一句也没听见。马英走了,渐

渐走远,一边还不住扭过身子,双手拢在嘴边喊着:

"白慧,有时间你来看我呀!听见了吗?"

白慧机械地举起一只手,和马英打招呼。她全身猛烈地打颤,以致坐下的马不安地挪动着身体。她张开嘴回答不出声音来,一种咕噜咕噜的声音在喉咙里响着。

她骑马往回走,浑身一点力气也没有了。最后她趴在了马背上,双手抱着马脖子,脸颊贴在光溜溜、长发一般的马鬃上,心中哀叫着:

"你呀,你呀,为啥你总和我没完?总找到我头上来呢?"

这之后,她的身体变得挺糟糕,脸也瘦了,颧骨明显地突出来。幸好她向来不爱说话,脸上没多少表情,别人看不出她的心事。

旗卫生部的领导见她身体不好,让她暂时不要在草原上奔波,她不干,坚持出诊。

有一次,她在马背上昏了,栽倒下来,躺卧在一大片嫩黄的贞洁花里。那匹灵通人性的栗色马用潮湿的嘴唇吻她的头发,把她弄醒。她爬上马背回来了。袍子沾满土,额角破了。领导想让她休息一段时间,却犟不过这个相当倔强的姑娘,就想个法儿,再次把她送到盟医院学习进修,以免她四处奔跑出什么事儿。她已经是第三次来盟医院学习了,医院的医务人员都挺喜欢她。这次来,依然还是那么不言不语,工作起来带着一种忘我的、甚至献身的精神。她向来不提条件,没有要求;但这次很反常,她提出两个条件,而且很古怪。一是不值夜班,二是不在小窗口售药。不值夜班情有可原,因为她身体不好;为什么要求不在小窗口售药呢？这里边奇怪的原因，只能是永远保留在人们心中的一个问号。

一天，白慧所在旗来了个办事的人，给她捎来两封信。她猜想准是爸爸和杜莹莹的信。接过一看，确实有一封是杜莹莹寄来的；另一封不是爸爸的，竟又是郝建国的。郝建国自从寄来那封有关常鸣的信之后，已经相当长的时间没给她写信了，不知又有什么事。

她先打开郝建国的信。信上首先祝贺白慧的爸爸升任为机械工业局第一把手，然后把自己不平凡的近况告诉她：他已经被结合到学校的领导班子里，做了副书记，还在区教育局党委内挂职。白慧对这些并无兴趣，而且感觉郝建国像一杯许久未动过的水，变味了。再看下面的内容，又是老调重弹，自我表白，要求做朋友。但在他前几年来信中的那股热情，却一点也没有了。他说："这几年，我遇到那么多人，最理想的还只有你。咱们已经二十六七岁了，不能不现实一些，搞独身主义要自讨苦吃的！"并且在这封信里，第一次告诉白慧，他与杜莹莹交过朋友，目前却正"面临'散伙'的绝境"。他说他发觉"杜莹莹这个人软弱无能，没有思想，胆小怕事，逆来顺受，既无理想也不实际，整天有口白馒头吃就能长得挺胖。在这个充满斗争的时代里，她只是个无用的人。几年来，我因为心眼太软，一直将就她。但我仔细一想，十分可怕，如果真和她生活在一起，非把我毁了不可！"可是他又说杜莹莹背着他，和一个地毯厂的工人关系不错，因此他感到自己被"甩了"，"很苦恼"，希望白慧能"同情"他，尽快答应他的要求。他保证一年之内在城里给白慧找个理想的工作，"不用再在大草原上受罪了"，并要求白慧"立即回信答复"。

信上所署的日期是今年一月份的,不知为什么直到现在才寄到。

白慧把这张信纸扔在一边,再看杜莹莹的一封。杜莹莹的信主要是骂郝建国欺骗她的感情。郝建国原先拼命追求她,向她表达得"又明确又具体"。当她一心去爱郝建国时,郝建国就把自己打扮成一个"教父",她好像是个"教徒","无论什么事都必须对他说"。还不准杜莹莹和别人接触。杜莹莹一切都顺从他了,他现在却像"没那回事一样",甚至冷淡她。杜莹莹开始时不明白是怎么回事,后来才发现郝建国正在追求另外一个名叫杨敏的女孩子。杨敏的爸爸也是部队干部,职位比杜莹莹的爸爸的职位高得多,杨敏长得"个子很高,相当漂亮,皮肤非常白,是市歌舞团的舞蹈演员,挺出名,可是听说杨敏不喜欢他"。杜莹莹说,她现在才发觉郝建国并不爱她,爱的只是她爸爸的职位和名誉。而且她逐渐认清"这个人毫无感情,自私自利,是个政治上爬杆的猴子,伪君子,整天钻营,恨不得一天升一级。目前他为了甩掉我,到处给我造舆论,说我背着他交了一个朋友,抛弃了他。他多可恨!还自命什么革命者呢。呸!他不配!""不知怎么回事,我再仔细一琢磨,对他的印象就与以前完全两样了。他说话总那么单调,总是用一种吓唬人的腔调。以前我并不觉得,也许他变了。你说说,他究竟哪点可爱呢?我还听说,前一度他到处打听你有朋友没有,是否还要打你的算盘?因为你爸爸当了局领导……嗯,谁知道他是什么人,摸不透!"

在这封信上还告诉白慧说,她近日去探望过一次白慧的爸爸。"我见伯父精神并不很好。伯父是去年提升为正局长的,是不是又被当作右倾翻案的代表人物了?过两天我打算到伯父的单位去一趟,看看有没有轰他的大字报。好人总受欺侮,真倒霉!你要是有时间就回来看看你的老爸吧!你都快一年半没回来了,是不是打算在草原上安家落户了?"

白慧掐指算算,自从去年三月份回去一趟,真有一年半没回去了。应该回去瞧瞧爸爸。爸爸一个人生活,没人照顾和帮助,还不断地有那么多精神压力。她每次回到家,住不上多少天就返回来了,好像她怕在那座城市里碰到什么似的……

于是,她向领导请了探亲假。

这时是一九七六年的十月份。正值中华民族的历史、党的历史上一个极其重大的转折关头。

四

汽车在大道上奔驰。扬起来的灰黄色的尘沙在车身上蒙了厚厚的一层。远看像一只从干土里钻出来的大甲虫。窗玻璃也挂上一层土,乌乌涂涂,坐在车子里看不清窗外的景物。

长途车把人搞疲乏了,可是一些坐惯了这种车的人,照样休息得很好。不管靠在椅背上的脑袋给车子颠簸得怎样摇摆晃动,也能睡熟,甚至还打出鼾声来。

白慧坐在车上。她穿一件质地又粗又硬的劳动布的外衣,这件外衣的肩身都挺大,支棱棱的,穿在身上倒挺舒服。她敞着衣领,露出里面松软的灰羊毛衣和白衬衫。短辫依然梳得光溜溜,辫梢垂在肩上。她座位下的空当处塞了一个大帆布袋子,装满带给她爸爸吃的当地出产的土豆。挎包里还塞着几袋奶粉,也是带回去给爸爸补养的。她一直没闭眼,有时望着窗外。今儿阴天,整整一路没见阳光。天空像一块大铅块压在头上，使人感到憋气，车上的人或都有此同感。人人脸上都是阴沉沉的。

一块重重的大铅块压在所有人的头上与心上。是呵，这正是那个时刻人们共同的感觉。

党、人民军队和新中国失去了三位伟大的缔造者和奠基人：毛主席、周总理和朱委员长……而正是需要他们的权威、思想、智慧与决策的时刻失去了他们。中国未来方向的指针由谁来拨动？它的前景是光明还是黑暗的？它以五十年来千千万万烈士的鲜血与生命赢来的革命果实，是否会断送在魔鬼的手中？数月来，发生了一连串违背人们意愿的沉重的事件。黑浊的恶浪掀起来了，漫天的狂风刮起来了，暗中作怪的妖魔在关键时刻要现出狰狞的面目了……

多灾多难的祖国又面临着一次兴亡、一次抉择和一次决定性的、严酷的斗争。掌握了马列主义、毛泽东思想的人民群众是不会让祖国给几个倒行逆施的人拉向倒退、拉回到封建时代去的。人民在沉默中感叹着、警惕着、注视着、准备着……

二十世纪，一些小的政治变迁都攸关着人们的生活和一切。国家的命运更与人民的命运紧紧相连。人们对政治敏感得多了，即使在偏远的、人烟疏落的锡林郭勒草原上的人们也是一样，连草原的空气也有政治了。白慧在那里就听到不少消息。那些盛传的有关江青等人丑恶行为的传说，使她听了觉得害怕，不敢相信，不敢议论，甚至不敢听，却又偏偏希望能多听一些。这种心理只有她自己知道。因为早在江青提出"文攻武卫"口号而引起大流血的时代里，她曾对江青产生过怀疑。但她一直不敢往深处想，似乎这种怀疑与猜想是大逆不道的。可是后来——尤其在周总理逝世后极度的悲痛中所发生的一系列的事情，使她对这些人的怀疑不可避免地渐渐加深了……

人们的政治态度是鲜明的，在压力下又必须沉默，所以压抑得难受。难受得像车窗外阴云笼罩下的灰蒙蒙的草原。草原也好像喘不过气来似的。

汽车到了张家口，白慧换乘火车。火车开了一段路，忽然就像换了一个新天地似的：云破日出，大放光明，车厢里分外明亮。她对面坐着一位老者，一直保持着沉默。他六十余岁，清癯的面孔上带几颗灰色的老年痣。下巴一绺银须。披一件黑大衣，戴着花镜低头正在读报。报纸给突然射进来的阳光照得雪亮。老者情不自禁地感叹一声，抬起头对白慧意味深长地说：

"李白有两句诗：'总为浮云能蔽日，长安不见使人愁。'都说是名句，我可不大喜欢。还是常说的那句民谚'乌云遮不住太阳'说得好。你瞧，太阳破云而出，有多好！来，咱们把窗子打开，让太阳照得更强烈些，晒晒这张报纸。这报纸有些怪味，潮烘烘的，很不好闻呢！"

白慧感到老者的话里有双关的意思，也略能领略一点儿。她对那老者点点头，表示同意。两人便一齐打开窗子，扶着窗框向外眺望。阳光温暖地照在脸上；风吹纱帘，在鬓旁轻轻拂动。两人没再说话，都给窗外一片雄浑而开阔的景色吸引住了。

青森森的大山矗立眼前。起伏的山峦从眼前跑过，好像掀动着的绿色巨浪。山顶云雾弥漫，而峭拔的峰巅又钻破云雾，在明亮的天幕上显出它峻健的神姿。灰白色的长城宛如一条长龙，纵横蜿蜒，起落于谷壑，腾越于冈峦，直向远处蓝色的群山中伸展而去，虽然它历尽铁蹄狼烟，风剥雨蚀，早已残破不整。然而它依然巍峨地屹立着……

"它是人间的奇迹。是不是?"老者指着高处的长城,用苍哑的声音感触万千地说,"它正是咱中华民族的象征,咱们的骄傲。它是在非人能够想象的困难上建造起来的,因此它不容易被摧毁呢!"

白慧或许没有好好读过中国历史。伟大的中华民族的形象正像这座长城。它包含着非凡的智慧、胆气和想象,包含着无比的勇敢、勤劳、毅力和神奇的创造力。它是人类的奇迹,没有一种力量能够重复它,也没有一种力量可以摧垮它。那些嘲弄和无视它的小丑终究要可卑地死在它的足旁。它仿佛有大自然那种永世不竭的充沛的元气,而永存于天地之间……五千年来华夏文化中所凝结起来的民族精神,在五十年来党的斗争中复活了,变得生气勃勃。谁想伸出肮脏的脑袋来碰一碰我们伟大的中华民族,触一触我们伟大的党,就叫他来撞一撞我们这座钢铁般的万里长城吧!

白慧没想到,在这次回家途中,会有如此激动的感受。

车到站了。白慧到家了,那老者还要继续前行。两人握手告别,白慧提着行李下车。

她很疲乏。可是一呼吸到故乡温柔的气息,精神又立刻抖擞起来。她一步一步地把帆布包从身后挪到脚前。

"要帮忙吗?"

一个胖胖的战士问她,她客气地谢绝了。她还是老脾气:一切都靠自己来做,不叫别人帮助,哪怕自己做起来很困难。这时,忽有一个金属般嘹亮的声音传到耳边。

"哎呀，白慧！"

原来是郝建国！白慧直起腰板时，郝建国已经站在她面前。郝建国依然戴着那顶绿军帽，手里提一个黑色的公事包。他眼里露出惊讶的表情，打量着白慧。一瞬间，白慧觉得他看上去有种说不出来的异样和别扭的感觉。八九年间，虽然白慧回来探亲时，也曾见过他几面，但从未像这次变化这样大。他的嘴好像长了些，眼睛的距离更窄了，仿佛要合为一只。不知是他的模样变了，还是原先就这副样子，连他显露出的那种精明、世故和老练的神情都使白慧觉得不舒服；再加上那两封信引起她的恶感，少年时代他给她的那些良好的印象一点也没了，好像天亮时，曾在月光下的那些诗意毫不存在了。

"刚回来的吗？没人接站？你稍等等，我送你回家。"郝建国说。

"不用。你忙你的去吧！"

郝建国怔了一下，忽问：

"我给你那封信收到了吗？"

"没有。"白慧自己也不知道为什么这样回答他。

郝建国又怔了一下，敏锐的目光在白慧脸上打了一个转儿，又问：

"我请你回信，你为什么不回信？"

"我没时间。"

白慧说完这句冷淡的话，突然怔住了，因为她发觉郝建国已经狡黠地获知她收到了那封信。她很尴尬，同时心中被惹起一种反感和厌恶的情绪。郝建国感到了白慧这种情绪，立即来打破这很容易僵化的局面。

"你回来太好了!同学们都挺想你,尤其是你的老伙伴杜莹莹,她也不知道你今天回来吧。哎,你等等,我是来送一个朋友的。他的车很快就开,我过去和他打个招呼就来,还是我送你回去吧!我骑车来的,可以帮你驮东西。"

"不用!不用!"

"你等会儿吧,我还有话跟你说。"说着,他把公事包往白慧怀里一塞。"你先替我拿着。"转身跑去了。

白慧拿着他的公事包,不得不等他。郝建国的小聪明更加引起白慧的憎厌。白慧真想把他的公事包扔了,自己走掉。

郝建国跑到那边一节车厢门前。他送的是一个女孩子,高个子,长得非常漂亮,看样子最多不过二十二三岁,皮肤雪白,头发乌黑而光滑,卡着一个银灰色珠光有机玻璃的发卡。穿着式样时髦的薄黑呢外衣,背一个深红色崭新的皮包,上边电镀的卡子、锁扣、提把,熠熠闪亮。这可能就是杜莹莹信里说到的那个舞蹈演员。她和郝建国说话时,神气挺傲慢,动作姿态都很美,只是略有些做作。郝建国显得规矩而拘谨,脸上捌着笑容。他一边和那女孩子说话,还不时向白慧这边瞧两眼,看看白慧是否在注意他们。白慧忙移开目光,装作没瞧见。

不一会儿,站台的铃响了,车开了。那边传来一个响亮的声音:"多保重!问伯父好!"跟着,急匆匆的脚步声跑近,郝建国回来了。白慧不等他开口,把包儿塞给他,说:

"不用你送了。我坐公共汽车回去!"

"我刚送一个亲戚,叫你多等了。你别急,我路上还有话跟你说呢!"

"改天说吧!"

"不，我想摘重要的先和你简单说几句。"

"什么事？"

"就是我在信里提到的，要求和你做朋友。哎，白慧，你先别这样，听我说。我确确实实渴望有你这样一个朋友，在困难时互相鼓励、支持和战斗。目前的形势更加强了我这种渴望。这些天发生的事你都知道了吧！"

"我什么也不知道！"白慧确实不知道他说的是什么，但她不想搭理他。

"算了吧！你怎么能不知道。你别对我这样冷淡好不好？我们又没什么仇。你听我说。眼前这些事不是结束，而仅仅是开始。说不定就要出乱子、打内战。白慧，这些年来我们从没有好好谈过。你不知道我的情况，不了解我的思想，我多需要一个知音呀，我相信你是能理解我的……"他急急切切地说，好像他有足够的把握能说服对方，只是没有充裕的时间，"一两句话没法儿说明白。你愿意找个时间咱们好好谈谈吗？谈上半天或一天。到我家来……"

"行了。我没兴趣了解别人，我只想快回去了。"白慧不耐烦地拦住他下边的话，极其平淡地说，"你也该回去了。"

郝建国碰了钉子。他先怔了一下，跟着在白慧冷冰冰的脸上找到答案。他恼羞成怒，脸色即刻变得非常难看，鼻孔哼笑出两声，发狠地说：

"你要是不想和我好，就全说明白！"

"什么意思？"

"你的事当我不知道吗？"

"什么事，你少胡扯！"

郝建国的唇边露出一条嘲弄、恼恨、带妒意的笑痕,并用一种酸溜溜、挖苦的口气问她:

"你那位'常先生'可好呀?"

白慧听了,呆住了。可是她立刻明白郝建国说的是谁,是什么事。郝建国见她的表情有些异常,细长的眼睛瞪得发圆了,目光可怕。郝建国不知这是怎么回事,心里有些发慌,忙说:

"我早就听说那人总缠着你。我怕你上当。你想想,你和他有私仇,他能和你好吗?他是想把你的感情全调动出来,再甩掉你,好对你施加报复。再说他是个牛鬼蛇神的儿子,你要跟他在一起,有个风吹草动,连你也得跟着一块倒霉。那次杜莹莹把这件事告诉给我,我一听大吃一惊,立即写信给你,本想跟你说明白,但信里不好直说。我一切都是为了你好。你现在和他还有联系吗?"

白慧完全清楚了,郝建国那封信所说的常鸣去找她"算账"的事完全是假造的。那封信曾给她带来那么多苦恼、猜疑和不眠之夜,原来都是他——他的私欲和卑鄙的手段造成的。她的脸颊气得发红,嘴唇直抖,再也抑制不住似的,猛然朝他大叫一声:

"你走开!卑鄙!可耻!"

郝建国吓了一跳。他睁大眼睛看着白慧由于极度愤恨而涨得通红的脸。白慧的脸从来没有这么红过。他吃惊,还有几分奇怪和不解。但他觉得,如果再说下去,白慧有可能给他扇来一个耳光。他左右瞟了两眼,发现附近有人投来好奇的、感兴趣的目光。他瞧了瞧地上沉重的大帆布袋子,打了个表示遗憾的手势,装出一副平静自如的神气说:

"噢,我还有事,不能送你回去了。咱们改天见吧!"

说罢，他急匆匆地走了。白慧呆呆地站了半天，才开始往站口挪动那只帆布袋子。

六点多钟，她到了家。

这次她回来之前没有通知爸爸，也没告诉杜莹莹。在她的想象中，爸爸是愁闷的，所以她希望自己突然回来，会给爸爸带来意外的高兴。

她站在家门口。面前便是她从小天天进进出出的门。门上陈旧的油漆颜色和每一块痕迹，都是非常熟悉的。于是一股甜蜜的、带点伤感味儿的生活暖流，一下子攫住了她。她的眼睛立刻模糊了。抬起手敲了敲门，跟着听到爸爸从里边走来的脚步声、问话声和开门的声音，她心想爸爸准是那副严肃和忧虑重重的样子。这些年来，她每次回到家见到爸爸时，爸爸总是这副样子。

门开了，没想到爸爸露出惊讶表情的前一瞬竟是笑眯眯的。

她扑到爸爸的怀里哭起来。

"这是怎么啦？小慧，快进来，快进来。"爸爸说着，拉着她走进去。

她没来得及走进房间，站在过道又趴在爸爸的肩上哭了，哭得那么伤心，好像她受了多少委屈似的，当她感到爸爸结实的肩头已经露出瘦棱棱的尖儿时，哭得更伤心了。就像小孩子那样双肩止不住往上一抽一抽。她很少对爸爸这么哭过，况且已经是这么大的姑娘了。

爸爸的大手抚着她的头、辫子和后背。自己的眼睛也潮湿了，鼻子一阵阵发酸，仿佛也要把憋在心里的一大块东西哭出来似的。但他是个坚强的男人，眼泪向来很吝啬。

"好了，好了，快去洗洗脸，歇一歇，你还没吃饭吧！"爸爸的声音压得很低,似乎只有低音才能保持声调的平稳。爸爸把白慧推到脸盆边,拿来香皂、热水和毛巾给她。"把脸上那些没用的东西洗掉。"爸爸用一种温和的教训的口气说。

白慧洗着脸,不觉之间,从镜子里发现爸爸总是笑眯眯的,笑得挺特别,而且是在偷偷地笑,这显然不是为了故意哄女儿高兴。以往每次她回来,爸爸也不是这种样子。这次好像有件愉快的事在心里实在憋不住了,就跑到脸上来。

"小慧,你先歇歇,我去买点吃的。"爸爸说,一边在过道把饭盒、塑料袋、小锅都塞进一个挺大的草篮子里。

白慧跑到爸爸跟前:

"爸爸,您别去。我随便吃点什么都行。"

她哭过的两眼红红的。刚洗净的小脸湿淋淋地闪着柔和的光,散着香皂的香味。

"不,今天非吃好的不可。"爸爸花白的眉毛跳动了一下,激动地说,"有件你想不到的事。真的!你没听说吧!好,晚上我在饭桌上告诉你!爸爸今天又要好好请请你了!"

这句话爸爸许久没说了。白慧感到有什么重大的事发生了。她猜不着,也绝不会猜到。这属于那种非得请人告诉才会明白的事情。

"爸爸,您能不能先露一点儿给我?"

爸爸摇摇手,可是有股喜悦的激情在他的嘴角上跳跃,差一点说出来,但还是闭住了嘴巴。那股喜悦的激情就从他眼里闪耀出来。保密喜讯也是一种幸福。爸爸带着这种心情和表情赶忙出去了,仿佛再不走就要泄密了。

她联想到刚才在车站上郝建国说的什么"这些天发生的事",心想:

"肯定不是一般的事,是大事……"

她一个人在两间屋里转一转。对于远方归来的人,家里的一切都是醉人的。她两只脚踩在地面上觉得软软的,好像踩在厚厚的毯子上一样,脸颊一阵阵发热,说不出是种什么滋味……

屋内收拾得干干净净,陈设如旧,东西都放在原来的地方,一切都是老样子。只是爸爸房间的墙壁上多了三张照片,是毛主席、周总理和朱委员长的,装在一个扁长的金边镜框里;框子上插了一朵洁白而精致的小花……

她自己的房间还是老样子。床上铺了一条新洗过的罩单,很平整,好像爸爸知道她要回来,特意为她收拾和布置好的。忽然,她急扭过头,妈妈的照片仍在那里。她的眼睛湿润了……

"妈妈,您听见爸爸说了吗?究竟发生了什么事?"

五

爸爸似乎已经下了决心,非到晚饭桌上才能告诉她。既然爸爸高兴这么做,就依着他吧!白慧耐心等待着。

爸爸叫白慧帮他把过道的饭桌抬进自己的房间。今儿买来的菜好丰富!有肉、有鱼、有虾,花花绿绿摆满桌子。中间还放了两瓶酒,一瓶是特曲,另一瓶是通化产的葡萄酒。这两瓶琼汁玉液配上华美的瓶签便使晚宴变得不一般了。爸爸向来是不喝酒的。看样子他今天请客。

饭桌四边摆了五把椅子,桌上还配了五双红漆筷子,五个蓝色的酒盅、素白的羹勺和小圆碟儿。他简直要开一个小型的"国宴"呀!

"都谁来?"白慧问。

"你都认识。"爸爸含笑说,可是一句也不多说。

白慧在灶上煮饭,心里仍猜测着那桩不知道的事。外边有人敲门,爸爸把来客请进来。白慧一看,头一个又胖又大又结实,精神十足地挺着胸脯。那神气像摔跤场上的优胜者,右手提着一个大蓝布兜子。白慧一眼就认出是李叔叔。他是原先爸爸厂里的同事,装配车间的一个组长,爸爸叫他大老李。白慧上去和他打招呼、握手,互相问候。

后边跟着又进来两个瘦瘦的男人。一个谢了顶,高个子,细长腰,戴副银丝边的圆眼镜,衣着整洁,气质文弱,进门后就先摘下眼镜,掏出一块手绢擦镜片。另一个瘦矮,头发差不多全白了,脸上满是很深的皱纹,好像龟裂开的泥片片,右腿有点瘸。但他显得最活泼,进来就用哑嗓子朝爸爸喊道:

"老白,今儿非把你灌醉了,否则我们可不走!"

这两个瘦男人看见白慧,都现出惊喜神情。有点瘸的瘦男人说:

"哎呀,是小慧!长成大姑娘啦!你什么时候回来的?"

白慧听出来,这人认得自己,可怎么也想不起来是谁了。她回答:

"刚到。"

"老白,你可是大喜临门呀,高兴的事全都一呼啦往你身上跑呀!"

大家都爽朗又开心地笑起来。爸爸对白慧说:

"你怎么不叫人呢?你忘了他们吗?"

白慧有些尴尬地站着。她确实记不起来了。爸爸嗔怪地对她说:

"这是张伯伯呀！那是冯总呀！你这孩子，怎么忘性这么大！才几年呀！"

白慧恍然大悟。原来有点瘸的瘦男人是张伯伯，张副厂长。另一位是冯总工程师。他俩也都是爸爸原先的同事，又是好朋友。他俩和大老李十多年前都是她家的常客。这些年像绝了交似的，不见他们来了。真是变化太大了呀！冯总原先是满头黑发，总梳个整齐又油亮的分头。如今谢了顶呢！变化最大的是张伯伯，他的头发给时光漂得这么白，脸上的皱纹比爸爸的还要深，有的皱纹简直可以夹住小纸片儿。在白慧的记忆中他的腿并不瘸呀！大老李还是老样子，所以一见面就认出来了。她忙向张伯伯和冯总招呼。

"瞧，时光不饶人，变化真不小呀！连小慧都认不出我来了！"张伯伯感慨地说。忽然他又振奋地说，"我人老，心可一点儿也不老呢！它像春天的花朵，又开开喽！"

大家在笑声中进了爸爸的房间。大老李说："你们瞧，我说老白今天准摆得琳琅满目吧！老白，你的酒可预备得不足。这点酒连我都灌不醉，拿什么灌你？不过，你别着急，瞧我的……这是一瓶、两瓶、三瓶！"他说着，一边把三大瓶亮晃晃的"芦台春"放在桌上。

"大老李，看样子，你还真想把我灌醉了！"爸爸笑着说。

"老白！"大老李说，"你可别这么说，今儿谁不喝痛快了也不行！我活了四十多年，还没见到像今天这么出奇的事呢！所有人，不管会喝不会喝，都抢着买酒，跟白给不要钱似的。你知道我费了多大力气，才抢来这三瓶?！今儿都得尽兴，包括冯总在内！"

冯总摇着手，笑眯眯地说：

"能者多劳，能者多劳！"

张伯伯朝他嚷道：

"干什么，冯总？还没上阵就'鸣金收兵'了？来，你要看见我今儿带来的酒菜，保管你不用灌，自己就拿起一瓶酒往嘴里倒！"

"噢，什么酒菜？"爸爸问。

张伯伯叫大家猜，谁也猜不对。冯总嘟囔着说：

"老张真行，他和我来了一道儿，居然有件什么宝贝连我也没告诉。我猜准不一般！"

张伯伯把自己带来的一个手提包放在桌边，拉开拉链，手伸进去，同时故作神秘地说："你们可别怕。它们现在是咱的俘虏了！"说着从包里往外一抻。原来是一条麻绳串绑着四个青灰色、又肥又大的活螃蟹。所有的螃蟹爪子都在空中活动着。"瞧吧，个个顶盖儿肥，不多不少，正是它们四个！"

大家都纵声大笑，呼好喊妙；冯总傻气地拍起手来。大老李叫着：

"有了它们四个下酒，今儿更痛快了！你怎么样，冯总？"

"我喝，我喝……"冯总笑得流出眼泪。他摘下镜子用手绢擦眼角。

"来，小慧，你把它们放在锅里蒸蒸，可得蒸熟了呀！"

"小心点，别叫钳子夹着。"

"没事。冯总，你还怕它们吗？早叫我拴得牢牢的啦！"

这些话里的双关意思，白慧听不出来。她拿去蒸了。不一会儿，螃蟹蒸熟，红得像四个压扁了的大红柿子，冒着热气儿，放在一只大盘子里,四边撒上姜末,端上来了。白慧把它摆在饭桌中间。这时酒盅里斟满了酒。酒、螃蟹和菜的味道与爸爸等几个人吐出的烟味混在一起,浓郁的香气直往大家的鼻孔里钻。大家坐好,就要开宴了!

"爸爸……"白慧等着爸爸来揭开谜底,她亮闪闪的目光期待又好奇地望着爸爸。

爸爸的表情忽然变得非常庄重又严肃。他好像没听见白慧的招呼而站起身来,端起酒盅,郑重地对大家说:

"来,咱们前三盅,敬给毛主席、周总理和朱老总。他们的愿望实现了!"

屋里的气氛顿时好像被爸爸的神情渲染了一样,变得异常庄重。大家都起身面对着墙上三位中国革命巨人的照片端起酒盅,大老李另拿一只水碗,把酒瓶的嘴儿朝下"咕噜咕噜"地倒满,然后豪爽地端起来。随后便是饮酒、斟酒、再饮酒和撂下酒盅的声音。白慧自小很少喝过酒,也连饮三小盅,因为这三盅是敬给她热爱、怀念和已经离开了她的人。热辣辣的酒从喉咙里一直流到胃里。她扭头恰好看见张伯伯的眼角滴出一滴热泪,在灯光下分外明亮,顺着眼角一条很深的皱纹流下来。再看爸爸、冯总、大老李的眼睛也是亮晶晶的。数月来始终保留在她心里的说不出的难过的情感,此刻被激发出来,泪水滴滴答答地落在地上。大家坐下来沉默着,仿佛都在想心事。突然,张伯伯叫起来:

"怎么?该高高兴兴啦!这是喜事,咱们为什么还别别扭扭的?来,先吃我的……什么我的!吃它们四个。下筷子,不!吃这个不能下筷子,动手吧!来呀!大家动手,把它(他)们碎尸万段!"

张伯伯的话,立刻改变了屋里的气氛。

白慧觉得好像有一种由衷的喜悦和痛畅的情绪回到这几个人身上。他们的脸上满是开心和轻松的笑容了。众人一齐动手吃螃蟹,响起一阵折断螃蟹骨壳的清脆的声音。

"来,小慧,你为什么怔着,快吃呀!"大老李咬着一只螃蟹爪,心急地说:

"小慧,你说吧!你吃'谁'?张伯伯给你拿。"

"吃'谁'?'谁'?"白慧不解其意。

"怎么,你不懂吗?"张伯伯奇怪地看着她。

她的确不明白。爸爸笑了,说:

"老张,她还不知道这件事呢!她在边远的草原上工作,这才到家。我答应在饭桌上告诉她,一直没来得及说……"

"哎呀,老白,你真沉得住气!"大老李接过话说,"来,小慧,我告诉你,那几个王八蛋……"

张伯伯伸手捂住大老李的嘴,抢着说:

"大老李,你别说,我来告诉小慧……"

"要不,我来……"冯总想插嘴,但他的嘴太慢了,插不进来。

大家都争着说,急得站起身来,几双手一齐比画着,好像要打架似的。筷子掉在汤碗里了,酒瓶碰得像醉汉那样晃来晃去。白慧惊奇地看着这几位长辈。他们兴奋得简直像小孩子一样了。

"还是我来说吧!"爸爸说。

大家想了想便一致表示赞同。这件天大的喜事还是由爸爸讲给女儿。

"他们……他们……"爸爸激动得声音直打颤,"完了,垮台了！彻底地垮台了！"

"谁？"白慧问，眼睛睁得大大的。

"它（她）！它（他）！它（他）！它（他）！"张伯伯指着大盘子里支离破碎的四只螃蟹。

"哎呀，这么说她还是不知道呀！"大老李给酒烧红的脸显得分外急躁。他大声、痛快、解气地叫着："江青，张春桥，姚文元，王洪文！四个王八蛋完蛋了！"

这消息真是从天而降！真好像翻天覆地那样巨大！这时，几位长辈都直盯着白慧。尤其是冯总的亮闪闪的一双圆眼镜片一动不动地正对着她，想重新感觉一下听到这个消息时表现出来的无比惊讶和狂喜的心情。白慧完全听呆了，她直愣愣地望着爸爸。爸爸用粗糙的手背抹着眼睛。说：

"是的，孩子，是真的！在咱们城市里，大概没人不知道这件事了。顶多再有两三天就要大庆祝喽！"

"庆祝，庆祝，大庆祝！"张伯伯激动地嚷着，"所有热爱党、热爱祖国的人们都要跑到街头上大庆祝喽！今儿咱们先提前庆祝庆祝。来，小慧，你吃哪个？吃江青吧！好，这个就是她！张伯伯夹给你，就这个。"同时，咔嚓一声，一个还剩下五只爪子、一只钳子的大螃蟹扔进白慧的碟子里。张伯伯接着说："你知道画家齐白石吧！他在日寇侵华时期，曾画了一张《螃蟹图》，上面画着几只大螃蟹，题道'看尔横行到几时？'用来骂那些在中华大地上到处横行的日寇。现在我们也借用这句话骂骂这四个凌驾于党和人民之上的横行霸道的罪魁！'看尔横行到几时？'到时候喽！爪子都没了，看你们还怎么横行！？"

白慧眼盯着这个怪模怪样、残缺不全的玩意儿，耳听张伯伯

高兴地叫道:

"你呀,冯总,你来哪个?怎么不动手呢?你连死螃蟹也怕呀!"

"不怕,我不怕……"冯总拘谨又乐陶陶地说。

"给他个带钳子的。"大老李吃着、叫着。

"不,老张,你不能怨怪冯总。"爸爸说,"是他们的手太狠、太毒、太残酷了!冯总要是一切都弄明白了,就不会怕了!"

张伯伯听了,沉一下,突然把筷子往桌上"啪"地一撂,说:

"说得对,老白!是他们太残酷了。十年前他们打击陷害了多少人?冤死、屈死、弄死多少人?老一辈革命家在战场上出生入死,在枪林弹雨里、在敌人的牢狱里没死,不少人却死在他们手里。这些人都是中国革命、是党和人民的宝贵财富呀!叫他们活活给折磨死了,弄死了。他们真比国民党还凶狠哪!中外反动派没做到的事,他们全做了!可是他们还把自己打扮成最革命的。好像除他们之外,都是反革命。他们用诡辩论偷换辩证法,用野蛮代替文明。想用……"

爸爸接过话,把早已成熟的、从来没表达过的思想说出来:

"想用法西斯来改造我们的党!总理是怎么死的?是他们迫害死的。他们冒天下之大不韪,疯狂迫害总理。还疯狂地镇压群众!他们把谎言装在刺刀上逼着人家相信和屈从。他们窃用毛主席的权威,歪曲党一贯的政策。用耸人听闻的字眼儿冒充革命理论,欺骗人民,欺骗青年……咱们是从革命战火年代过来的人,知道过去是怎么回事,今天是怎么回事,知道革命究竟为了什么。可孩子们呢?他们不叫孩子们了解过去,不叫孩子们读书。

用愚民政策和幽禁思想的办法扼杀人们的灵魂，好灌输他们那一套。他们为了什么？不就为了篡权吗？仅仅为了他们个人的私欲，几乎毁了中国！想一想吧！他们整整影响了三代人。把老一辈的头熬白了，把壮年一代的多少美好的时光耽误掉了。这正是他们大有作为的年华呀！年轻一代呢？脑袋里装了不少是非不明的东西，甚至还有不少错误的东西。要弄清这些不那么简单呢……"

大家听着爸爸的话。大老李在那里不住地喝酒，不用人劝，自己一盅连着一盅。他好像是那种人：习惯用酒压下心中的火气，浇掉烦恼。冯总低着头，一忽儿频频点头，一忽儿连连摇头。不时从胸腔里发出一声声深沉的低鸣，好像严酷的现实逼使这个脆弱的人已经习惯于把不平的思绪收缩到沉默中了。白慧依然像刚才那样怔着，连那惊讶的表情也没有改变地停留在脸上。张伯伯和爸爸这些极其激动、怒气冲冲的话，突然之间把一切都揭开了，打破了。

大是大非之间已经明明白白。不管她原先怀疑也好，解释不通也好，看不清也好，一下子就全真相大白。她可怕地感到原来事情并不复杂，既简单又明了。所惊讶的反倒是自己了。

梦醒了。一切都历历在目。

"啪、啪"两声。张伯伯瘦瘦的手拍在桌面上。说话时，由于干哑的嗓音在喉咙里用力地顿挫，发出"哑哑拉拉"的声音。

"这些混账东西！单单说他们毁了那些青年就可以说是'罪恶弥天'啦！有一些青年叫他们糟蹋成什么样子？没有理想、抱负，没有知识。有的有工作做，但没有事业心。满脑子实用主义。他们无知得可怕，无知得可怜，却又自以为是，甚至还挺狂妄！更有的少数青年丧失了起码的道德标准，纯粹变成一副铁石心肠。他们打人时，一双手举起棒子砸下来，竟然毫不迟疑，就像打一块土疙瘩。瞧，你们瞧——"他站起来，离开座位往后倒了两步，捋起右腿的裤筒，露出膝盖给大家看。这膝盖变了形，中间瘪下去，一边突起个尖儿，几处皮肤鼓起了暗红色的肉棱子。看上去又可怕又叫人难受。"他们把我打成这样，还罚我站着。后来伤口化脓了，他们把我送到医院。你们猜，他们在路上对我说些什么？他们说，'给你治好了，接着再打！'他们的头头儿说，'你这可是自己摔的。你要敢诬蔑革命造反派就打碎你的狗头！到那时，我就说你的脑袋是你自己撞墙撞碎的。'听听这话吧！他们凶狠，可他们也心虚，怕有一天找他们算账。国家有宪法、有法律，党有政策，凭什么任意打人，折磨人，杀人？再说，我从抗日战争时期就跟着党和毛主席，何罪之有？看着吧，看他们今后有什么脸再见我，有什么脸见人！"他扭头对听得发呆了的白慧说，"你觉得我脾气变了吧！不，你张伯伯一直是这样的。好讲直理，不屈服。就是给他们押着的时候，棒子在身上飞舞的时候，也是这样。你爸爸比我们还坚强。前几个月搞'反右倾翻案风'时，你爸爸又差点叫他们搞下去。你爸爸跟他们斗，一点也不含糊呢！我们可不像冯总那样服服帖帖，不过因此也招来不少皮肉之苦。他们真把你张伯伯打苦了……"他干哑的声音哽咽了。沉吟一会儿，抬起头来，显出一种顽强的神气。他瞧瞧白慧，又露出慈祥爱抚的笑颜，转而对白慧的爸爸说，"你这女儿是个好青年，绝对和那些人不一样。我相信，正派的青年是大多数的。他们经过十年大革命的锻炼，特别是经过这次同阴谋家野心家的尖锐斗争，必然学懂不少真正的马列主义的道理，愚弄他们已经不容易了！天安门广场上数十万革命青年的大示威不是他们觉悟的最好的见证吗？我一想到那情景，就坚信祖国的将来大有希望，这些青年的前途也无限远大哪！老白，今儿应该高高兴兴嘛！为什么总是提那些难受的事呢？应当往前看嘛！来，来，来，同志们，咱们向小慧敬一杯，预祝咱们祖国的青年一代幸福，大有作为！来呀，小慧，别怔着呀！端起酒盅喝吧！你们的将来多好，我们多么羡慕你呀！"

张伯伯满脸皱纹舒展开了。他满怀着真挚的情感招呼大家，一边把蓝色的小酒盅端到白慧面前。在大家的呼唤中，白慧慢慢地、下意识地端起酒盅。忽然，她觉得这些围聚过来的酒盅在她眼前亮晃晃地旋转起来。跟着，饭桌，人，周围的一切，连同脚下的地面也旋转起来。自己的脑袋像个大铁球，控制不住地左右一摆。"当"的一声，她的酒盅从手里落到桌子上，酒溅得四处都是。

大家都吃一惊，见白慧的脸色刷白，非常难看。爸爸带着一点微醺说：

"她没喝过酒。开始时那三盅喝下去，我都不大行了，何况她？小慧，你到屋里躺会儿去吧！"

白慧直愣愣地站起来，离开饭桌往自己的房间走去。她耳朵里响着大老李对她说话的声音，但只有声音，没有字和内容。

庆祝胜利的聚餐进行到深夜才散。

桌上还剩不少酒，留给明日再尽兴。这种兴奋是一时发泄不尽的，而且是几代人此生总也忘不了的。

除去酒，饭菜也余下不少。唯有那几只螃蟹，只剩下一堆碎屑、爪尖和四个光光的带点腥味的骨壳了。

爸爸嘱咐大老李把张伯伯和冯总分别送回家。因为他俩走起路来都像踩着球儿似的。大老李把冯总的眼镜摘下来，放在自己的衣兜里。冯总用不着眼镜了，他就像一棵藤蔓依附在大老李粗壮的躯干上。三人走到过道。张伯伯居然还挺清醒，他把手指头竖在嘴唇前发出"嘘嘘"两声。

"轻点，别把小慧吵醒，她准睡了。"

"放心吧！吵不醒。她还不醉成一摊泥？"大老李好像大舌头那样，字儿咬不清楚了，"老白，你不用管她，明天早晨醒来，给她再来上小……小半盅，回回酒就好了。叫她多睡会儿吧！心里高兴，睡，睡得也踏实……"

爸爸送走客人，关上门。浑身带着美滋滋的心情和酒意，踩着不大平稳的步子，走到女儿房间。他有一肚子话想对女儿倾泻出来。如果一开口，恐怕一连三天三夜也说不尽。生活可以改变、甚至可以塑造一个人的性格。十年来的生活把这个寡言的人几乎变成了哑巴，几天来的巨变又要把他改变成另一种闭不上嘴巴的人。当他迈进女儿房间的门槛时还拿不定主意：到底叫女儿好好睡一睡，还是把她叫醒，先将自己那些在心里憋不住的话摘些主要的对女儿说一说？可是，他发现女儿并不在屋里。

"她到哪儿去了？"

他走到过道叫了两声。厨房和盥洗室的门都是开着的，里面没人。他诧异地想："深更半夜，她总不会出去吧！"随后里里外外转了两圈，喊了几声，仍然听不到回答。他发觉挺奇怪，再一次走进女儿房间，只见女儿床上的罩单十分平整，没有躺过的痕迹。于是，种种没有答案的问号开始跑进脑袋里，和酒后混沌不清的感觉乱哄哄地搅在一起。无意间,他发现在白慧妈妈照片前的地面上有一小片散落的水滴样的湿痕。

"这是什么?噢?泪水吗?……"

他心里掠过一个朦胧的、莫名的、不祥的感觉,慌忙在屋内寻找有没有什么特别的迹象。女儿从外地带回来的提包放在墙角,那件劳动布的外衣还搭在椅子背上,看来她没有远去。可是忽然,床头小柜上放着的一两张白色的信纸似的东西,蓦地闯进了他的眼帘。他跑过去一看,果然是两张信纸,一张是打开的,写满了字;另一张是折好的。他抓起来,先看那张打开的。正是女儿写给他的。刹那间,脑袋里酒的迷惑力全部消失——他万万想不到是这样一封信。

爸爸!亲爱的爸爸!

我只能最后一次这样称呼您了!说实话,我还不配这样称呼您呢!我不配做您的女儿,我辜负了您和妈妈对我的期望,辜负了党,我是个有罪的人!

这一切您是不知道的。我从来没有对您说过。我在运动初期亲手打过一个人,一个好人,一个为党勤勤恳恳、兢兢业业工作的女教师。她已经死了。虽然不是我亲手致死的,但我曾经那么狠地打了她。她无论活着,还是死了,都是不能宽恕我的。我是有罪的!

然而,我那时确确实实真心为了革命,把自己这种做法当作真诚的革命行动来做的。我心里没有半点瑕疵。(我只请求您在这一点上理解我。)此后,我后悔!我痛苦!我知道自己错了,可是现实并不否定我。没有人找到我头上来,好像这件事并没那么严重，只要不当作一回事，照样可以过得挺好的。我可不行！如果现实不叫我负责，法律不叫我负责，我却负有心理上、道义上的责任！我是有罪的！然而我又一直不明白：一个人为革命怎么会做出损害革命的事？他一颗纯洁而真诚的心怎么会跌入罪恶的深渊，无以自拔？虽然我也想到过，我可能上了某些政治骗子的当，但我没有能力彻底弄明白这一切。现在我才全都明白了。原来我做了那几个最卑鄙、最阴险的野心家、阴谋家的炮灰。吃了他们的迷魂药，被他们引入歧途。我受了利用的愚弄，而且给他们利用过后，丢弃一旁，不理不睬，我叫他们害得好苦呀！

我还悔恨自己。我想过怎样洗清那罪过、那耻辱和肮脏的污点。我想了整整十年，但没有办法！当今天一切都真相大白时，那污点就变得更清楚、更脏、甚至更大了！我有什么脸再见您、张伯伯这些好人？！您、张伯伯知道了这件事，肯定会憎恨我、骂我、看不起我！我所痛苦的，正因为我不想当这种人，而我做这件事时，也不是为了要做这种人呀……到底我该怎么向人们表白自己：一个黑色的污点我也不想要，但偏偏沾上它又洗刷不掉，我到底该怎么办呀！到底应该怨谁？怨我吗？还是怨那些骗子？怨他们又有什么用呢？反正我完了！

我走了……我决定了。

至于我去哪里，我不愿意告诉您，您也不必再找我，就只当您没有这个女儿吧！妈妈白生了我，您白白哺养了我！您恨我吧！您可千万别想我呀……

如果人有两条生命多好！我情愿死掉以前那耻辱的一

条，让另一条生命重新开始，好好开始！但可惜人只有一条生命……

再见，我的好爸爸！我多想做您和妈妈的名副其实的好女儿呀！

小慧

下边注着一行字：

另有一封信，是给常鸣同志的。他住在河口道三十六号。请您叫杜莹莹给他送去。杜莹莹会把您所不知道的这个人的情况告诉您的。

爸爸读信时，身子东倒西歪，两只脚不断地变换位置才保持住站立的姿势。现在他心里充满可怕的感觉。尽管他对这件突如其来的事情一点也不明白，但现在不是弄清原因的时候。他就像疯了一样飞快跑出大门，一路好几次撞在门框上、走廊的墙壁上、楼梯的栏杆上；然后他站在漆黑的街心放声呼喊。这声音在静静的深夜分外地响——

"小慧，小慧！你在哪儿，你快回来呀！快回来呀！"

六

第二天的清早。

北方的晚秋难得有这样好的天气。天上无云，像无风的海面，蓝得那样纯净和深远。阳光充满天地之间。鸟儿一群群在天空飞，翅膀闪着光。清爽的风把太阳的暖意送到所有打开的窗子里，真给人这样一种感觉：是不是春天抢先地回来了？

今天，天没亮，整个城市就被雷鸣般的鼓号声惊醒。人们都起了早，兴致勃勃地从家里走出来。很快，大街小巷聚满了准备游行的队伍。红旗和人混成一片。没有人来调动，没有人统一组织，也没有人下令，游行到处开始了。

今天是已经公开了的秘密正式公开的第一天，是历史性的大喜日子，是全民族欢天喜地的一天。中华大地又一次像重新获得解放那样，自由自在地大口呼吸着……

常鸣穿着一身平平整整的蓝制服，推一辆擦得挺干净的自行车正从院里往外走。车上电镀的部分都在愉快地闪着光亮。车把正中插一杆自制的苇子秆儿的三角形红色小纸旗。他上衣的领扣儿扣着，显得很郑重。里边的衬衫露出一圈雪白的领口。他眉宇间分外舒展，身上带一种如释重负一般的异常畅快的情绪。

他刚走到大门口。迎面走来一个圆胖脸儿、梳短发的姑娘。这姑娘看看门牌，又打量一下他。便问：

"请问你是常鸣吗？"

"是啊，你是谁，有事吗？"他答道，并莫解地瞧着这左眼有点斜视的姑娘。

"我叫杜莹莹。你记得十年前我借给你一件绿褂子穿。那次你……"

"记得。"常鸣立即回答道。他记得这件十年前的事就像记着昨天的事一样，"你……"

"白慧托我给你捎来一封信。"她说着，从制服上边的口袋里掏出一封信递给常鸣。

常鸣显出一阵轻微的激动。他忙支好车梯，接过信看，没有信封，只是张白色的信纸折叠成一个十字花儿的菱形的小纸块。头一次，白慧给他的信，就叠成这个样子。他微微颤抖的手打开信笺，一边问：

"她回来了吗？"

杜莹莹没说话。常鸣发现杜莹莹的双眼哭过似的，眼皮都红肿起来了。常鸣感到事情有些不好，便问：

"怎么？"

"白慧失踪了！"

"失踪？"常鸣觉得脑袋里"轰"地一响，脸上充满惊讶的表情，"什么时候？"

"昨天夜里的事……"

"怎么会呢？为什么？为了什么？"

"你看看这封信吧！也许在这上面会告诉你的。她以前跟我说过，她对你……说真的，她对你……"杜莹莹哽咽了，泪水从红红的眼眶里重新涌出来。

常鸣急切地看着这张信纸。原来上边只有不多的几句话：

常鸣：

你一共两次没有原谅我。我知道你现在依然不能原谅我，我也决不请你原谅我了！

我现在可以对你说两句心里的话。因为我再不用顾虑你看过信会怎样想……我多么爱你！原来——如果没有那桩事——我可以成为你的爱人，但由于受了骗子们的愚弄却成了你的仇人。我无限痛恨他们，也恨自己。等我明白过来，甚至早在我感到自己所做的事是一种罪过时，就已经晚了，不可挽救了。我为什么不能像你一样呢？你可以理直气壮地生活，我却不能。我原来也可以做一个好人呀！也可以按照自己的理想和意愿生活呀！只可惜，恐怕直到现在，你并不知道我是怎样一个人，不知道我的心……

我就要永远地离开你了。这也没什么，因为我们早已分开了。而且早在我们没认识之前，事情就埋藏着这些后果。我毫不怨怪你。我只能感谢你救过我。我对不起你。而且直至现在还爱你……当然说这些都没用了。

祝你幸福吧！常鸣。像你这样的人，我相信，你一切都会幸福的。

我全向你表白了。别了！

白慧

常鸣看到这儿，双手把信纸蒙在脸上。他浑身猛烈地打颤，痛苦地低叫着："其实，其实我心里早就原谅你了……"他悲哽得再说不出声来。

杜莹莹抬着滚圆的小手抹眼睛。

忽然，常鸣扬起痛楚的脸直对着杜莹莹："你说，她会到哪里去了？！她在哪里？"过度的激动和痛苦使他的神情显得有些失常。

"我哪里知道。她爸爸和几个朋友、同事直找到今早也没找到。我就怕……"她的口气有些绝望，"可能是……"她心里有个可怕的估计，不忍说出来。

"不！"常鸣冲动地、甚至有些严厉地说，"不会有别的可能！

我,我去找她!"他把那张抓皱了的信纸往兜里一塞,猛地踢开车梯,双手一推车把,腾身上了车,刹那间冲出大门。

"你到哪儿去找?你知道她在哪里?"杜莹莹跟着跑出来,在后面叫。

此时,常鸣已经急渴渴地往街心驰去,一边还回过头叫着:"她就是跑到天边,我也要把她追回来!"

看他那样子,真像要一下子奔到天边似的。但哪里是他的目标呢?杜莹莹眼瞧着他的身影在远处的游行队伍中间消失了,心中一片茫然。

常鸣骑车在大街上飞驰,在游行队伍中穿梭。这时,整个城市已经变成一片欢乐的海洋。大街上的人流如潮水般地激涌着。朗朗的笑声、痛快的议论声、激愤的口号声和震动人心的锣鼓声汇成强大的轰响。仿佛长久压抑在火山口里的灼热的岩浆爆发出来了,火辣辣地喷射出满天奇异的光彩。游行的人群热情地举着毛主席、周总理的画像。

常鸣在街心疾驰着,穿过一处处红色的火样的旗丛。旗光映红了人们的笑脸;爆竹飞升到无限开阔的天空中炸开。一些游行队伍正在演出活报剧,用怪诞的装束和脸谱化了的角色曲尽丑态,挖苦那四个已经被历史所唾弃的小丑和罪魁,为胜利的人民增添喜悦和兴致。

常鸣在这五彩缤纷的世界里寻找那个失掉了的人。他每一分钟都没有松懈追赶的速度,焦灼地四处张望。跃动的人群往来不绝,使他眼花缭乱。他的前车轱辘不时碰到人身上。他不断地道着歉说:

"对不起,我有急事……我……"

凡是给他的车碰了的人,却都一概对他摇手,笑眯眯地表示毫不介意。幸福者的心是宽容的;似乎在今天,可以原谅的都该原谅了!

常鸣感到自己这件事与今天这个世界、这个普天同庆的情景太不相称了!他多么希望立即找到白慧,把她拉到这儿来,和这千千万万再一次获得解放的人们一起庆贺,一起欢跃,一起尽情地喊出心里的歌儿一般的声音……

他整整找了一个上午。心中怀着炽烈的渴望,不知穿过多少街道,走过多少地方,而白慧仿佛一只飞来的鸟儿,无影无踪。天地这么广阔,她究竟在哪里呀?当常鸣清醒地发现他寻找的目标是渺茫的时候,无望而颓丧的感觉便沉重地爬上心头,热烘烘的情绪冷却下来。他已经十分疲乏了。

这时他正停车在一个空地上。对面是东大河的大湾渡口,一个圆形的大钟远远地竖立在那里。他恍惚觉得这个不常来的偏远的地方在他的记忆中占什么特殊位置。跟着明白了——这正是白慧第一次约会他的地方。那一次他没来。但事后,每当他给失去的爱情折磨得痛苦不堪时,便独自一人跑到这儿来,沿着高高的堤坡走一走,排遣郁结心中的怅惘与苦楚。他的幸福好像从这儿断绝的,现在却又偶然地来到这里。意味着什么呢?

他茫然地朝渡口走去,在大钟下放了车。一个人登上堤坡,心里痛悔地叫着:

"那一次,我本来可以挽救她的。为什么不能,为什么不能……"

宽坦的河湾就像一幅长长的画卷在他眼底展开了。远处迷蒙的景物，阳光下白得耀眼的大河，河面上飞翔的水鸟……忽然他的双眼睁得极大，仿佛发现他失落已久的极珍贵的东西那样，眼睫毛禁不住狂喜地震颤起来。他完全意外地看见在前边堤坡下退了潮的黄沙地上，站着一个姑娘。那正是白慧！

沙滩上印着一大片清晰的流连徘徊的足迹，白慧站在中间。离她几尺远的地方，大河的激流在翻滚喧腾。风正吹着她的头发、衣襟和裤脚。她时而低首沉思，时而抬头远望，孤零零地，只有一条灰色的影子躺在她的足旁。常鸣觉得，她好像是被那几个魔鬼卷起的一阵邪风抛到这荒凉的河滩上。魔鬼们是不会对她负责的，而我们的党却要对她负责。今天呀！党、祖国、民族已经从魔鬼的践踏下被挽救出来。它面前展现一片无限美好的锦绣前程，它大有希望，它已经在新的长征中迈起雄健的步伐了。而我们向前的每一步，都应当是充满崇高的责任心和责任感，无论是对祖国、对党的事业，还是对每一个人……那就要张开温暖的怀抱，伸出有力的手，把白慧这样的青年人从那条走不通的、彷徨痛苦的歧路上拉回来。帮助她把过错化成教训，用以明辨、警戒、抵抗将来可能重来的邪恶；鼓舞她满怀信心地生活下去……就这样，常鸣踩着坚实的步子，一步步下了堤坡，朝白慧走去。

白慧扭头看见了常鸣！在沙滩上这对情人之间，时间好像只停留下片刻。忽然白慧转过身，她好像终于找到了出路。一条洒满了光、无限宽广的路。她摆脱开刚才的一切，带着一股热切的冲动，甩着两条胳膊，满脸流着热泪，朝常鸣跑来了，跑来了……

雕花烟斗

一　老花农

他被这大盆光灿灿的凤尾菊迷住了。

这菊花从一人多高的花架上喷涌而出,闪着一片辉煌夺目的亮点点儿,一直泻到地上,活像一扇艳丽动人的凤尾,一条给舞台的灯光照得熠熠发光的长裙,一道瀑布——一道静止、无声、散着浓香的瀑布,而且无拘无束,仿佛女孩子们洗过的头发,随随便便披散下来。那些缀满花朵的修长的枝条纷乱地穿插垂落,带着一种山林气息和野味儿。在花的世界里,唯有凤尾菊才有这样奇特的境界。他顶喜欢这种花了。

大自然的美使他拜倒和神往。不知不觉间他一只手习惯地、下意识地从衣兜里掏出一个挺大的核桃木雕花烟斗,插在嘴角,点上火。才抽了几口,突然意识到花房里不准吸烟,他慌忙想找个地方磕灭烟火,一边四下窥探,看看是否被看花房的人瞧见了。

花房里静悄悄,幸好没有旁人,他暗自庆幸。可就在这时,忽见身旁几片肥大浓绿的美人蕉叶子中间,有一张黑黑的老汉的脸直对着他。这张脸长得相当古怪,竟使他吓了一跳。显然这是看花房的人，不知什么时候站在这里的，而且没出一声，好像一直躲在叶子后边监视着他。一双灰色的小眼睛牢牢盯着他嘴上的烟斗。烟斗正冒着烟儿。他刚要上前承认和解释自己的过错，那老汉却出乎他的意料，对他招招手，和气地说：

"没关系，到这边来抽吧！"

他怔了一下，不觉从眼前几片蕉叶下钻过去。老汉转过身引着他走了几步，停住；这里便是花房的一角。

这儿，靠墙是条砖砌的土炕，上边的铺盖卷成卷儿，炕上只铺一张苇席；炕旁放着一堆短把儿的尖头锄、长柄剪子、喷水壶、水桶、麻绳和细竹棍之类；炕前潮湿的黄土地扫得干干净净。中间摆一个矮腿的方木桌，只有一尺多高，像炕桌；隔桌相对放两把小椅子——实际上是凳子，不过有个小靠背，像幼儿园孩子们用的那种小椅子。桌椅没有涂漆，光光的木腿从地上吸了水分，都有半截的湿痕。桌面上摊开一张旧报纸，晾着几片焦黄的烟叶子……看来，这看花房的老汉，还是个收拾花的老花农呢！以前他来过这里几次，印象中似乎有这么个人，但从未注意过。

"您自管抽吧，这儿透气。"

老花农指指床上边一扇打开的小玻璃窗说，并请他坐下，斟了一碗热水，居然还恭恭敬敬放在他面前。使他这个犯了错的人非常不安，也更加不明白老汉为什么如此对待他。

随后，老花农坐在他对面，打腰里拿出一杆小烟袋和一个圆圆的磨得锃亮的洋铁烟盒，打开烟盒盖儿，动手装烟叶。但这双手痉挛似的抖着，装了一阵子才装满。点上火抽起来，也不说话，却不住地对他露出笑容，还总去瞟他叼在嘴上的烟斗。他从老花农古怪的脸上,很难看出是何意思。是善意地讥笑他刚才的过失,还是对他表示好感呢?自己能引起别人什么好感来?他百思莫解,老花农却开了口:

"唐先生,您还画画不?"

他怔住了。"您怎么知道我姓唐?还知道我画画?"他问。

"啥?"老花农侧过右耳朵。

他大点声音又说一遍。

老花农两颊上的皱纹全都对称地弯成半圆形的曲线,笑眯眯地说:

"先前,您带学生到这儿来画过花儿,咋不知道。您模样又没变……"

唐先生想了想,才想起这是六十年代中期"文化大革命"的狂潮到来之前的事。由于这儿的花开得特别好,他曾带学生们来上写生课,而且是在他喜欢的这凤尾菊盛开的时节。事隔六七年,老花农居然还记得。尤其近几年的骤变,过去的事对于他犹如隔世的事,去之遥远。像他这样的一个红极一时的大画家,好比高高悬挂的闪烁辉煌的大吊灯,如今被一棒打落下来,摔得粉粉碎。那些五光十色、光彩照人的玻璃片片,被人踩在脚下,无人顾惜。他落魄了,被人遗忘了,无人问津了。原先整天门庭若市,现在却"门前冷落车马稀";那些终日缠在他身旁的名流、贵客、记者、编辑、门生、慕名而来的崇拜者,以及附庸风雅的无聊客,一概都不见了。他就是一张盖了戳的邮票,没有用处。而当下,居然被这老汉收集在记忆的册子里。他心里不禁泛起一阵酸楚和温暖的感动的微波。"您居然还记得我,好记性呀!可我,我现在……不常画了。"他因感慨万端,声调低沉下来。

"啥?"老花农又是那样偏过右耳朵。

"不常画了。"

"明白,明白。"老花农像个知心的人那样,深有所感似的、会意地点了点头,跟着加重语气说,"不过,还是该画,该画。您画得美,美呀……"

"我?可您并没见过我的画呀!"他想自己在这儿给学生们上写生课时,并没动手画过。一刹那,他觉得老花农在对自己客套,拉近乎。

"不!"老花农说,"您的画印出过画片,俺见过,画得美呀!"

老花农赞美的语气是由衷的,好像回味吃过的一条特别美味的鱼似的。看来,这老汉不只是在花房认识自己的,还注意过自己的作品,耳闻过自己的声名。难道在这奇花异卉中间,在这五彩缤纷的花的天地里,隐藏着一个知音吗?好似深山幽谷之间的钟子期?他惊异地望着对方。当他的目光在老花农古怪的脸上转了两转,这些离奇的猜想便都飞跑了——

谁能从这老花农身上、脸上和奇形怪状的五官中间找到聪慧、美的知识的影子呢?瞧,他穿一身皱巴巴的黑裤褂,沾满污痕,膝头和领口的部分磨得油亮;像老农民那样打着裹腿,脚上套一双棉鞋篓子;面色黧黑,背光的暗部简直黑如锅底,这颜色和衣服混成一色;满脸深深的皱纹和衣服的皱褶连成一气。他身子矮墩墩,微微驼背;罗圈腿,明显地向里弯曲。坐在那里,抱成一团,看上去像一个汉代的大黑陶炉,也只有汉代人才有那种奇特的想象,把器物塑造得如此怪异——他的脑门向外凸成一个球儿;球儿下边,便是两条猿人一般隆起的眉骨,眉毛稀少;眼睛小，眼圈发红，眸子发灰，有种上年纪人褪尽光泽而黯淡的眼神。下半张脸差不多给乱杂杂的短髭全盖上了。那双扇风耳，像假的，或者像唯恐听不清声音而极力挓开。尤其总偏过来的右耳朵，似乎更大一些……就这样一个老汉，给人一种不舒展、执拗和容易固守偏见的感觉，好似一个老山民，一辈子很少出山沟，不开通，没文化，恐怕连自己的名字都不会写；而且岁数大了，耳朵又背，行动迟缓而不灵便。他往烟袋里塞满烟叶子，一半掉落在外，也不去拾。掉多了，就垂下一只又黑又厚又粗糙的手，连地上的土渣一齐捏起来，按在烟锅里，并不在意。老年的邋遢使他显得有些愚笨。由于语言少，他夸耀唐先生的画时，除了"美，美呀！"之外，好像再没有其他词语了。唐先生很少听人用"美"这个字眼儿来称赞画。这个字眼儿本身就含着很深的内容，尤其是现在从这样一个黑老汉的嘴里说出来，就显得很特别，不和谐，不可思议。这个"美，美呀！"究竟是指什么而言，是何内容，难道是对自己的艺术发自内心的一种感受？唐先生心想，或许这老汉听人说过自己的大名，偶然还见过自己大作的印刷品，碰巧发生了一时兴趣，但仅仅是一种直觉的喜爱，与对艺术的理解无关。这种喜爱即便有理由，也是出于无知和对艺术幼稚的曲解。仿佛我们听鸟叫，觉得婉转动听，但完全不懂鸟儿们说些什么；两只鸟儿对叫，可能在相互生气谩骂，我们却以为它们在亲昵地召唤或对歌……

他俩坐了一阵子。老花农似乎无话可说，默默抽着烟。老花农烟抽得厉害，铜烟嘴一直没离开嘴唇。唐先生呢？也没有更多的话可说。不过，他不再像刚才那样——由于自己犯了花房的规矩而不安和发窘了。心里舒坦，滋滋有味儿地抽着自己的烟斗。

可是他发现老花农仍在不时瞅他嘴上的烟斗。他不明其故。"您来尝尝我的烟斗丝吗？"他问。

"不！"老花农笑眯眯地说。他笑得又和善又难看。"俺是瞧您的烟斗挺特别……"

他的烟斗比一般的大。上边雕着一只肥胖的猫头鹰，栖息在一段粗粗的秃枝上，整个图形是浮雕的，凸出表面；背后是一个线刻的圆圆的大月亮，实际上只是一个大圆圈，却十分洗练，和浮雕的部分形成对比，画面显得十分别致和新颖。他把烟斗磕灭火，递给老花农。

"这烟斗是我自己刻的。"他说。

老花农接过烟斗，双手摆弄着，目不转睛地瞧着。然后扬起脸对唐先生赞不绝口："美，美，美呀！"那双灰色的小眼睛竟流露出真切的钦慕之情，使他见了，深受感动。这烟斗是他得意的精神产儿呵！但他跟着又坚信，烟斗上那些奇妙的变形和线条的趣味，绝不在老花农的理解之中。此时，他脑袋里还闪过一种对老花农并非善意的猜疑。他疑心老花农对他如此敬重，如此赞美，是看上了他的烟斗，想要这烟斗。他瞅着老花农对这烟斗爱不释手的样子，便说：

"您要是喜欢这烟斗，就送给您吧！"

不料，老花农听了一怔，脸上的表情变得郑重又严肃，赶忙把烟斗双手捧过来，说：

"不，不，俺要不得，要不得！"

"您拿去玩吧！我家里还有哪！"

"您有是您的。俺不能要！"

老花农一个劲儿地固执地摇脑袋，坚决不肯要。他客气再三，老花农竟有些急了，脸色很难看，黑黑的下巴直打颤，好像被人家误以为自己贪爱他人之物，自尊心受不了似的。老花农激动得站起身，把烟斗用力塞回到唐先生的手掌里。唐先生只得作罢，将烟斗装上烟斗丝，重新插在嘴角，点上火。

这样，唐先生对陌生的怪模怪样的老花农的认识便进了一步。除了感到他个性十分固执之外，还感到他很质朴和诚实。对自己的敬重是实心实意的，没有任何利欲的杂质。尽管他依然确信老花农对艺术一窍不通，仅仅出自一种外行的欣赏方式，与自己毫无共同语言。但由于自己长时间受尽歧视，饱尝冷淡和受排斥的苦滋味，在这里所得到的敬重对于他便是十分珍贵的了。尤其这一片单纯、温厚、自然而然的人情，好比野火烧过的荒原上的花儿、寒飙吹过的绿叶那样难得。

从此以后，尽管这花房离他家不算太近，他却常来坐坐，特别是在凤尾菊盛开的时刻。他来，看过花，便和老花农相对而坐。两碗冒着热气儿的开水，两个冒着白烟儿的烟锅。周围是艳丽缤纷的花的海洋，静静地吐着芬芳。没有一丝风儿，但可以一阵阵闻到牡丹的浓香，一会儿又有一股兰花的幽馨暗暗飘来。两人的话很少，常常默默地坐到薄暮。窗子还挺亮，花房内已经晦暗，到处是模模糊糊的色块，对面只能见到一个朦胧的人影。这时，老花农完全变成一尊大黑陶炉子。只有在一闪一闪的烟火里，才隐隐闪现出那副古怪的面孔。

从偶然、不多的几句话里，他得知老花农姓范，唐山北边的丰润县人，上几代都是花农；从三十多岁他就来到这属于郊区公社的小花房工作，为市区各机关的会场增添色彩，给许许多多家庭点缀生活的美。他老伴早已病故，有个儿子，在附近的农场修水渠。这间充满阳光、花气和潮湿的泥土气味的小花房便是他的家。除此,再不知道旁的,似乎老花农再没有什么可以告诉他的了。两人默默对坐,并不因为无话可说而觉得尴尬,相反,却互相感受到一种满足。至于老花农以什么为满足,他很难知道。但他从老花农凝视着他和他嘴上的烟斗的含笑的目光里,已经明确地感觉到了——老花农难道真的懂得他的艺术,只是不善于表达?不,不!这雕花的烟斗,目前在他生活中、在他精神的天地里的位置,旁人是很难想象得到的。

二 画 家

一些巴黎的穷画家,曾经由于买不起画布和颜料,或者被饥肠饿肚折磨得坐卧不宁,就去给酒吧间的墙上画金月亮,换取一点甜酒、酸黄瓜、面包和亚麻布,跑到家,趁肚子里的食物没消化完,赶紧把心中渴望表达出来的美丽的形象涂在画布上。

我们的唐先生则不然。现在,所有的画家都靠边站,又没有课教,待在家无事可做。他每月十五日可以到画院的财务室领到足够的薪金。天天把肚子塞得鼓鼓的,像实心球;精力有余,时间多得打发不出去。画瘾时时像痒痒虫弄得他浑身难受,但他不敢去摸一摸笔杆。

这是当时我们的文学艺术家们共同的苦恼。文坛上拉满带电的铁丝网,画苑里遍处布雷;笔杆好像炸弹里的撞针,摆弄不好,就会引来杀身之祸。

时间久了,锡管中黏稠的颜色硬结成粉块,好似昆虫学家标本盒里的死蚂蚱;画布被尘埃抹了厚厚的一层;笔筒中长长短短的画笔中间结上了亮闪闪的蛛丝……

他整天无所事事,又很少像从前那样有客来访,无聊得很。他怀念往事,怀念失去的一切,包括那飞黄腾达的岁月里种种出风头和得意的事情。那时,不用他去找,好事会自己跑上门来,还是请求他接受。如今却只有寂寞陪伴着他。但他总不能浸在回忆里,要摆脱。他曾同别人学过钓鱼、下棋、打牌,借以消磨时光;他却发现自己缺乏耐性,计算、推理和抽象认识的能力极差,无论怎样努力也养不成这些嗜好。他还学过一阵木工。虽然他五十余岁,身子蛮壮,结实的肌骨里还蕴藏着不少力量,拉得了大锯,推得动大刨子。前几年的大风暴里,他的家具被抄去不少,自己动手做些应用的家具,倒还不错。经过努力,他的木工活学到能粗粗制成一张桌子或一只碗橱的程度,但没有一件家具能够最后完成,总是设计得好,做得差不多就没兴致了。草草装配上,刷一道漆色;往往是这里剩下一个抽屉把儿没安,那里还有一扇玻璃柜门没有装上去,就扔在一边,像一件件半成品,无精打采地站在屋子四边……他不能画画,就如同一个失恋的人,一时做什么事都打不起精神来。

一次,他闲坐着,嘴上叼一只大烟斗。无意间,目光碰到又圆又光滑、深红色的烟斗上。他忽然觉得上边深色的木纹,隐隐像一双敦煌壁画中的飞天人物;他灵机一动,找到一把木刻刀,依形雕刻出来,再用金漆复勾一遍,竟收到了意想之外的效果。这飞天,衣袂飞举,裙带飘然旋转,宛如在无极的太空中款款翱翔,并给阳光照得辉煌耀目。真有在莫高窟里翘首仰望时所得的美妙的感觉。那些刀刻的线条还含着一种他从未感受过的浓厚又独特的趣味。如此一来,一只普普通通的烟斗便变成一件绝妙的艺术品。一下子,他就像在难堪的囚居中找到一个新天地,在焦渴的荒漠中发现一汪清泉;像孩子突然拾到一个可以大大发挥一下想象的木头轮子似的,兴致勃勃、欣喜若狂地摆弄起这玩意儿来。

他钻到床底下,从一只破篮子里翻出好几个旧烟斗,几天内全刻了出来。有的刻上一大群扬帆的船;有的雕出一只啁啾不已、活灵活现、毛茸茸的小雏雀;有的仅仅划几条春风吹动的水纹,几颗淡淡的星;有的则仿照汉画中带篷子的战车,线条也逼真地摹拟出汉画拓片上那种浑古苍拙的味道。现成的烟斗刻完了,他就找来一些硬木头、干树根、牛角料,自制烟斗。雕刻的技术愈来愈精,从线刻到浮雕、高浮雕,有的还在表层打孔和镂空。再加上煮色、磨光、烫蜡和涂漆,精美无比。它和一般匠人们雕刻的烟斗迥然不同。匠人们靠熟练得近似油滑的技术,式样千篇一律,图形也都有规定的程式,严格地讲那仅仅算是玩意儿,不是艺术品。而唐先生的烟斗,造型、图纹、形象、制法,乃至风格,无一雷同。他把每只烟斗都当作一件创作,倾尽心血,刻意经营。在每一个两三公分高的圆柱体上,都追求一种情趣,一种境界……他把雕好的烟斗摆满一个玻璃书柜——里边的书早被抄去,原是空的——这简直是一柜琳琅满目、绝美的艺术珍品。在这里,可以见到世纪前青铜器上怪异的人形,彩陶文化所特有的酣畅而单纯的花纹,罗马建筑,蒙娜丽莎,日本浮世绘中的武士,北魏佛像,昭陵六骏,凯旋门,武梁祠石刻,韩干的马,韩滉的牛,郑板桥的竹子,埃及的狮身人面像,华特·狄斯尼的卡通人物。这些图形都保持原来的艺术风格和趣味,不因模仿而失真。有的原是宏幅巨制,缩小到千分之一刻在烟斗上,毫不丢掉原作的风神、气势和丰富感。还有些用怪模怪样的老树根雕成的烟斗，随形刻成嶙峋的山石，古鼎或兽头，海浪或飞云。文明世界的宝藏，人世间的万千景象，都是他摄取的题材。他的变形大胆而新奇。为了传神，常常舍弃把握得很准确的物象的轮廓；他在艺术上向来反对单纯地记录视网膜上的影像；在调色板上，他主张融进内心感受的调子。此时，他把这一切艺术理想都实现了。

他如同真正从事创作时那样，有时一干就是一整天。半夜里，有了想法也按捺不住跳下床来，操起雕刻刀。得意之时，还要把老伴推醒共同欣赏。老伴与他三十年前同毕业于一座艺术院校，有一样的理想和差距不大的才华。结婚后，老伴为了他，把个人的抱负收拾起来，或者说是全部地加入到他的理想中。瘦削单薄的肩膀挑起生活的重担，却以他的成功为欢乐。默默与他一起分享荣誉的快感和事业上的收获。当有人宣布他的前程已经被毁灭时，老伴表面上比他不在乎，心里反比他更沉重、更灰心失望。现在，老伴见他从多年的苦闷里找到一种精神的寄托，心中深感安慰。不管怎样，在旁人眼里烟斗是个玩物，不被留意。画画的，不去画画，还有什么麻烦？有时，老伴见他居然从这么一个小东西上获得如此之多的快乐，还忍不住偷偷掉泪呢！

想想看，这一切老花农哪里懂得。如果说老花农是他的知音，恐怕是自寻安慰吧！然而，艺术家需要的不是家庭承认，而是社会承认。也许由于唐先生的周围万籁俱寂，无人赏识，无人喝彩，无人搭理他，太寂寞了；老花农这里发出的一个孤孤单单的苍哑的回声，多多少少使他得到一点充实。

三　时来运转

秋风一吹，大自然单调的绿色顷刻变得黄紫斑驳。又是一番姿色，又是赏菊的好时节。可是唐先生却没有到那离家较远的小花房去。他已经半年多没去了。

半年前，他被落实了政策，名画家的桂冠重新戴在头上。家里的客人渐渐多起来。好像堪堪枯谢的枝头又绽开花蕾，引来一群群蜜蜂、蝴蝶、小虫。编辑们来要稿，记者来采访，名流们穿梭不已。前几年销声匿迹的门生，又来登门求教。求画的人更是接踵不绝。他整天迎进送出，开门关门，忙得不亦乐乎。有时一群群闯进来，坐满一屋子，闹得他的画室像刚刚开业的小饭铺。

他给这些人缠着，什么也干不了。还有些人纯粹来泡时间，一坐就是半天。要不是他们自己坐得厌烦了，还不肯走呢！他对这些不知趣的人，尤其没有办法。有时他不说话，想把来访者冷淡走，偏偏这种人不善察言观色。甚至有人还对他说："你的客人太多了，把你的时间都占去了，还怎么画画？你不能不搭理他们吗？"说话的人往往把自己除外，弄得他啼笑皆非。

然而，他被这么多人捧在中间，像众星捧月似的，毕竟很高兴。这是自己地位、名望、荣誉和价值的见证。前些年失掉的荣誉，像一只跑掉的鸟儿，又带着一连串响亮的鸣叫飞回来了。整天，喜悦如同一对小旋涡旋在他嘴角上，连睡觉时也停在他嘴角上缓缓转动。因此，人来人往，又使他得意、满足、引以为荣。此时，他忙得早把那无足轻重的老花衣淡忘了。

烟斗呢？却非刻不可。因为来访者搞不到他的画，都设法要一只烟斗去。大凡这些要烟斗的人,其中没有几个真正懂得他寄寓在这小东西上奇妙的语言,也并非喜欢得不得了(尽管装得珍爱如狂),不过因为这是大名鼎鼎的"唐先生"刻的烟斗而已。好比有人向大作家要书,拿回去可能翻也不翻,要的是作家在扉页上的亲笔签名——但他必须应付这种事。几个月里,他摆在玻璃书柜里的烟斗被人们要去大半。他还要抽时间不断地雕出一些新的来,刻得却不那么尽心了,草草了事,人家照样抢着要。除非对方是艺术内行或什么大人物,他在构思用意和刻法上才着意和讲究一些。

他可以画画了,反而画不成,没时间。一时他的烟斗倒比他的画更出名。他快成烟斗艺术大师了。

一天,打一早就是高朋满座。一个矮胖胖,是位通晓些绘画常识的名作家;另两个身材一般高,都戴圆眼镜,若不是一个长脸盘,一个小脸盘,简直是一对儿,这两个是出版社比较有些资格的编辑,来催稿件;还有一位瘦高、长腿、像只鹳鸟的大个子,是位画家。大家当着他的面讨论他的绘画风格,自然都是赞美之词。那位长腿画家曾是唐先生的画友,多年来也曾登门,近来又成了座上客。此刻竟以唐先生的贴己和知音的口气说话。

唐先生虽然听得挺舒服,但他要画画,并不希望这些人总坐着不走。昨晚他勾了一张草图,本想今天完成,但客人们一早就鱼贯而入,他又不好谢客,只得作陪。此时,大家已经抽掉一包带过滤嘴的香烟了,浓烟满室,都还没有告辞的意思。正在无可奈何之际,外边又有人敲门。他心里厌烦地说:"又来一个,今天算报销掉了!"便去开门。

打开门,不觉双目一亮。面前一大盆光彩照人的凤尾菊。一个人抱着这盆花,面部被花遮住。他怔了,是谁给自己送花来了呢?这么漂亮的花!

"谁?快请进!"

来人没吭声,慢吞吞走进来,把花儿放在地上。待来人直起腰一看,原来是半年多未见的老花农。是他把自己喜爱的花儿送到家里来了。

"唷,老范,是您呀!您怎么来的?抱来的吗?"

矮墩墩的老花农笑眯眯地站在他面前,前襟沾着土,他抱了这盆花走了很长的路,累了,额上沁出亮闪闪的汗珠,微微直喘,说不出话,只频频点头。

客人们都起身过来,围着地上这盆凤尾菊欣赏起来,兼有为主人助兴的意思。

唐先生请老花农坐下歇歇。老花农扭身本想就近坐在一张带扶手的沙发椅上,但他迟疑一下没坐,似乎嫌自己一身衣服太脏。他见墙角的书柜前有个小木凳,就过去蹲下去坐在木凳上。唐先生没跟他客气,让座位,倒了一杯热水给他,问道:

"怎么样,忙吗?"

"啥?"老花农还是那样偏过右耳朵。

"我问您忙吗?"唐先生放大音量又问一遍。

"噢,没啥忙的。半年没见您了。您不是爱凤尾菊吗?您要是再不来,花就开败了。今儿俺歇班,给您抱一盆来,您就在家瞧吧!"

老花农说着,打腰里掏出小烟袋和那个圆圆的洋铁烟盒,打开盖儿放在地上,装上烟叶末子,点了火抽起来。

客人们看过花,重新落座。唐先生也坐回到自己的一张大靠背的皮软椅上去，接着谈天。大家谁也没有把这个送花来的、蹲坐在一边的黑老汉当作一回事。也没人和他说话，问他什么。唐先生也没和他搭腔，任他在一旁抽烟、喝水，只是间或朝他无声地笑一笑，点一下头。老花农丝毫没有怨怪这些人不理他。他津津有味地听着这些人海阔天空地谈天。为了听清这些人的话，他把那右耳朵偏过来，时而皱起满脸皱纹，仿佛感到费解；时而又舒展面容，似乎领略到这些人话中的奥妙。他不声不响地坐在一旁，黑黑的脸上露出满足的神情，好像在享受着什么，如同当年在小花房里，与唐先生相对而坐、默默抽着烟时所表现出的那种满足。

后来他发现了身后陈列烟斗的玻璃柜，便站起身，面对柜子，见到这么多雕着花、千奇百怪的烟斗，他看呆了。而且距离柜门的玻璃面那么近，好像要挤进柜里去。嘴里呼出的热气把柜门弄污了，不断用手去抹。还禁不住发出一声声——对于他是唯一的、很特别的——赞叹声："美，美，美呀……"

屋内的几位客人听到这声音，不以为然，并觉得这个傻里傻气、怪模怪样的黑老汉挺可笑。这使得唐先生感觉自己认识这么一位无知的缺心眼的怪老头很难为情。因此，没敢和老花农说话，生怕引他说出更无知可笑的话来，栽自己的面子。他尽力说些话扯开贵客们对老花农的注意，心里却巴望老花农快快告辞回去。

没人搭理老花农。待了会儿，老花农向唐先生告辞要回去了。唐先生一边和他客气着，一边送他到了大门外。

"耽误您们谈话了。"老花农歉意又发窘地说。

"哪的话！您给我送花来，跑了这么远的路。"他说着客套话。

"您怎么一直没来呢?今年的凤尾菊开得盆盆好。您很忙吧!"

唐先生听了,马上想到如果自己说"不忙",说不定这老花农没事就要来,便说:"何止忙呢,忙得不可开交呀!这些人整天没事,到这儿来泡时间,弄得我一点时间也没有。他们还找我要画,我哪来的时间画?!半年来,我一共才画了四张画,多半还是夜里画的。照这么下去,我非得跑到深山里躲躲去不可,否则什么也干不成!"他一边显得很烦恼,一边还透出两分得意的神色。

"呀!不画哪成!该画、该画……"老花农好像比唐先生更为忧虑。沉了片刻,他诚恳又认真地说,"要不,您到我的花房画去吧!"

"不,不……我,我离不开这儿。有时,有人找我,也确实是有事。您甭为我操心了,我自己慢慢再想些别的办法。"

老花农听罢,怔了怔,便说:"那我走了。您这儿还有客人哪!"随即转身慢吞吞地走去。

此后,老花农又来送过两次花,却没有露面,连门也没敲,而是悄悄把花儿放在门口,悄悄去了。这两次都是唐先生送客出来,发现了花,摆在门旁边,他便知是老花农送来的。他领会到老花农的用心,心里也受了感动。本想去看看老花农,但川流不息的来客,以及更重要的事情把这些念头冲跑了。

有一次,他送走几位来客,正打开窗子放放屋里的烟。忽听门外"咚"的一声,好像有人把一件沉重的东西放地上。他忙走到门前,拉开门,只见门外台阶上又放了一盆美丽的花。一个矮墩墩、穿一身黑裤褂的老汉的背影,正离开这里走去。一看那微微驼背,慢吞吞迈着弧形步子的罗圈腿,立即认出是老花农。他招呼一声:"老范!"便赶上去。

他请老花农屋里坐,老花农说什么也不肯,摇着手说:"不,不,别耽误您的时间。"

"屋里没人。您坐坐,喘一喘再走。"

"不,您正好可以画画。俺不累,溜溜达达就回去了。"

"往后您别再跑这么远的路了。这一盆花得十多斤重。我要是看花,到花房去看好了。"唐先生说。

"您哪里有空呢?"老花农说。他牢牢记着上次唐先生埋怨没有时间工作的话,才一次次把花儿送来。

"可是……您送花,也不要我付钱,怎么成呢?哪能叫您白送。"

老花农摇着一双又厚又黑、短粗的手,说:

"没啥,没啥。俺就一个儿子,他做事,不要我的钱。我的钱用不了,没嗜好,也没处花,连烟叶子也是自己种的……您干啥要提钱呢!"

"可我怎么谢谢您呢?"

"啥?"

"我说,我总得谢谢您。"

老花农听了,在他黑黑发亮的铁球一般的鼓脑门下,两只无神的灰色的小眼睛直怔怔地盯着唐先生。

"您真的要谢谢俺?"

"是啊……"

"那……"老花农变得犹豫不决,然后他像下了决心那样地说,"您就送俺一只您刻的烟斗吧!"这时,他的表情既是一种诚恳的请求，也好像因为开口找人家要东西而不好意思，甚至挺窘。

"噢？行，没问题，我给您去拿一只去！"

唐先生说着，转身走进屋。一边想，这老范的性格真够怪的。自己刚和他认识那次，曾经要送给他一只烟斗，他怎么不要呢？

唐先生打开玻璃柜门，里边的烟斗不多了，最上边的一格仅仅还有五只。其中两只是他的杰作，一直没肯给人。另外三只是新近雕的，也属精品，但都有主了。这是一位诗人，一位市艺术处处长，一位电影大导演请他雕的。这几只烟斗完全可以摆在博物馆的陈列柜里。他没动这些，而从下边一层内一堆属于一般水平的烟斗中，选择一只刻工比较简单的，刻的是五朵牡丹花。还是他刚刚开始刻烟斗时的作品，艺术上还不太纯熟。但他以为，这对于不懂艺术的老花农来说，足可以了。便拿着这只烟斗，在手心里揉擦干净，走出去，给老花农。

老花农一见这烟斗，眼睛像一对灰色的小灯泡亮了起来。唐先生没注意到，这双小眼睛居然有这样的神采。

"您……"老花农欢喜得声音都震颤了，"您真的把这么好的烟斗送给俺吗？"

唐先生见老花农如此喜爱，心里也挺满意。这么一来，总算还了所欠对方送花的情。"是啊，您拿去吧！"说着，把烟斗递给老花农。

老花农双手郑重地接过烟斗，激动得吭吭巴巴地说：

"谢谢您，唐先生，真谢谢您，俺回去了……"

他的目光一直没离开双手捧着的烟斗，走去了。

四　寂寞中的叩门声

唐先生坐在那张高背的皮椅子上，抽着烟斗。他显得疲惫不堪，软弱无力，身子坐得那么低，好像要陷进椅子里似的。那样子，仿佛一连干了三天三夜的重活，撑不住了，瘫在了这儿。

他的眸子黯淡无神，嘴角上那一对喜悦的旋涡不见了。天才入秋，他就套上两件厚毛衣，当下还像怕冷似的缩着脖子。屋里静得很，家具上蒙了一层薄薄的尘土，显然好几天没有擦抹过，没有客人来。

他的一幅画被莫名其妙地定为黑画——还是那个曾请他刻烟斗的艺术处处长定的。那位处长本来挺喜欢他的画，但为了迎合上边某种荒谬的理论，为了自己在权力的台阶上再登一级，亲手搞掉他。一下子，他又失去了一切。在受到一连串批判斗争之后，被撇在一边，听候处理。于是，他再一次落魄了，无人理睬了，每天从大门进出的又只剩下他和老伴两个。喧闹的人声从屋内消失，好似午夜后关了门的小饭铺，静得出奇。而玻璃书柜的第一层上，还摆着几只名人和要人请他雕刻的烟斗。这几只烟斗刻得精美极了，却放在那里，没人来取。他重新领略到歧视和冷漠的滋味；至于寂寞，他反而觉得挺舒服，挺难得，和这一次反复之前的感受大不一样。生活的变化使他获得多少积极和消极的处世哲理。反正他再不把那重新被夺去的荣誉、那众星捧月般虚幻的荣华，当作生活中失落的最宝贵的东西了。

这时，他听到有人轻轻叩门。已经许久没听过这声音了。他撂下烟斗，趿拉着鞋去开门。

打开门,不禁惊奇地扬起眉毛。原来一个人抱着一盆特大的金光灿烂的凤尾菊正堵在门口。因花枝太长,抱花盆的人努力耸着肩,把花盆抱得高高的,遮住他的脸,但枝梢还是一直拖到地上。

呵,是老花农——老范!不用说,肯定是他来了。他总是在这种时候出现;而在自己春风得意之时,他却悄悄避开了。并且总是不声不响地用一片真心诚意对待自己。唐先生感到一阵浓郁的花香,混着一股醇厚的人情扑在身上,心中有种说不出的乱糟糟的感触,嘴里忙乱地说:

"老范,老范,快请进,请进……好,好,就放在地上吧!这花儿开得多好!好大的一盆,重极了吧!"

来人把花儿放在地上,直起腰。他看了不由得一怔,来人竟不是老范。他不认得。是一个中等个子的青年人,穿件黑布夹袄,装束和气质都像个农民。手挺大,宽下巴,一双吊着的小眼睛,皮肤黑而粗糙;鞋帮上沾着黄土。

"你?"

"俺是您认得的那老范的儿子。"

唐先生听了,忽觉得他脸上某些地方确实挺像老范。忙请他坐,并给他斟了杯热茶。"你爹还好吧!这两天,我还正想去看他呢!"唐先生这话真切不假,毫无客套的意思。

不料这青年说:"俺爹今年夏天叫雨淋着,得了肺炎,过世了。"他的声音低沉。但好像事情已过了多日,没有显得强烈的悲痛与难过。

"什么?他?!"唐先生怔住了。

"俺爹病在炕上时,总对俺念叨说,唐先生最爱瞧凤尾菊。

这盆是他特意给您栽的。他嘱咐俺说，开花时，他要是不在了，叫俺无论如何也得把花儿给您送来。"

唐先生听呆了。他想不到生活中还有这样的事。一个对于他无足轻重的人，竟是真正尊重他，真心相待于他的人……他心里一阵凄然，不知该说些什么话。他下意识地习惯地从茶几上拿起烟斗，可是划火柴时，手抖颤着，怎么也划不着。那青年一见到烟斗，忽然像想起什么似的说：

"唐先生，您知道，俺爹爹多喜欢您刻的烟斗吗？您曾经送给过他一只烟斗吧！他临终时对俺说：'你记着，俺走的时候，身上的衣服穿得像样不像样都不要紧，千万别忘了把唐先生那只烟斗给俺插在嘴角上。'"

"什么？"唐先生惊愕地问。他好像没听清这句话，其实他都听见了。

那青年又说一遍。他的脑袋嗡嗡响，却一个字儿也没听见。

直到现在，唐先生的耳边还常常响着那傻里傻气的"美，美呀！"苍哑的赞叹声。于是，一个难解的问题便纠缠着他：这个曾用一双粗糙的手培植了那么多千姿万态的奇花异卉的老花农，难道对于美竟是无知的吗？那死去的黑老汉在他的想象中，再不是怪模怪样的了，而化作一个极美的灵魂，投照在他心上，永远也抹不去。每每在此时，他还感到心上像压了一块沉重的大石板似的，怀着深深的内疚。他后悔，当初老花农向他要烟斗时，他没有把雕刻得最精美的一只拿出来，送给他……

啊！

> 只要这些有碍社会进步和毒化生活的现象，还没有被深刻地加以认识、从中吸取教训、彻底净除与杜绝，还存在着再生的条件；那么，与本篇小说同一性质的作品就不会是无用的，也是不可避免的。
>
> ——作者

一

　　早春的天空分外美丽。那淡蓝色的无限开阔的空间，全给灿烂明亮的日光占有了。鸟雀们拼命向云天钻飞，去迎接从遥远的地方随同大雁一同来临的春天。
　　它的气息往往裹在融雪的气息里。
　　它第一个脚步，是踏在寒气犹存的人间和大地上的。然而它以宇宙间浑然充沛的生命的元气，使冰封的大河嘎嘎碎裂，使冻结的土壤松解复苏，使僵缩的万物舒展、变柔、生机勃发，使每一颗美好的心都充满幻想和希望。
　　春天，不仅带来希冀、新生、美、向上的力、大自然的繁忙、五彩缤纷的新天地，还要与亲切真诚的吐露、劳动者手上的厚茧、描绘未来的图纸、为真理而斗争的硝烟、柔情的眼波、迷人的夜曲，纺织成甜蜜、幸福、诗意、闪闪发光的生活。

它从来不辜负人们。它恪守时节，还慷慨无私地把它的一切财富贡献给人们。

多好的春天呵！

然而，这一切，对于现在坐在历史研究所当院的一百多人来说，却是无关和多余的。没有一个人有心抬起头，去感受一下早春的天空。

这里又要揪人了！

二

有两个迹象说明今天召开的全所大会有种非同寻常的急迫感和严重性。

一个是，所里的五名长期病号和十一名退休人员全到会了。他们接到的开会通知上注有"不准请假"的字样，谁也不敢推辞或借故不来，现在在会场后边东倒西歪地坐了一排。

另一个是，还有两名外出到西安半坡博物馆考察文物的人员，在昨天上午收到所里打去的加急电报，星夜驰归，此刻就坐在人群中间。

当矮个子、黑皮肤、呆板又平庸的所革委会的郝主任，双手端起一份上级下达的要立即开展运动的文件，像念天书一般，吭吭哈哈、结结巴巴、夹杂着许多错别字地念过之后，刚刚从市里开过紧急政工会议的政工干部贾大真赶回来了。他瘦瘦高高，戴一顶时髦的象征革命化的绿军帽，站在台上。他那瘦骨嶙峋的脸

上有种可怕的严肃劲儿。用着发狠的口气和那个时代流行的发狠的词句,讲了一番话。这番话是这样结束的:

"虽然我们搞过许多次运动,但并不彻底。我们这个单位知识分子成堆,阶级成分复杂,藏龙卧虎,混杂着大大小小、为数不少的一批坏人。有历史的,也有现行的;有的公开,也有的隐蔽。我们不能掉以轻心,垫高枕头睡大觉。对敌人姑息,就是对革命犯罪。不少人在运动中不是跳出来表演了吗?现在该是和他们算总账的时候了!对于那些隐蔽得很深的家伙们,就是掘地三尺,也要把他们挖出来!

"这次运动的特点是来势猛、决心大、搞得细。一方面,发动强大的政治攻势,对阶级敌人展开全面进攻。另一方面,对所有有问题、有嫌疑的人,要进行一次彻底的清理;对历史有污点的人,也要重新调查、重新鉴定、重作结论。我们下了决心,决不漏掉一个敌人!而且,这次运动还将在社会上广泛展开,撒下天罗地网,将一切敌人一网打尽。上级领导讲了,'该杀的就杀,该关的就关,该管的就管!'我们要立即行动起来,迎接这场大揭发、大检举、大批判、大斗争的阶级斗争的新高潮!"

显然,一阵凶猛的狂潮马上就要卷进生活中来。一切随即就要发生变化——生活内容,人,人的想法,人与人的关系,相互的感觉;还有空气。空气仿佛不再是流动的了,凝结了,并且骤然间充满了火药味道。

三

散会后,地方史组三个都戴眼镜的研究员回到他们的工作室,组长赵昌被留下听候所领导对运动的安排部署。这三个人前前后后进了屋,谁也没吭声,各就各位,像往常那样从桌上或抽屉里拿一本书看;天知道他们在看些什么。

本组年纪最大的老研究员秦泉的脸色非常难看。此人很瘦:面皮如同旧皮包那样黯淡,高颧骨像皮包里塞着的什么硬东西支楞出来,正好把一副普普通通的白光眼镜架住。他是个仔细、寡言、稳重的人。胳膊上总套着一对褐色的粗布套袖,和他每天上下班提着的书包用的是同一块布料。看上去,很像个细致又严谨的银行老职员。长期的案头工作使他驼了背。整天虾一样弓腰坐着,面前一杯热水和一本书,右手拿钢笔,左手夹一支烟卷;长长的脑袋被嘴里吐着的烟纠缠着,宛如云岚缭绕的山头;有时烟缕钻进他花花的头发丝里,半天散不净。这便是他给人印象最深的形象。他一天不停地喝水和上厕所,咽水的声音分外响;平日为了不打扰室内研究工作所必要的安静,他喝水时总是尽力抑制自己的毛病,把一口水分作几次,小心翼翼地咽下去。今天他似乎忘了。一边咽水,喉咙里一边咕噔咕噔地响,像是咽一个个小铁球。

他是五十年代出名的右派,而后摘掉帽子,但仍是所里唯一的身上打过"右"字号戳儿的人物。那种戳儿打上了,就留下深深的印记,想抹也抹不掉,每逢运动一来,都照例被作为反面人物中的一种典型,拿出来当作进攻的靶子。他属于那种人们常说的"老运动员"。虽然饱经沧桑,眼见过各种惊心动魄的大场面,但眼下仍不免心情烦躁。因为他很清楚马上又临到头上的日子是什么样的。

另一个白胖胖,却坐在一边呆呆发怔。他叫张鼎臣。才过了五十岁生日,圆头圆脑,皮肤细腻而光亮,戴一副做工挺细的钢丝边眼镜,装束整整齐齐,衣料也不差;平时爱吃点细食,不吸烟;牙齿刷得像瓷制的那样洁白,并且总在笑嘻嘻的唇缝中间闪露出来。他的古文颇好,对清史很有些研究;只是脸上总挂着些笑意,说话爱迎合人,带点商人气味,引人反感。

他是老燕京大学的学生,毕业后由于生计的关系,自己经营过一家小书铺。书架上总放着七八百册书,一边看,一边卖,积攒下知识和钱财。后来经本家叔叔再三劝说,在那个堂叔开的小贸易行里入了一份数目不大的股金。小贸易行经办不力,几乎关门。由于碍于叔侄情面,不好抽出股份,只当作买卖亏掉了。一九五六年公私合营时,这奄奄一息的小贸易行被合进去,他反落得一份微薄的股息。这份股息致使他在"文化大革命"初期被当作资本家挨斗游街。他的成分至今尚未得到最后确定。如同没有系缆的小船,在这将到来的风浪中,不知会遇到什么情况。

这三个人中间,唯有戴黄色圆边近视眼镜的吴仲义是个幸运儿。

他的历史如同一张白纸。平时的言行又相当谨慎,无懈可击。为人软弱平和,不肯多事。前一度,所里的人分作两派,斗得你死我活,他在一旁逍遥自在,但按时上下班。在班上虽无事可做,也决不违犯所里订立过的那些规章制度。两派都争取过他,他却一笑了之。幸亏他素来是个胆小无能的人,无论哪派把他拉过去,最多只是增加一个人数。因此,两派都不再去理他。他是个多余的人。

然而,在一场场运动中间的间歇,也就是抓业务的时期里,他却是所里目光集中的一个人物。他年纪不大,三十多岁,学识相当扎实,工作认真肯干,研究上经常出成果。他是专门研究地方农民运动史的。这一内容始终受重视,他因此也受重视。他的成绩是领导和上级治所有方的力证。谁都认为,这是他在所里平时受优待、运动中受保护的资本……因此运动一来,他就被那些有污点而惴惴不安的人钦慕、眼馋,甚至有些嫉妒呢!好似山洪冲下来,人家站在平地上担惊受怕,他却在石壁下、高地上,碰不着,扫不上,得天独厚,平平安安。

可是,谁知道那是怎样的时候呢?天大的功劳也无济于事,一点点过错就会招来灾祸;它逼得你去搜寻自己的过失,并设法保护自己;本来可以相安无事的人,在那种凶险的情势下,也会无端地心惊肉跳,疑神疑鬼……

快下班时,组长赵昌推门进来,用一种与他平时惯常的温和略显不同的比较严肃的态度说:"革委会决定,从明天起开始整天搞运动,一切业务暂停。事假一律不准;医生开的假条必须革委会签字盖章方可有效。由明天算起的头一周,是大揭发大检举活动。每人回家都不准停止大脑的思维,去回忆平日哪些人有哪些错误言行,以及可疑的现象和线索,做好互相检举揭发的准备。"

赵昌的话说完。大家收拾东西离开房间的时候,不像往常那样互相打个招呼,说一半句笑话。脸上都没什么表情,谁也不理谁,各自走掉,似乎都有了戒心。

四

吴仲义在回家的路上,心里说不出是种什么滋味。总之,他感到堵心、不舒畅、麻烦,研究工作中一切正在大有进展的线索都要中断,去应付那些没完没了的大会小会、揭发批判,此外还隐隐有些莫名的不安。可是他又想,自己一向循规蹈矩,没出过半点差错,总比秦泉和张鼎臣幸运和幸福。在那种时候,平安是多大的福气呀!

"管他呢,没我的事!晚上在家可以照旧搞我的研究。明天下班,把放在单位里那些书和论文都带回来就是了!"

想到这儿,他感到一阵轻松,推开门,穿过黑魆魆的过堂,登上楼梯。他自己的房间在二楼。这时,住在楼下的邻居杨大妈——一位胖胖、笨拙而热心和气的山东人——听见他的声音,走出屋来召唤他:

"吴同志,您的信。给您!"

"信?噢,我哥哥来的,谢谢您。"他半鞠躬半点头,笑吟吟地接过信来。

"是封挂号信。邮递员说,他每天送两次信,都赶在您在班上。我就代您盖个戳儿。怕有急事耽误了……"杨大妈说。

"可能是我侄子的照片。谢谢,真麻烦您呢!"他说着,捏着这封信走进自己的房间,拆开一看,并无照片,只有两张写满字的信纸。心想,什么事要用挂号?哥哥从来没这样做过,想必有特别的缘由……可是当他那双灰色的小眼睛看到信上的第一句话:"我必须告诉你一件事,你别害怕!"眼睛立刻惊得发亮,如同一对突然增大电压的小电珠。等他惊慌的目光从信中一行行字上蹦蹦跳跳地跑过，真像挨了重重的当头一棒！忽然他发现门是开着的。黑乎乎的门外有个白晃晃的东西，仿佛是人脸。他赶忙跑到门口看看，屋外没人。他又急急忙忙走进来把门关上，销死，上了锁。站在屋中间，把信从头再看一遍，他感到一场灾难像块大陨石，从无边无际的天上，直直照准他的脑袋飞来了。一下子，好像突如其来发生一场大地震，屋顶、地板，连同他自己都一起坠落下去一样。他还站在屋子中间，却感觉不到自己。

五

他清清楚楚记得那件事。那是他一生的转折点。

十多年前，他正在本地大学的历史系读书，他是毕业班，随着一位助教和两个同学到较远的郊县收集近百年中一次农民起义的素材，好补充他毕业论文的内容。在平静的绿色的乡野间，他们得知学校里正开展热火朝天的鸣放活动，各种不同观点进行着炽烈的辩论。跟着他们接到学校的通知，叫他们尽速回校参加鸣放。他们的工作很紧张，一时撂不下，直到学校连来了四封信催促他们，才不得不草草结束手头的工作，返回城市。

下火车的当天，天色已晚，他们先都各自回家看看。

那时，他爸爸早殁了，妈妈还在世，哥哥刚刚结婚一年，家里的气氛挺活跃。哥哥是个易于激动而非常活跃的青年：长着大个子，脸色通红，头发乌黑，明亮的眼睛富于表情，爱说话和表现自己；说话时声音响亮，两只手还伴随着比比画画，总像在演讲。他在一座化工学院上学时就入了党，毕业后由于各方面表现都很突出，被留校教学。但他似乎不该整天去同黑板、粉笔、试管与烧瓶打交道，而应当做演员才更为适宜。他喜欢打冰球、游泳、唱歌，尤其爱演话剧。他在校时曾是学生剧团的团长，自己还能编些颇有风趣和特色的小剧目，很有点才气。后来做了教师，依然是学生剧团的名誉团长和一名特邀演员。化工学院在每次大学生文艺会演中名列前茅，都有他不小的功劳。吴仲义的嫂子名叫韩琪，是本市专业话剧团一名出色的演员，在《钗头凤》《日出》和《雷雨》中都担任主角。她下妆似乎比在台上还美丽。俊俏的脸儿，细嫩的小手，身材娇小玲珑却匀称而丰韵，带着大演员雍容大方的气度，性情中含有一种深厚的温柔，说话的声音好听而动人。她是在观摩一次业余演出时认识哥哥的。当时她坐在台下，被台上这位业余演员的才气感动得掉下眼泪。这滴亮闪闪、透明的泪珠便是一颗纯洁无瑕的爱情的种子；这种子真的出芽、长叶、放花、结了甜甜的果实。

这时期的吴仲义，性格上虽比哥哥脆弱些，但一样热情纯朴。好比一株粗壮的橡树和一棵修长的白桦，在生机洋溢的春天里都长满鹅黄嫩绿、生气盈盈的叶子。更由于他年轻，还是个唇上只有几根软髭的大学生，没离开过妈妈的身旁，未来对于他还是一张被想像得无比瑰丽与绚烂的图画。随时随地容易激动和受感动；对一切事物都好奇、敏感、喜欢发问，相信自己独立思考得出的结论，也相信别人与自己一样坦白，心里的话只有吐尽了才痛快，并以对人诚实而引为自豪……再有，那个时代，人们和整个社会生活，都高抬着昂然向上的步伐呵！

他的妈妈呢，大概中国人差不多都有那样一个好妈妈：贤淑、善良、勤劳，她以孩子们的诚实、正直和幸福为自己的幸福。她只盼着吴仲义将来也有一个像他嫂嫂那样的好媳妇。

吴仲义回到这样一个家庭中来。哥哥为他举办一个小小而丰盛的家庭欢迎会。大家快乐的笑声在嫂嫂精心烹制的香喷喷的饭菜上飘荡。全家快活地交谈,自然也谈到了当时社会上的鸣放。吴仲义对这些知道得很少,哥哥那张因喝些酒而愈发红了的脸对着他,兴冲冲地说:

"吃过饭,我带你去一个地方。到了那儿,不用我说,你就全知道了。"

当晚,哥哥领他去到那个地方。

那儿是哥哥常去的地方,是哥哥的一个很要好的小学同学陈乃智的家。经常到那儿去的还有龚云、泰山、何玉霞几个人。大家都是好朋友,共同喜好文学、艺术、哲学,都爱读书。大家在这里组织一个"读书会"。为了可以定期把自己一段时间里读书的心得发表出来,相互启发。这几个青年朋友在气质上有许多相似之处,比如,性格开放,血气方刚,抒发己见时都带着潮水一般涌动的激情。有时因分歧还会争得红了脸颊、脖子和耳朵。不过这决伤害不了彼此之间的情感与友爱。

这当儿,哥儿俩还没进门,就听见里面一片慷慨激昂的说话声。他俩拉开门,里边的声音大得很呢!哥哥那几个朋友除去泰山,其余都在。大家激动地讨论什么,个个涨红了脸,眼睛闪闪发光,争先恐后的说话声混在一起。显然他们是给社会上从来没有过的滚沸的民主热潮卷进去了。

屋里的人见他俩进来,都非常高兴。何玉霞,一个脸蛋漂亮、活泼快乐的艺术学院的女学生,眼疾口快地叫起来:"欢迎、欢迎!大演员和历史学家全到了!"并用她一双雪白光洁的小手鼓起掌来，脑袋兴奋地摇动着，两条黑亮亮的短辫在双肩上甩来甩去。陈乃智站起来摆出一个姿势——他微微抬起略显肥大的头，伸出两条稍短的胳膊，用他经常上台朗诵诗歌的嘹亮有力的声音，念出他新近写出的一句诗来：

"朋友们，为了生活更美好，和我们一起唱吧！"

于是，哥俩参加进来，年轻人继续他们炽烈的讨论。龚云认为："官僚主义若不加制止，将会导致国家机器生锈，僵滞，失去效力，最后坏死。"他说得很冲动。说话时，由于脑袋震动，总有一绺头发滑到前额来；他一边说，一边不断地急躁地把这绺挡脸的头发推上去。

何玉霞所感兴趣的是文学艺术的问题。她喋喋不休，翻来覆去地议论，却怎么也不能把内心一个尚未形成的结论完完整整又非常明确地表达出来。她急得直叫。

哥哥笑着说：

"你不过认为，文学艺术家要表现自己对生活的真正感受，以及自己独立思考得出的结论。不能只做当时政策的宣传喇叭，否则文学艺术就会给糟蹋得不伦不类。是这个意思吗？小何。"

何玉霞听了，感觉好像自己在爬高，费了九牛二虎之力却怎么也爬不上去，哥哥托一把，就把她轻轻举了上去似的。她叫起来："对，对，对，你真伟大！要不你一来，我立刻欢迎你呢?！"她在沙发上高兴地往上一蹿，身子在厚厚的沙发垫上弹了两弹。她对大家说："我就是大吴替我说的这个意思。大家说，我这个观点对不对？可是我们学院有不少人同我辩论，说我反对文艺为政治服务。真可气！现在不少文艺单位的领导，根本不懂文艺，甚至不喜欢文艺，却瞎指挥。我们学院的一个副书记是色盲。五彩缤纷的画在他眼里成了黑白画,他还天天指东指西,喜欢别人听他的。凡是他提过意见的画,都得按照他的意思改。这怎么成?明天,我还要和他们辩辩去!哎,大吴,你明儿到我们学院来看看好吗?"

陈乃智急说:

"咱们可不能叫历史学家沉默。大吴不见得比小吴高明。研究历史的,看问题比咱们深透得多。"

吴仲义忙举起两条胳膊摇了摇,腼腆地笑着,不肯开口。其实他给他们的热情鼓动着,心里的话像加了热,在里边蹦蹦跳跳,按捺不住,眼看就要从唇缝里蹿出来一样。哥哥在一旁说:

"他刚刚从外边回来,学校里的鸣放一天也没参加,一时还摸不清是怎么回事呢!"

"不!"陈乃智拦住哥哥,转过头又摆出一个朗诵的姿态,神气活现地念出几句诗——大概也是他的新作吧,"你,国家的主人还是奴仆?这样羞羞答答,不敢做又不敢说?主人要拿出主人的气度,还要尽一尽主人之责;那么你就不应该沉默!该说的就要张开嘴说!说!"他念完最后一个字,固定了一个姿态,一手向前伸,身体的重心随之前倾,好像普希金的雕像。灯光把这影子投在墙上,倒很好看。

这番有趣的表演逗得大家大笑不止。何玉霞说:

"陈乃智今天算出风头了,每次上台朗诵,观众反应都没这么热烈过!"

大家笑声暂歇,刚一请吴仲义发表见解,吴仲义就迫不及待地说出自己对国家体制的看法。他认为国家体制还没有一整套科学、严谨和健全的体制;中间有许多弊病,还有不少封建色彩的东西。这样就会滋生种种不合理、不平等的现象，形成时弊，扼杀民主。那样，国家的权力分到一些人手中就会成为个人权势，阶级专政有可能变为个人独裁……他记得，那天晚上，他引用了许许多多中外历史上的实例，把他的论点证实得精确、有说服力和无可辩驳。他还随手拈来众多的生活现象来说明，他所阐述的这个问题的重要性和迫切性，使屋中的人——包括他的哥哥——都对这个年轻的大学生意想不到的思想的敏锐、深度和惊人之见折服了。吴仲义看着在灯光中的阴影里，一双双亮晶晶的眼睛，朝他闪耀着钦慕与惊羡的光彩。听着自己在激荡的声调中源源而出的成本大套、条理明晰的道理，心中真是感动极了。特别是何玉霞那美丽而专注的目光，使他还得到一种隐隐的快感。他想不到自己说得这样好。说话有时也靠灵感；往往在激情中，没有准备的话反而会说得出乎意料的好。这是日常深思熟虑而一时迸发出的火花。他边说边兴奋地想，明天到学校的争鸣会上也要这样演说一番，好叫更多的人听到他的道理，也感受一下更多张脸上心悦诚服的反应……

第二天，他到了学校。学校里像开了锅一般热闹。小礼堂内有许多人在演讲和辩论。走廊和操场上贴满了大字报，还扯了许多根大麻绳，把一些大字报像洗衣房晾晒床单那样，挂了一串串。穿过时，要把这些大字报掀得哗哗响。这些用字和话表达出来的各种各样的观点，在短时间里，只用一双眼和一对耳朵是应接不暇的。这情景使人激动。

这时，他班上的同学们正在教室内展开辩论。三十多张墨绿色漆面的小桌在教室中间拼成一张方形的大案子。四边围了一圈椅子，坐满了同班同学。大家在争论"外行能不能领导内行"的问题。吴仲义坐在同学们中间,预备把昨晚那一席精彩的话发表出来,但执着两种不同观点的同学吵着、辩着,混成一团。他一时插不进嘴,也容不得他说。他心急却找不到时机。一边又想到自己将要吐出惊人的见解,心里紧张又激动,像有个小鼓敲得噔噔响。但他一直没找到机会。几次寻到一点缝隙,刚要开口,就给一声"我说!"压了过去。还有一次,他好不容易找到一个机会,站起身,未等他说出一个字儿,便被身边一个同学按了一下肩膀,把他按得坐了下来。"你忙什么?你刚回来,听听再说!"跟着这同学大声陈述自己对"外行与内行"问题的论断。

这同学把领导分作三类,即:内行,外行,半内行。他认为在业务上内行的领导,具备把工作做好的一个重要条件,理所当然应该站在领导岗位上;半内行的领导应当边工作,边进修;外行领导可以调到适当的工作岗位上去,照旧可以做领导工作。因为他对这个行业不内行,不见得对于别的工作也不内行。但专业性很强的单位的领导必须是内行,否则就要人为地制造麻烦,甚至坏事……

这个观点立即引起辩论,也遭到反对。学生会主席带头斥责他是在变相地反对党领导一切。于是会场大哗。一直吵到晚饭时间都过了,才不得不散会。

吴仲义没得到机会发言,心中怅然若失。他晚间躺在床上,又反复打了几遍腹稿,下决心明天非说不可,否则就用二十张大纸写一篇洋洋大观的文章,贴在当院最醒目的地方。

但转天风云骤变,抓右派的运动突然开始。一大批昨天还是神气飞扬、头脑发热的论坛上的佼佼者,被划定为右派,推上审判台;讲理和辩论的方式被取消了,五彩缤纷的论说变成清一色讨伐者的口号。如同一场仗结束了,只有持枪的士兵和缴了械的俘虏。

哥哥、陈乃智、龚云、何玉霞,由于昨天都把前天晚上那些激情与话语带到了各自的单位,公开发表,一律被定为右派。哥哥被开除党籍,陈乃智和何玉霞被剥夺了共青团员的光荣称号。昨天,陈乃智在单位当众阐述了吴仲义关于国家体制的那些观点。可能由于他多年来写的诗很少赢得别人的赞赏,他太想震惊和感动他的听众了,他声明这些见解是自己独立思考的果实。虚荣心害了他,使他的罪证无法推脱。他却挺义气,重压之下,没有暴露出这些思想的出处。哥哥、龚云、何玉霞他们,谁与谁也没再见面,但谁也没提到他们之间的"读书会"和那晚在真挚的情感和思想的篝火前的聚会。因此吴仲义幸免了。

此后,这些人都给放逐到天南地北,看不见了。哥哥被送到挨近北部边疆的一座劳改场,伐木采石。年老的妈妈在沉重而意外的打击下,积郁成疾,病死了。此后两年,哥哥由于为了老婆孩子的前途,在劳动时付出惊人的辛劳,并在一次扑救森林大火时,烧坏了半张脸,才被摘去了右派帽子,由劳改场留用,成为囚犯中间的一名有公民权的人。嫂嫂便带着两个孩子去找哥哥,宽慰那被抛到寒冷的边陲的一颗孤独的心……

吴仲义还清楚地记得,他送嫂嫂和侄儿们上车那天的情景。嫂嫂穿一件挺旧的蓝布制服外衣,头发绾在后边,用一条带白点儿的蓝手绢扎起来,表情阴郁。自从哥哥出事以来,她受到株连,不再做演员,被调到化妆室去给一些演技上远远低于她的演员勾眉画脸,受尽歧视和冷淡,很快就失去了美丽动人的容颜;额头与眼角添了许多浅细的皱痕。一度,丈夫没收入、婆婆有病、孩子还小，吴家的生活担子全落在她的肩头。一切苦处她都隐忍在心。婆婆死后，她还得照顾生活能力很差的小叔子吴仲义。吴仲义从这个年纪稍长几岁的嫂嫂的身上，常常感受到一种类似于母爱的温厚的感情，但他从没见嫂嫂脸颊上淌过一滴软弱的泪珠。

月台上，嫂嫂站在他面前，一句话没有，脸色很难看。而且一直咬着嘴唇，下巴微微地抖个不停。吴仲义想安慰她两句，她却打个手势不叫他说，似乎心里的话一说，就像打破盛满苦水的坛子，一发而不可收拾。这样，直站到开车的铃声响了，火车鸣笛了，嫂嫂才扭身上了车。这时，吴仲义听到一个轻微而颤抖的声音：

"别忘了，新拆洗好的棉背心在五斗柜里。"

车轮启动了。两个侄儿在车窗口露出因离别而痛哭的小脸，那小脸儿弄得人心酸，但不见嫂嫂探出头来和他告别。他追着火车，赶上几步，从两个侄儿泪水斑斑的娇嫩的小脸中间，看见嫂嫂坐在后边，背朝窗外，双手捂着脸，听不见哭声，只见那块带白点的蓝手绢剧烈地抖颤着。这是吴仲义唯一见到的嫂嫂表露出痛苦的形象，却把她多年来不肯表现在外的内心深处的东西都告诉吴仲义了……

一失足会有怎样的结果？

他害怕曾经的那些事。距离灭顶之灾，仅仅差半步。大灾难之中总有幸存者，那就是他。那天在班里的辩论会上，他多么想说话，不知谁帮了他的忙，不给他一点说话的空隙。那些话一旦说出来会招致什么后果，他已经从陈乃智身上看到了。如果他当时说出其中的一句——哪怕是一句，今天也就和哥哥的处境没有两样了。他记得,那天他急急巴巴地从座位站起来,口中的话眼看要变作声音时,一个同学按住他,讲了关于把领导的业务情况分为三种类型的话。这个同学成了他的替死鬼。在一次斗争会上被宣布逮捕,铐走了,不知去处。

生活的重锤没有把他击得粉碎,却叫他变了形。一下子,他变成另一个人:怕事,拘谨,不爱说话,不轻信于人,难得对人说两句知己话,很少发表对人和对生活的看法,不出风头……久而久之,有意识的会变成无意识的,就如同一个人长期不说话便会变成半个哑巴。他渐渐成了一个缺少主见、过于脆弱的人,没有风趣,甚至缺乏生气。好比一个青青的果子,未待成熟却遇到一阵肃杀而猛烈的狂飙,过早地就衰退了。连外貌也是如此。瘦瘦的身子,皱皱巴巴,像一个干面团那样不舒展。细细的脖子支撑一个小脑袋,有点谢顶;一副白光眼镜则是他身上唯一的闪光之物。好像一只拔了毛的麻雀,带点可怜巴巴的样子,尤其当他坐在本组同事大块头的赵昌身旁,更是这样。

他在大学毕业后,由于哥哥问题的牵累,给分配到一所中学做历史教师。后来,历史研究所缺乏一名对近代地方农民起义问题有水平的研究员,哥哥又摘了帽子,他才被调到所里来,很快就成了所里人所共知的一名老实怕事的人。

多年来,他一直过着独身生活。一些好事的同事给他介绍女友。姑娘们喜欢老实的男人,却不喜欢没有主见和朝气、过于软弱的男性。他与一个个姑娘见过面,很快就被对方推辞掉。前不久,经人介绍才算交上一个朋友,在市图书馆做管理员,是个三十五六岁的老姑娘,模样平平常常,但爱看书,为人老实得近乎有些古板。他头一遭和一个姑娘见过十几次面儿居然没告吹!而且那姑娘竟对他有些好感。同事们给他出主意，想办法，想促成他的好事。劝他改改性格，他只是哧哧地笑。他改不了，也不想改。因为他顺从生活逻辑而得出的生活哲学，确实保证了他相安无事。在近几年大革命的狂潮中，所里不少人出来闹事，揪领导，成立战斗队，互相角逐、抄家、武斗，没有一个落得好的终结。揪人的自己被揪，抄家的自己反被抄了家，个个自食其果。他呢？在空前混乱时期，他在所里找一间空屋子，天天躲在那里，从唯一未被查封的经典著作里摘录有关近代史料各种问题论述的名言。他做对了！人们之间整来整去，谁也整不到他头上。一些人挨了整，冷静下来，才后悔当初不像这个没勇气、没出息的人去做。

但哥哥今天来信告诉他，他并非一个幸运的人。

各地都开始搞运动了，不知哥哥从哪里听说，陈乃智因为一句什么话被人揭发，成为重点审查对象。问题要重新折腾一番。哥哥怕陈乃智经受不住高压，把当初给他定罪的那些话的来由招认出来。那样祸事就要飞到吴仲义头上！

哥哥在信中说，当年陈乃智凭一股义气和对友情的信念，没有供出吴仲义。但事过十多年了，大家都不相见，友情淡薄了，人也变了，谁知他会怎么做？据说龚云划定右派后，他爱人一直跟着他，不曾动摇。然而去年，却在平静而难熬的日子里，在永无出头之日的绝望中，在无止无休的泥泞的道路上，走不下去了，对龚云提出离婚，两人分开了……陈乃智心中还有当年那团火吗？吴仲义心里的火早被扑灭，他不相信遭遇悲惨得难以想象的陈乃智仍像当年一样。……

五十年代飞去的祸事，好似澳洲土著人扔出的打水鸟用的

"飞去来器",转了大大的十多年的一圈,如今又闪闪夺目地朝他的面门飞回来了。

六

初晓微许的淡白的天光,把封闭在窗前的漆黑的夜幕驱走。屋中的家具物件从模模糊糊的影子中渐渐显现出形象。早春的夜分外寒冷,透入肌骨。炉火在头半夜就灭掉了,余温只在炉膛内;楼板下传上来的杨大妈的鼾声,好像鼓风机,给他做了一夜的伴。这鼾声在天亮前的甜睡中,正是最响的时候。

他整整一夜坐在桌前,给哥哥写信。一边写,一边把将要临头的祸事想得千奇百怪。一个个不断地冒出来的估计、揣测、念头,使他否定掉一封封刚刚写好的信。一会儿,他觉得非把心里的话给哥哥写得明明白白不可;一会儿,又担心这封信落到别人手中惹祸,便改换成隐语。一会儿,他告诉哥哥,如果陈乃智真的把他供出来,他就不承认,他要求哥哥替他证明那些话他没说过;一会儿,他又认为这个办法不牢靠,因为那天在场的还有龚云和何玉霞,这两人之间如有一个人做了旁证,他也推辞不掉。

这样,他弄了满桌废掉的信纸团儿。

他找不到一个大一些的网眼儿可以钻出去。一时只恨自己十多年前多了那几句嘴!他灰心丧气地告诉哥哥:"我只有听天由命了!"然后,他给嫂子写了这样几句话:

"嫂嫂!听哥哥说,你为我已经急得两天没睡好觉。我和哥哥都对不起你。我真是恨死自己了。但是,说实在的,我和哥哥并不是真的坏蛋。没有党和新中国,我俩恐怕根本上不了大学。

我爹就是在旧社会的底层受累受病才死的,我们怎么能仇恨党和新社会?也许那些话当初不该说,叫坏人利用了?那只能怪我们太年轻幼稚,过于浮嫩了吧!此外,你也先别太着急,'陈'并不见得把我说出来,那样做也丝毫不能减轻他的罪过,相反还得加上一个当初包庇了我的罪责。我求你放放宽心!多年来,你把我当作亲弟弟一样。想到你为我着急、操心、担惊受怕,我反而更不是滋味……"

写到这儿,几滴泪珠从他的镜片后面淌过脸颊,滴滴答答落在信纸上。

嫂嫂待他真比亲姐姐还要亲。嫂嫂的生活难得很,每次回来探望娘家亲戚,总要设法带来大包小包的东北特产,什么豆子啦、木耳啦、松蘑啦……而且还要抽出三整天时间,帮他把平日里杂乱不堪的房间做一次大扫除,一切规整得有条有理,还要把他的被褥拆洗得干干净净,破衣破袜全补缀好才回去。想到嫂嫂,他此刻更感到身边没有亲人多么孤单,有苦无告,无依无靠,无人与他分忧,帮他排解心中的恐惧和不安。事情明摆着,祸事一来,一切完蛋——事业、工作,还有那个新交的女友。前天他曾满怀着幸福的希望向那老姑娘提出做正式朋友。那老姑娘答应今天晚上回答他呢……

六点四十分时,他站起身把桌上的废纸收拾在一起,连同哥哥的来信塞进炉子里烧掉。在心慌意乱中,将要寄给哥哥的那封信抹上许多糨糊,贴上邮票。然后开始漱洗,吃早点,准备去上班。脑袋里,那些摆脱不开的恐怖感、胡猜乱想和一夜的焦虑所造成的麻木和僵滞的感觉混混沌沌搅成一团。他糊里糊涂地端着脸盆在屋里转来转去,一忽儿放在桌上,一忽儿又放回脸盆架上；并且竟用干手巾去擦肥皂，将漱口缸里的热水当茶水喝，一块馒头只吃了几口就莫名其妙地放在衣袋里。随后他把随身要带的东西塞进口袋去上班。他站在走廊上时还按了按硬邦邦的上衣小口袋，怕忘记带那封信。

他上了街，到了第二个路口，便直朝着立在道旁的一个深绿色圆柱形的邮筒走去。在距离邮筒只差三步远的地方，他前后左右地看看有没有人注意他。这条道很窄，离大街又远，即便上下班时人也很少。他只瞧见一个穿绿色军服式的上衣、胸前别着很大一枚像章的小男孩，在他走过来的不远的地方玩耍。迎面三十多米远的地方，有个老妈妈手里提一个大菜篮子慢慢走来，眼睛没瞧他。再有，就是几个上班的人骑车匆匆而过。在马路中央，几只鸡互相追逐着，来来回回地跑；一只大白公鸡叼着虫子似的东西晃晃悠悠地很神气地跑在前面，一边咕咕叫……他放心地从上衣小口袋取出那东西，塞向邮筒。当那件东西快要投进邮筒的插口时，他的手陡然停住，他发现将投入邮筒内的是一个红色的小硬本，原来是他的工作证，险些扔了进去。真若扔进去，怎么向邮局的工作人员解释呢？他微微出点冷汗，伸手再去掏信，可是上衣口袋里什么也没有了。他不禁诧异地一怔，两只手几乎同时紧紧抓住上衣的两个大口袋，但抓在他手里的仅仅是两片软软的口袋布。随后他搜遍全身，所有口袋都翻过来了，里面的纸条、粮票、硬币、钥匙全都掉在地上，叮叮当当地响。还有刚才揣在口袋里的那块啃了几口的馒头，滚到马路上去。但那封信没了！不翼而飞了！

他从整个内脏里发出一声惊叫："哎哟！"然后一动不动地呆住了。上衣小口袋像狗舌头似的耷拉在外，几枚铝质的硬币在足旁闪亮,如果他的眼睛再睁大些,那对灰色的小眼珠恐怕就要掉出来了;半张着的嘴,好似一个半圆形的小洞。

迎面而来的那个提菜篮的老妈妈已走到他跟前,瞧见他这副怪模样,停住脚步,盯着他的脸看了好一会儿,他也不曾发觉。

七

从七点十五分到七点四十五分,他在由家门口到邮筒这段路上来回跑了两趟,也没有找到丢失的信。他还在楼里的楼梯和走廊上仔细找过,惊动了楼下的邻居杨大妈。

"吴同志,您在找什么?"

"一封信。信!您瞧见了吗?"

"信?怎么没瞧见?!"

"在哪儿?"他惊喜得心儿在胸膛里直蹦。

"您昨儿下班时,我不交给您了吗?您弄丢了吗?"杨大妈问。

"噢……"他的心又扑腾一下沉落下来,嗫嚅着说,"不是那封。是另一封不见了!"

他沮丧地回到自己屋中。屋里没有那封信。桌上只有少半本信笺,墨水瓶开着盖儿。一点点淡淡的丝一样的烟缕,从没有盖严的炉盖旁边的缝隙处钻出来。这是他早晨烧那些废信纸的残烟。恍惚间,他突然想到,是不是早晨烧废信纸时,把那封信也糊里糊涂地烧掉了?跟着他又否定了这种乐观的假设。他清楚地记得,临上班时是把那封信怎样从桌上拿起来放进上衣口袋里的,而且他站在走廊上,还用手按过口袋,当时摸到信的感觉直到现在还保留在手指头上。没有疑问,信丢了,叫人拾去了。可能被谁拾去了呢?于是他想到那个蹲在道边玩耍的穿绿褂子的小男孩儿。

"多半是他!那时路上没别人。"

他认准是那小男孩,就跑出去,找到刚才那小孩玩耍的地方,却不见那孩子。他想那孩子可能就住在附近哪一个门里,于是他站在道边的树旁等候着。他看看表,八点钟了,已是上班时刻,昨天赵昌通知今天任何人不准请假或迟到。但那一切都不如眼前的事情更重要。他大约站了十多分钟,还算幸运,忽从身旁一扇门里走出一个斜背着绿书包的小男孩。他从这小男孩胸前别着的一枚特大的像章,立即辨认出就是刚才那孩子,他一步跨上去,就像一个藏在树后拦路抢劫的匪徒,一把抓住小男孩的胳膊。

"你说,你看见那封信了吗?"

小男孩吃惊地看着他白晃晃、由于过分紧张和冲动而显得怪可怕的一张脸。突然哇的一声哭了。

"别哭,我的信在哪儿?"他扯着小男孩的胳膊说。

这时,隔壁的院子里传出女人的叫声:"小庆、小庆,怎么啦?"跟着跑出一个矮身材、黄脸儿的女人,腰上系一条蓝条格的小围裙,两只手水淋淋的,看样子是小男孩的妈妈。这女人见有人抓她的孩子,便生气地冲着吴仲义问:

"你这是干什么?"

小男孩见到妈妈,索性放声大哭起来。吴仲义放开小男孩,发窘地解释道:

"我,我丢了一封信。刚才这孩子在这儿玩,我问他看见没有……"

小男孩哭着说:"他抓我,抓得好疼……"他对妈妈还有点撒娇。

女人不满意地对吴仲义说:"你问他好了,干什么抓他?他又没惹你!"然后转过头问小男孩:"小庆,你瞧见他的信了吗?"

"没有。我什么也没瞧见。他抓我……"

小男孩只是委委屈屈地哭着。没瞧见他的信。吴仲义只好道歉说:"那对不住了,对不住了!"随即匆匆忙忙转过身走了。样子显得很狼狈。耳朵还听着身后孩子的哭声和那女人一边劝孩子,一边怒骂他的话:

"丢一封信算什么?值得这样?这么凶,欺侮一个小孩子,真没见过!我看你离倒霉不远了!"

他听着,跟着这声音从耳边消失,脑袋嗡一声响起来。他意识到,那封信叫不知名姓的路人拾去了。要命的是,他为了不叫哥哥那里的人知道是一封私信,而用了印有单位名称的公事信封。信封上又没署上他的姓名地址。拾到信的人肯定很快地就会把信送到他的单位。这等于他把自己送入虎口。

八

"坦白从宽!抗拒从严!"

吴仲义一进单位大门,就见迎面墙壁上贴着这样一条大标语。每个字都有一人多高;标语纸上有刚刚刷过糨糊的湿痕,字迹还汪着黑亮亮、未干的墨汁。白纸黑字,赫然入目,好像是针对他写的。

今天单位里分外静,气氛异常。院子里没人,走廊上也没人，各个房间的门都关着。他推开自己工作室的门，里面静无一人；阳光从四扇宽大的窗子照进来，使几张办公桌上的大玻璃板反射出耀眼的光芒。机关单位已过了熄火的日子。早晨没有炉火和暖气的空屋子，浮着一些寒气。他见自己的桌上有一个小字条，上边写着——

仲义：

  从今天起，咱组与近代史组合并一起搞运动，人都到那边去了。你见条也快去吧！

赵昌匆匆

他赶紧到近代史组。这间房子比他的工作室大一倍。但见他同组的秦泉和张鼎臣与近代史组男男女女四五个人混在一处，张鼎臣换了一件破旧而洗得发白的蓝布褂。不知是何原因，每次运动一来，他立刻换上这件衣服。人家都称他这件破褂子叫"运动衣"。此时，大家忙着写什么。屋内只有五张桌子，人多了一倍，显得拥挤，却没有声音，各干各的。大家见他进来都没打招呼，只有秦泉偏过半张瘦长而黯淡的脸，对他点了点下巴，也未出声。

人与人的关系，在一夜之间变得不可思议了。平日的友情变得不可靠了。友情好似一种水分，被蒸发掉了，只剩下干巴巴的利害关系，而且毫无掩饰地突现在外。

吴仲义见老秦正在用他擅长的楷体字写大字报。标题字有拳头大小，叫作"欢迎对我狠揭狠批"。下边的字和火柴盒一般大，写得工工整整，行距整齐。以往运动乍到，他都写这么一份，但丝毫拦不住对他批判斗争的凶猛扑来的浪潮。其他人手里都拿着一种十六开表格似的纸张。有的在埋头填写什么；有的笔尖对着纸面呆呆发愣，也有的见他进来，用手把写在纸上的字挡住。他不去看，因为此时此刻总去注意别人写什么的人，就像自己心里有鬼似的。

门轴"咔嚓"一响，走进一个瘦高个儿，中年人，带一副黑色窄边方框的眼镜，镀金的钢笔卡子在平整整的制服上熠熠闪亮。在大学校、研究单位和机关里都有这样的文职干部。一看即知是个能干、谨严和在各方面都富有经验的人；虽然他略显严肃和矜持，却因为人正派、办事规矩，在群众中很有些威信。他叫崔景春，是近代史组组长。他平时与所有人都保持一定距离，人缘好却谁也接近不得。而且在任何时候都是如此。别人对他更深一层的内心的东西很不容易得知。

"你来迟了。怎么，你不舒服吗？"崔景春发现吴仲义脸色有点异常，故问。

"不，不，我挺好……"吴仲义忙说。可是他跟着又说，"我有点头晕。可能昨晚中了点煤气……不过现在好了。"

他平时不说瞎话。此时一说，再加上心跳，有些前言不搭后语。崔景春马上意识到对方表现异常的原因不是生理上的，而是心理上的。吴仲义在每次运动中都无此表现，这是为什么呢？崔景春心里浮现出一个小小的浅浅的问号。此种时刻，人们都变得极其敏感。连最麻木的人，神经都通了电，感觉的触角探在外边。崔景春把这个问号记在心里，表面不动声色地说："从今天起，你们地方史组与我们组合并一起活动。所里成立了运动工作组；政工组老贾是组长。你们组的组长赵昌调到工作组去工作。

咱们这个大组的运动暂时由我负责。这个——给你。"他说着，回手从桌上拿了一叠纸递给吴仲义，"你写好，都交给我！"然后转过身来对秦泉用一种完全公事化、一本正经的腔调说："老秦，你随我到工作组去一趟。他们找你。"

"好！"秦泉答应一声。显然，工作组找他没有好事。但他比较老练，并不惊慌，从容地把手中墨笔套上竹管的笔套，又把没有写好的大字报折成三折，用墨盒压好，然后拿起桌上的茶杯，将不多的一点热水"咕嘟"咽下去，声音分外响，好像吞下一块鹅卵石。他撂下杯子就随崔景春走出去了。

这种气氛对吴仲义来说，形成一种压力。他坐在秦泉走后的空座位上，看着崔景春交给他的那几张纸，原来是两种油印的表格。一种是"检举揭发信"，上边印着"检举人""被检举人"和"检举有功，包庇有罪"的字样；另一种是"坦白自首书"，印着"坦白自首人"和"坦白从宽，抗拒从严"的字样。尤其是这空白的"坦白自首书"对他有种逼迫感。

他一双眼盯着窗外的一株柳树。返青的枝条在微风里轻轻摇着它淡绿色的生机，却没有给他任何动心的感受。他脑子里像马达那样飞快旋转着。他把那封遗失的信所能引起的后果想象得毛骨悚然，就像一个胆小的孩子，坐在那里，想出许多可怕的情节吓唬自己。这时，他的虚构能力抵得上大仲马。可是他忽又想到，刚才找信时，家里书桌最下边的抽屉底下的空处没有找过。往往抽屉里的东西太满，一拉抽屉，放在上边的东西最容易从后边掉下去。早晨他慌慌张张收拾桌上的东西时，很有可能把那封信塞进抽屉里去，再一拉抽屉就掉下去了。他便将早晨那封信带在身上的印象，归于人紧张时常有的错觉。他恨不得马上跑回家把书桌翻过来看看。他坐不住,甚至想装急病好回家一趟。

他使自己轻松了五分钟的光景,很快又觉得这些想法都是不牢靠的自寻安慰的假设。于是,他早晨站在自己家中的走廊上用手按了按上衣口袋内那封信的感觉,又执拗、清晰、不可否定地出现在手指上。信明明丢掉了。只有盼望拾到信的人好心肠,把信替他丢进邮筒里。但如果是另一种人呢?拆开看了,发现了他的秘密,拿这封信立功和牟取政治资本,那么他的一切就都不可挽回了。这时,他眼前出现一个可怕的画面,工作组长贾大真从一个告密者手中接过信,现在正拆开看呢……

这当儿,有人叩门。他心里一惊。屋内一个同事说:

"进来!"

门被推开一条缝,伸进一张陌生的又宽又长的脸,吊梢小眼,扁扁的大嘴,像一张河马的脸,用一口四川腔问:

"这是办公室吗?我有事。"

"这儿搞运动。你有事到后楼二楼革委会。要是外调就到后楼的三楼。工作组在那儿!"那同事淡淡地说。此时人人都不爱管闲事。

吴仲义的座位正对着门。他忽然发现这张河马样的大脸下边,隐约可见一只手捏着一个白色的东西。他的心顿时提到喉咙处。是不是送信的人来了?

那人已把门带上,走去了。

吴仲义猛地站起身。"哐啷"一声差点儿把椅子碰翻,他过去抓开门,跑上走廊。这一连串的动作十分迅疾,仿佛救火去似的。使同屋的人都莫名其妙。他在走廊尽头的小门口追上那人。

"你找谁?"

"找你们所里的领导。"

"你，你手里拿的是不是信？"

"是信。"

"是不是在路上捡到的。"他急渴渴地问。

"捡到的？"那人一双吊梢的眼睛几乎立了起来，惊奇地打量着这个举动、言语和表情都像是有些失常的人，含着愠怒反问道，"怎么是捡的呢？我是重庆博物馆来联系业务的。这是我单位开的介绍信，难道是假的？看，这是公章。我身上还带着工作证。"那人板着大脸，打开手里的那个白色的东西，果然是封介绍信。上边还盖着圆形的红色的单位图章呢！

吴仲义松了一口气，但这误会的确闹得人家挺不合适。他给一种尴尬的表情扯得嘴角直扭动，只好向人家道歉，却无法解释明白。

那人嘟囔一句什么"岂有此理"之类的话，脸上带着明显的不满走了。吴仲义转身往回走，只见赵昌迎面走来。赵昌胖胖的脸上带着笑，走到他跟前就说：

"老弟，听说你在写检举信。写好了可得给我看看哟！"

"什么？检举？检举什么？"他给赵昌的话弄得糊里糊涂。不明白赵昌为什么对他说这样的话。

"检举我呀！瞧你，干什么眼瞪得这么吓人。我跟你开玩笑呢！再说，你写了检举信也不会交给我。你得交给崔景春，不过最后还得到我手里。……哎，老弟，你可别拿我的笑话当真。咱俩互相心里最有底儿。谁也没问题，对吧?!"说着，赵昌亲热地拍了吴仲义一巴掌，"有事找我，我在后楼三楼的工作组里。哎，早晨你怎么迟到了呢？我没见到你，在你办公桌上留张条，瞧见了吧!"然后不等吴仲义说什么就走了。

吴仲义站在这里,浑身感到一阵莫名的舒服。既然赵昌对他这样亲热,不是等于告诉他工作组还没有见到那封信吗?在事情没有落得最坏的结局之前,一切都是大有希望的。此刻,他不愿意去想刚刚发生的那件事——不愿意再想那封信了。他要像淋热水澡一样,长久地沉浸在刚刚赵昌对他的这种亲热里,永远不清醒地面对现实。他与赵昌是要好的朋友,赵昌的又软又胖的手常常亲热地拍一下他瘦削的肩头,但他从来没感到现在赵昌拍他一下有这样珍贵。

可是,赵昌刚对自己说的那些话又是什么意思呢?

恐怕他此生此世都不会明白。

九

心与心,有时能像雨滴水珠那样一碰就融成一个;有时却像星球之间距离那样遥远。从这个星球向那个星球上遥望,那里云包雾裹,玄奥莫测,是一个很难解开的谜团……

谁能知道,赵昌在没有发现吴仲义的秘密之前,竟是害怕吴仲义的?

他原是公用局业务科的一个办事员。喜欢地方的风物、历史、遗迹、习俗和掌故。业余有点时间就去访问遗老,搜奇寻异,并注意收集有关地方史方面的零零星星的材料、绝版小书,以及有价值的能对某一史实或事件作为佐证的物件,如本地名人的书信、农民运动中散发过的揭帖、民间年画、城砖庙瓦、大量的旧照片等等。往往一个专家开头的一步并没有什么宏伟的目标，全凭着浓厚的兴趣；而且学识渊博的学者不见得就是专家，对于专家来说"精"比"博"更为重要。赵昌对地方风物的兴趣，并没有停止在单纯的爱好或收藏家那样的嗜好上。他还致力于研究与发掘，并常在报刊上发表些小文章，来公布他的研究成果。地方史的研究一直是冷门。一般历史学家因其内容褊狭而不屑去做；而他们一旦需要这方面的史料或知识，还得求教赵昌这样的地方通。渐渐他就成了一名业余专家，有些小名气。五八年后，所里为了加强地方史研究而专门成立了一个组，就把他调进来；前后调入的还有张鼎臣。秦泉是所里的元老之一，五七年划为右派，摘掉帽子后也调到这个组工作。最后一个是吴仲义。

吴仲义进所不久就与赵昌成为相好。

人之间，好比锁和钥匙，只要合适，一拨就开。赵昌性情随和，没有是非，很好相处。他热衷于自己的工作，对别人很少有意见，这些都和吴仲义合得来。

他外表胖胖的，肌肉松软，全身的轮廓和线条都是圆的，和他的性格、说的话一样，没有一点棱角；弯弯的小眼睛总带着和蔼和亲切的笑。将近五十岁的人，在逆光中脸上还有一层软软发亮和绒样的汗毛。他给人的全部感觉，颇像只温顺的猫儿。有人认为他圆滑，有人认为他平和，不过他从不招惹人、干涉人，工作热情又高，怎能说他不好？

在吴仲义没调进来时，地方史组的三个人归属近代史组，由崔景春代管。业务上由赵昌负责，但没有明确职务，吴仲义调入后，地方史组就从近代史组分出来，独立了。所里委派吴仲义做"临时组长"。因为吴仲义大学毕业，又是个老团员；赵昌和张鼎臣、秦泉三人都是白丁，没有一点政治头衔，之所以叫吴仲义做

"临时组长",根由还在于哥哥的污点,不过一时没有更适当的组长人选罢了。

赵昌对这个新人来做组长,从未表露出一点嫉妒。反而,他很钦佩吴仲义扎实的学识、埋头钻研的毅力、对工作的热诚,以及录音带一般非凡的记忆力。他本人的知识带点"业余"色彩,庞杂而不够严谨,缺乏系统性和理论性,因此他总是谦恭又实心实意地向吴仲义请教。

吴仲义的能力只表现在专业研究方面。生活上是个糊涂虫,一点也不会料理和照顾自己。他对历史上的朝代年号倒背如流,生活上却丢三忘四,饮食起居和房间的一切都七颠八倒。一个人的精神总在另一个天地里,必然常常忘记身边的生活。他那些雨伞、钢笔、手绢、围巾和口罩,不知丢了多少次,买了多少次。由于常丢门钥匙,门锁一撬再撬,连门框都撬得满是洞眼和硬伤。

他一个人,工资够用,但过得挺拮据。衣服又脏又破,弄得人家总认为他装穷,他却很少舒舒服服吃过一顿饭。赵昌在这方面比他强得多,便主动帮助和照顾他:每年入冬,他家里的炉子烟囱都是赵昌替他装上的;吴仲义在人事上特别无能,每逢遇到一些不好处理的事,都是赵昌帮他想办法,排难解纷,处理得稳妥又无后患。渐渐地,他对赵昌的信任中产生一种依赖性,事事都和赵昌商量。当他含着感激温情的目光望着赵昌那张可亲的胖脸时,赵昌便笑道:

"等你娶了老婆,就用不着朋友了!"

他摇头。他多年来谨小慎微,没有朋友。但在同赵昌的长期交往中,认定了这个人是诚实可靠的。他想:"我就要这个朋友啦!"他不相信这样好的朋友会有疏远的一天。

六十年代的大革命来了。不仅改变了有形的一切,也改变了无形的一切,诸如人的思想、习惯、道德、信念,以及人和人之间固有的关系。运动初期,人们炮轰各层领导时,赵昌居然给他贴了一张大字报。说他"身为组长,在组内搞业务挂帅、业务第一、白专道路"云云,还举了一些例子。这事出乎吴仲义的意料,他想不明白赵昌这样做究竟为了什么,而且,这是所里第一张点了他的名字的大字报。这么一带头,又有张鼎臣和明史组的两个人朝他轰了几炮。他曾为此害怕、担心、失眠。幸好他平时谨慎,没有更多把柄叫人抓住,供人发挥。闹了一小阵子就很快过去了。过后,他对此事并不在意。他是个与世无争、不会报复的人,没有强烈的爱和恨,也不会记仇。但赵昌的行为确确实实成了他俩之间的一层隔膜,关系慢慢疏淡了。

此后,两派打起来。赵昌参加了贾大真为首的一派,是一个中坚分子。据对立一派说赵昌是他那派的谋士,曾被捉起来捆进麻袋里挨过一顿毒打。吴仲义身在局外,冷眼旁观,他不理解赵昌哪来如此狂热的情绪。赵昌还找过他,拉他加入那派组织。他婉言谢绝,头一次没有按照赵昌的主意去做。两人的关系更加淡漠。很长一段时间里,赵昌没去过他家。

后来,两派联合了,工作恢复了。赵昌的一派是战胜者,在新搭成的领导班子里占优势。所里的所有职权差不多都给这一派把持住。贾大真做了政工组长。赵昌被任命为地方史组的组长。原组长吴仲义虽没有公开免职,实际上被稀里糊涂地废黜了。有人对吴仲义说,赵昌早就想谋取他组长的职务。他不相信,也不以为然。只要自己平安无事,怎么办都行。他叫这两年人与人之间残酷无情的搏斗吓坏了,恨不得藏到什么地方去才好。因此他一点也不妒恨赵昌,正像当年他做临时组长时,赵昌也不嫉妒他一样。

赵昌被任命为组长的当天晚上,忽来叩吴仲义家中的门。他长时间没来,但这次来仍像往常一样,神态自若,胖脸上依旧闪着亲切的笑意,进门就朝吴仲义的肩头热热乎乎地拍了一巴掌,笑吟吟地说:

"咱哥俩两年多没坐在一起喝喝了。都怪我瞎忙。从今儿起又该常来了!"

这三两句话,把两年来没有明朗化的不愉快的几页全翻过去了,好似他们之间从来没发生过什么。这自然很好。赵昌带来小半瓶白酒,几包油烘烘的酱菜,于是两人收拾一下桌面上的杂物,摆上菜,斟好酒,面对面坐下端起酒盅"当"地一碰。关系仿佛又回到他俩亲密无间的那个时期。吴仲义反而有些尴尬,竟好像他俩疏淡一阵子的责任都在自己身上似的。

吴仲义不会喝酒,半盅下肚就昏昏沉沉。不一会儿再挪动一下自己的脚,就像挪动别人的脚一样。对面赵昌的脸变得不清晰了。在灯光里,像一个活动着鼻子眼睛嘴巴的毛茸茸的白色大球儿。他笑嘻嘻看着虚幻中赵昌的脸,不说话,他属于那种喝多了酒不爱说话的人。

赵昌的酒量略大,但喝多了,也有些醉意,耳鸣脸热,头脑发涨。他的表情恰恰与吴仲义相反,酒劲上来之后,哇里哇啦说个不停。他觉得对方的脑袋一个劲儿地东摇西晃,但不知是吴仲义摇晃,还是自己摇晃。

酒常常会打昏心扉的卫士,把里边真实的货色放出来。赵昌感到心里像烧开水那样滚沸、控制不住了，日常的约束力消失了，他有种放纵的欲望，想哭、想喊，止不住要将心里的话全都泼洒出来。他把嘴里一块啃得差不多的鸡脖子"噗"地吐在桌上，咧开嘴说：

"老弟，我当初给你贴过大字报，现在又当了组长，顶了你，你对我有看法吧？"

"没有！没有！"酒意醺醺的吴仲义摇着双手说。

"不！你对我不诚实。这可不够朋友！我赵昌不愿意当这个组长，七品小官儿，只有受累、得罪人，没什么好处，他们非叫我当不可。我实话告诉你，他们因为你哥哥曾是右派，不肯用你！你不当这个组长并不是坏事。你还看不明白，今后像你这样家庭有问题的，别想再受重视，只有老实躲在一边干活吃饭。至于我运动初期给你贴大字报，我——"赵昌忽把酒盅往桌上一扔，涨红的胖脸非常冲动，一双小眼居然包满泪水，给灯光映得亮晶晶的，颤颤巍巍的，仿佛就要掉落下来。他面对吴仲义，嘴唇哆嗦地说，"我承认，我有私心，对不住你！我对你实话实说，当时我听了一个谎信儿说，你家里有问题，你又一向只钻业务，郝主任他……我都告诉你吧！那时他怕群众轰他，想把矛头转向下边。据说领导正布置收集你的材料，要整整你。我平时跟你的关系无人不知，怕被你牵连上，就给你来张大字报——这就是事情的来龙去脉。我把它全掏给你了！你要是因为这些恨我就恨吧！你恨得有理由，我心甘情愿叫你恨！"

吴仲义给酒精刺激得浑身发烧。他听了这些话又吃惊又害怕，同时又受不了别人向自己道歉、谢罪、讨饶、请求宽恕。竟如同受宠若惊那样，眼边晶晶莹莹闪烁着激动的泪花。他一手抓起面前的酒盅，举起来，带着少有的热烈劲儿说：

"过去的事，叫它过去吧！我……我们干一杯！"

赵昌听了，冲动中胡乱抓起酒盅，斟上酒，两人一饮而尽。酒醉的程度各自升了一级。心中的门儿彻底敞开。

赵昌掉着泪说：

"老弟，你这样宽宏大量，我不知道该怎么说才好。你相信我吧！今后我赵昌保证对得起你，你只要别把我当成那种踩着人家的肩膀往上爬的人就成！我再告诉你……这两年我算把什么事都看透了。运动开始时我还挺冲动。干呀、斗呀，死命地打呀，互相跟仇人一样。现在想起来挺可笑，自己这么大人，怎么跟孩子打群架一样，着了魔啦，整天不回家，白天晚上在总部里干，谁劝也不听。从小斯斯文文，没打过架，长大可好，脑袋叫人打得和大冬瓜似的……现在两派又联合了。握手言和。细想起来，谁又跟谁有仇？今天你整我，明天我整你，整来整去没一个好的。谁又落得好处？咱们纯粹是些棋子儿。人家把咱往棋盘上一摆，咱就打。用不着了，往盒里一收。愈想愈没劲！"

此时，在吴仲义的眼里，赵昌的面孔已经模糊一团，说的话也听不太清。但他几乎凭着一种本能，一种在任何情况下都不会放松的警觉，感到赵昌的话里仿佛有种犯忌的危险因素。他一边摇头——摇头的幅度很大；一边像咬着舌尖儿，吐字不清地说：

"你得注意，不要乱说。否则会使你一辈子爬不起来……"

赵昌叫酒精淹没的脑袋里还残留着一小块清醒的陆地。他听了吴仲义的话，不知为什么，竟像过了电一样，浑身一惊，纠缠着他的酒性顿时消失殆尽。他睁圆的一对发红的小眼，直视着坐在对面的吴仲义。吴仲义还在摇头，连肩膀都跟着左右摇摆，好像在风浪中颠簸的船，嘴里还在含糊不清地说：

"不好，不好。你这些话反，反……"

"反动吗？我，我刚才说了什么？"赵昌问。

吴仲义忽然摇摆得失去了重心，向左边一歪，靠在椅背上。多亏椅子上的扶手拦住他，险些栽倒。他彻底被酒击败，无论赵昌怎样问他，他也回答不了了。

赵昌扶他上床去睡，自己快快回家。一路上，他后悔自己酒后失言。他恨酒，更恨自己。但此后他与吴仲义在一起时，吴仲义从没提到那次酒中的谈话。他也不提，不解释；如果那天吴仲义醉醺醺的，根本没听清那些话，他一提反而等于把一条模糊的线条描得清晰和突出了。再说，在平时这些话并不太可怕，尤其像吴仲义这样一个不爱惹事的人，与他的关系又不错，不会主动去揭发和告密。现在在运动中就不同了。这些话会使他身败名裂。而且，自己的短处在人家手中就不能不防，不管是谁。因此他必须随时留神吴仲义的举动，悄悄地筑起一道无形的警戒线。

吴仲义哪里会知道赵昌这些想法呢？他现在自顾不暇。更何况他那天被酒冲昏了脑袋，过后就把赵昌的话忘得干干净净。

十

当晚，吴仲义站在河边。从河面吹来的柔和的微风，扑在他的脸上。在晚风的凉意里，含着一种清新有力、撩动人心的早春的气息。月光在宽展的河心给波浪摇成一片细碎和闪闪烁烁的银蓝色的光点。这美丽而发光的河映衬着他，河边的栏杆和一些小树，成为黑色的如画一般的剪影。高高的柏树在远远近近沙沙作响，帮助躲藏在暗影中的一对对情人掩盖避人的私语……这时，在岸边月色明亮的地方，走过来一个瘦弱的姑娘，缓缓地，带点羞涩的劲儿，生活把这珍贵和美好的东西给他送来。这样迷人的月夜，犹如给姗姗走来的姑娘伴奏着一曲甜美的琴音。

但这一切与他都似乎无关了。

下班后，他赶紧跑回家，心里怀着希望，把书桌的抽屉一个个拉下来，直到露出抽屉下边那块黑暗的空间，他去掏，但只掏出来一张旧照片，一个小笔记本的塑料皮，几个书钉和两页没用的论文草稿。依然没有那封信。最后一个转危为安的可能也失去了。他带着空茫、绝望和乱糟糟的心情，依照上次与那姑娘的约定来到这里。

几天前，他有一个甜蜜的计划。他要和这姑娘结婚，成立家庭。前两年他还抱着一点独身主义的想法，自从去年年底认识了这个姑娘，他的想法就完全改变了。这个姑娘懂事、内向、规矩而不精明，生活能力并不强，比不得嫂嫂，但老实又诚实，稳稳当当，他却偏巧喜欢这种姑娘。可能是怕在一个爽利能干的姑娘身旁会成为受气包儿。他盼望未来的生活能出现这样的画面：在炉火融融的小屋里，点一盏台灯，自己伏案研究一项未完成的课题；身边满是书。那姑娘带着妻子的贤淑的微笑，把一杯刚沏好的热茶放在他的面前——他想得就是这样简单。他希望有一个理解他的人，心甘情愿地挑起生活的担子，使他能把全部精力倾注在自己热爱的事业上。他也盼望感受一下家庭的温暖、夫妻的恩爱，盼望有个逗人的孩子，使他这过于清静和寂寞的房间生气盎然起来。这样，远在天边的兄嫂也会放心和高兴。但是如果那封信找不到,这一切便要搁浅在幻想中、永远不会成为现实。

这姑娘名叫李玉敏。现在站到了他的面前,抬起一双大而长、并不年轻的眼睛,却闪着年轻人初恋时那种颤动的目光。这种目光在任何一双眼睛里也会相当动人。跟着李玉敏垂下眼皮。她的心"怦怦"地跳。另一颗心却是麻木的。

两人都在沉默,但不是一种沉默。

李玉敏不敢再抬起眼看他。幸亏没有看他,否则吴仲义脸上痴呆呆、毫无感触的表情,准会使姑娘生疑。

他俩走了几步,靠在栏杆上。两人心中是两种全然不同的境界。

李玉敏从口袋掏出一件东西悄悄给他,没说话。

"什么?"吴仲义问。

"信。"李玉敏轻声说。

"信?"他给"信"这个字搞得一惊。一瞬间,他脑袋里非常混乱,竟然想自己丢掉的那封信怎么到了她这里,"谁的?我的吗?快给我!"

上次他们见面,吴仲义提出要同她做正式朋友,她答应回去考虑。这封信正是要告诉吴仲义——她接受了他的要求。而且这也是老姑娘第一次向一个男人表露真情。此刻见吴仲义向她要信的神气如此冲动,误以为是对方迸发出来的热烈的激情。她又欢喜又羞涩。羞答答把信塞在他的手中,扭过头眼望着河面上炫目的月光。悄言道:

"你要我回答的话,都写在这里边。"

"什么?不是,不是……噢,是你的信!"

吴仲义好像从梦中清醒过来。原来不是他迫切要找到的那封信!小小的一阵空欢喜,连声音都透出失望。

"怎么?"

"噢,没什么,没什么,那好,那好。"他说。把这信揣进口袋,好像揣一条手绢。

李玉敏给他的表现弄得又诧异又气愤。恋爱时的姑娘是敏感的,自尊心像玻璃器皿那样碰不得。此时受了莫名其妙的挫伤,脸上幸福的光彩顿时消失,松弛的皮肤垂下来,在夜的暗影里显出老姑娘本来的容貌。

李玉敏离开栏杆向前走。吴仲义也离开栏杆,下意识地跟着她。

吴仲义一点也没感觉到对方的变化。他的心情坏得很,脑袋里充满了那件惴惴不安的事,一句话没有,走在身边的李玉敏好似一个陌生的路人。他伴随她不知不觉走到一个路口,忽听李玉敏说:

"你把那东西给我!"

"什么?"

"信!刚刚给你的那封信!"

吴仲义从口袋里掏出信来。未等明白李玉敏的意图,就被对方一把拿过去。

"我回去了!"李玉敏说。

"我送你!"

"不用!"她的口气坚决,又非常冷淡,并意味着对方再来要求也会遭到拒绝。

这时,吴仲义才意识到自己刚才的举动使李玉敏发生了误解。他见李玉敏气哼哼的,担心把李玉敏惹翻,忙说:

"我，我今儿不太舒服，你千万别介意。这信留给我行吗？"

站在路灯下的李玉敏，脸上现出一丝很难看的冷笑，她冷冰冰地说："不用了，我看得出你改变了想法，并不真想看这封信！"说完，把那信往衣兜里一揣，转身就走了。

他呆立着，眼瞅着她走出十多步而不知所措，最后才勉强地叫道：

"我明后天去看你！"

她没理他。走去的步子很急，很快地消失了。

吴仲义往回走，心情烦乱而沮丧。他想：信、信、信！介绍信、情书，都是信。世界上每天来来往往有成千上万的信，无穷无尽的信，就是没有他要的那封信！他恍惚觉得那封丢失的信将带来的祸事已经露出头儿来，只有乖乖地等候它到来。

十一

运动开展的头一天里，全所只收上来十多份检举信。其中一份材料，揭发了办公室的一个姓陈的老办事员在早晨上班前"请示"的仪式中，两次拿倒了语录本——只有这份材料还有些文章可做。其余大多是鸡毛蒜皮。于是工作组下一道命令，自今日每人每天必须交一份以上的检举揭发信，否则下班不准走。

今天屋里显得松快一些。近代史组一个叫朱兰的女同志又被调到工作组去搞外调。秦泉不见了。据说所里成立一个监改组，已经把秦泉这样几个老牌的有问题的人收进去，做检查交代，晚上不准回家。秦泉那张叠成三折的《欢迎对我狠揭狠批》的大字报还在桌上，压着墨盒，好像遗物。

吴仲义坐在那里，仿佛在等候工作组派人来召唤他，告诉他那封信已被拾到的人送来。于是他就乖乖地全盘承认，挨一顿狠斗，被揪到监改组去和秦泉做伴。

他瞧着摆在面前的检举揭发信，不好不写，又没什么可写，真正体会到"如坐针毡"是什么滋味。尖尖的屁股坐累了，在椅面上挪来挪去。不单是他，别人也是这样。

时间，就这样从每个人身上匆匆又空空地艰难地虚度过去。

崔景春走进来。屋里的人都眼盯着自己手里的揭发信，装作思考的样子。这时张鼎臣站起来，手拿着两张纸凑上前，交给了崔景春。样子卑恭，并小声嗫嚅着说：

"这是我一份申请材料。要求领导每月在我的工资里扣去十块钱，补还我十年中所支取的定息。这是剥削的钱，不该拿，我主动交回……还有这份，揭发我叔叔。解放前我叔叔开米铺时，曾往米里边掺过不少白砂子，欺骗劳动人民。详细情况都写在这上边了。"

崔景春听了，脸上毫无表情，问道：

"你叔叔现在哪儿？"

"死了。五九年死的。"

"死了你也要揭发？"崔景春说着，严肃而平板板的脸上露出一点鄙夷的神气，随后拿着这两张纸走了。

张鼎臣回到座位上，两眼直怔怔，咀嚼着崔景春这两句话的意思。

吴仲义想在自己手中的检举信上写点什么好交差，但他脑袋里依然没有一块可以用来回忆和思考的地方了，混混沌沌地盈满了有关那封丢失了的信的种种想法。笔下无意识地在检举信上写了一个"信"字,跟着他心一惊,觉得这个不祥的字会泄露他全部秘密似的。他赶忙在"信"字上涂了一个严严实实的大黑疙瘩。这当儿,赵昌走进来。

他赶紧把这张检举信折起来,用一只手紧紧按着,好似按着一个活蚂蚱。赵昌一屁股坐在他旁边的椅子上,笑呵呵地问:

"写的什么,能给我看看吗?"

吴仲义连忙说没写什么,攥在手里,不肯给赵昌看。他神色有点紧张和慌乱,使处于戒备状态的赵昌误以为吴仲义所写的什么与自己有关,由于险些被自己撞见而发慌。但赵昌表面上装得很自然,拍了拍吴仲义的肩膀,脸上还带着笑说:"你可得实事求是,瞎写会给自己找麻烦。你写吧,我走了!"说完一抬屁股就走出去。

赵昌走出门,在走廊上站了一会儿。掏出一支烟点上,连吸了几口。嘴里吐出的烟团,如同他此时脑袋里旋转着的疑团,绕来绕去。他把刚刚吴仲义反常的神态猜了又猜,各种可能一个个排除,最后仍做不出确切的判断。他非常疑心吴仲义在打自己的算盘——多半就是自己所担心的,即揭发自己那次酒后之言,以此来把自己从"组长"的职位上推下去……想到这儿,他将一团烟留在走廊中间慢慢消散,急忙返回自己的房间去思谋对策。

十二

两天里,吴仲义和赵昌在互相猜测、疑心和害怕。

赵昌无论在什么地方,只要碰到吴仲义就故意板着面孔,冷淡对方;眼睛也不瞧着对方,只微微一点头就走过去。他想以此给吴仲义造成心理压力,使吴仲义清楚地感到自己已然察觉到他的动机。同时,赵昌每天下班前的一个小时,都坐在工作组的房间里不动,等候崔景春交上来近代史组的检举信,查看一下有无吴仲义揭发他的材料。

赵昌的态度使吴仲义忧虑不安。他误以为拾到信的人已经把信交到工作组,赵昌也已经获知自己的问题。因为他俩平日接近,赵昌怕牵连自己才故意冷淡和疏远他。正像运动初期赵昌给他贴大字报时的动机和想法一样。

他把赵昌对他的态度,当作自己的事是否败露的晴雨表。这就糟了!因为赵昌也正把他的态度当成某种反应器。

他很紧张,遇见赵昌就更不自然。一双惊慌和不安的灰色的小眼珠在眼镜片后边滴溜乱转,如同一对滚动着的小玻璃球儿,躲躲闪闪,竟没有勇气正视赵昌。更使赵昌认为:

"好小子,你怕我,看来你已经朝我赵昌下手了!"

赵昌还想到,之所以没见到吴仲义揭发自己的材料,多半由于崔景春见那材料关系到自己,收在一旁,没给自己看。或许背着他悄悄交给工作组组长贾大真了。于是他开始对贾大真和崔景春察言观色,留神有什么异样而微妙的变化。虽然他比吴仲义老练,沉得住气,掩饰内心情绪的本领略胜一筹,但心中也非常苦恼,烦乱,担惊受怕;此刻的心理活动与吴仲义无甚两样。因而他把吴仲义恨得咬牙切齿,恨不得吴仲义得急病,在上下班路上遇到车祸,或突然出现什么问题叫自己抓住,将他狠狠置于死地,好回不过嘴来咬自己。

十三

贾大真是所里一位铁腕人物。虽然仅仅是一名政工组长,二十一级的人事干部,天天骑一辆锈得发红的杂牌自行车上班,每顿饭只能买一碟中下等的小菜,得了病也不例外地东跑西跑求人买好药。但在那个人事凌驾于一切事情之上的非常时期,却拥有极大权力。许多人在命运的十字道口上,全听从他的信号灯。可是别人在他手中,有如钱在高布赛克的手中,一个也不轻易放过。

一连串整垮、整倒、整服别人,构成他生活的主要内容、工作的主要成绩。他是那个时期生活的主角和强者——当然是另一种主角和强者,把握着人与人关系绝对的主动权。同他打交道,便意味着自己招灾惹祸,沾上了不好的兆头;他带着一种威胁性,没有人愿意同他接近。他却自鸣得意,说自己是"浓缩的杀虫剂"。由于到处喷洒,连益虫也怕它。

他敏感、锐利、精明、机警,能从别人的眼神、脸色、口气以及某一个微小的动作,隔着皮肉窥见人心,还能想方设法迫使人把藏在心里的东西掏出来。每逢此时,他就显得老练而自信。好像一个捉蟋蟀的能手,能将躲在砖缝里的蟋蟀逗弄出来那样心灵手巧,手段多得出奇。非正常的生活造就了这样一批人,这批人又反转过来把生活搞得更加反常。在那个不尚实干的年月里,干这种行当的人渐渐多了,几乎形成一种职业,一个整人的阶层。人家天天用卡尺去挑检残品,他们却拿着一把苛刻得近似于荒谬的绳尺去检查人们的言行;人家用知识、经验、感情、血汗，以及心中的金银绯紫写成文章，他们却在写文章的人身上做文章，把活泼快乐的生活气氛，搞得窒息、僵滞和可怕。这些人还有共同的职业病：在平静的生活中就显得分外寂寞，闲散无聊，无所作为；当生活翻起浪头，他们立刻像抽一口大烟那样振作起来，兴致勃勃，聪明十足。又好似夜幕一降，夜虫夜鸟就都欢动起来。此时此刻的贾大真正是这样，如同一个刚上场的运动员那样神采奕奕，浑身都憋足了劲儿。

特殊职业还给了他一副颇有特色的容貌：四十多岁，用脑过度，过早秃了顶。在瘦高的身子上头，这脑袋显得小了些。他也像一般脑力劳动者那样，长期辛苦，耗尽身上的血肉，各处骨骼的形状都凸现在外；面皮褪尽血色，黄黄的，像旧报纸的颜色。只留下一双精气外露、四处打量的眼睛，镶在干瘪瘪的眼眶里。目光挑剔、冷冰冰、不祥、咄咄逼人，而且总是不客气地盯着别人的脸；连心地最坦白的人，也不愿意碰到这种目光。

早上，张鼎臣写了一份矛头针对自己的大字报，名曰《狠批我的剥削罪行之一》。吴仲义主动帮他到院子里去张贴。

吴仲义这样做，一来由于在屋里心惊肉跳坐不住，二来他想到院中看看有什么关于自己的迹象。他还有种天真的想法——幻想到院子里，可以碰到拾信的人把信送来，他好上去截住。

院墙上贴满大字报。有表态式的决心书、保证书、批判文章，也有揭发运动中两派斗争内幕的。充满纷繁复杂、纠缠绞结、说不清道不明的派性内容。有攻击，有反击，也有反戈一击；或明或暗，或隐或露，或曲折隐晦，或直截了当；在这里，人和人的矛盾公开了，激化了，加深了，由于公开而激化和加深了。

吴仲义和张鼎臣在这些大字报中间找到一块空当，刷上糨糊，把张鼎臣那张骂自己的大字报贴上去。贴好后，张鼎臣嫌自己的大字报贴得不够端正，他举着两只细白的手进行校正。吴仲义站在一旁，手提糨糊桶，给张鼎臣看斜正。这当儿，吴仲义觉得身边好像有个人。他扭头，正与两道冷峻而逼人的目光相碰。原来是贾大真！他倒背着手，两眼不动地直盯着自己看，仿佛把自己心里的一切都看得透彻和雪亮。他不禁一慌，"啪"地一响，手里的糨糊桶掉下来，糨糊洒了一地。

贾大真见了，微微一笑，笑得不可捉摸，好似带点嘲讽的意味。

吴仲义直怔怔呆了几秒钟，才忙蹲下来，一双控制不住的颤抖的手在地上收拾着又黏又滑的糨糊，一边抬起头强装笑容地说："桶把儿太滑，我……"他努力掩饰自己的失常。

贾大真什么话也没说，转身走了。他不需多问，已经意外地得到一个极大的收获。他回到工作组，只赵昌一个人在房中整理各个组交上来的揭发材料。他坐下来，掏出烟点上火，抽了一阵子，头也不扭，出声说：

"老赵，你认为吴仲义这人怎么样？"

赵昌一惊。他立即敏感到吴仲义和贾大真可能接触过了。是不是贾大真已经掌握了自己的问题，现在来试探自己？他感到手脚发麻，心中充满恐怖感，脸上也明显地表露出来。如果这时贾大真与他面对面，肯定又给贾大真意外发现一个有问题的人。而使贾大真有机会大显身手，建树功绩。但是贾大真没有这么多好运气。运气像个没头没脑的飞行物，一头栽到赵昌的怀里。他瞬间的流露没给贾大真瞧见，便赶快垂下眼皮，翻着手中的材料，边看边说：

"这个人……很难说。"

"怎么,你不是同他很好吗?"贾大真扭过脸来问道。

"好?"赵昌淡淡哼了一声,"他和谁都那个样子。"

"你不是挺照顾他吗?"

"我俩在一个组里,又搞同一项工作,总比较近些……"

"每年入冬时,他家的炉子不是你给安上的?前两个月,他哥哥病了,你还借过他二十块钱。是不是?"贾大真目不转睛地瞧着赵昌说。

赵昌见他对自己同吴仲义的关系了解如此详细而略感惊异。贾大真一向对人与人的关系感兴趣,全所人之间错综复杂的关系他都了如指掌,而且还把握着大多数人的业余活动。赵昌与贾大真在运动初期虽属一派,贾大真对他还挺重用(譬如调他来工作组),但赵昌很清楚,只不过自己没有什么短处抓在贾大真手里。如果有问题叫贾大真抓住,就是贾大真的至爱亲朋也不会被轻易放过。此时,赵昌不明白贾大真同他谈这些话为了什么,只觉得没有好事,便推说:

"是啊,他找我借钱,我怎好不借。那只是一般往来。"

"吴仲义这人的思想深处你了解吗?"贾大真又问。

赵昌从这句问话听出来,贾大真所要了解的事与自己没有什么直接关系,心里便稍稍轻松一些,问题回答得也比较自如了:"您要问这个,我可以告诉您,我虽与他表面上不错,实际对他并不很了解。我俩在一起时,只谈些工作或生活上的事,他的想法和私事从不对我讲。有时他长吁短叹,我问他,他不肯说。弄长了,他再这样唉声叹气,我连问也不问了。"赵昌一方面想把贾大真的兴趣吸引到吴仲义身上,一方面有意说明自己与吴仲义从来不说知心话，好为否定一旦吴仲义揭发他那些酒后之言做铺垫。他防守得十分严密，如同一道无形的马其诺防线。

"他家的收音机有短波吗？"贾大真转了话题，问道。

"没有吧！恐怕连收音机也没有。"赵昌说。他虽然不明白贾大真问话的用意，但已明确地觉得这些问话的矛头不是针对自己。

"他写日记吗？"贾大真又问。

"那就不知道了。要是有也不会给我看呀！怎么，他怎么了？"赵昌开始反问。他懂得光回答别人的话，会使自己处于被动地位，对人发问才会变得主动起来。

贾大真忽然站起来，以一种非常有把握的肯定的语气对赵昌说：

"他有问题！"

当赵昌听到了贾大真说这句话，他兴奋得眼睛都亮了。这看上来是对准自己的枪口，原来是对准别人的。如果他现在一个人在屋里，会喊出一声："谢天谢地！"可是他还是不清楚贾大真怎么会从吴仲义这样一个胆小怕事、循规蹈矩的人身上发现问题。他不禁问："他能有什么问题？"

贾大真瞟了他一眼，并没把刚才自己偶然间的发现告诉赵昌。他在屋子中间来来回回踱着步，考虑着，一边抽烟。最后他走到桌边，把烟头按死在一个玻璃烟缸里，扭过脸面对赵昌说：

"你先别管他有什么问题，但我肯定他有。我……打算叫人去进一步观察他一下，看看他有什么反常的表现。如有，随时告诉我。我叫你去，是因为你平时同他关系较近。你接近他，不会惹他起疑。不过，无论你发现了什么也不能惊动他。你能不能做到？"

赵昌听了很快活。从贾大真给他这件任务来看，大概吴仲义尚未把自己的问题揭发出来。他心想，不管吴仲义有无问题，或有什么样的问题，他都可以借此将吴仲义控制在自己手中。如果能把一张于自己的安危祸福有直接关系的嘴巴，捏在自己的食指和拇指中间，他就有利和主动了。他便说：

"我可以做到。不过请您和崔景春打个招呼，否则我总去接近吴仲义，崔景春会感到莫名其妙。再说崔景春这个人脾气古怪。"

"什么古怪?! 右倾保守！他一贯如此。对搞阶级斗争总有些抵触情绪。这些你都别管了，自明天起，你以工作组的名义下到近代史组去参加运动。好不好？"

"那好！好极了！"赵昌产生一种整人的欲望。

十四

赵昌坐在近代史组的七八个人中间，表面上不动声色，暗中留神察看，果然发现吴仲义有些异常。吴仲义的脸像墙皮一样灰白，镜片后边的目光躲躲闪闪，只要别人一瞧他，他立刻垂下眼皮，躲开别人的视线。赵昌特意地试了几次，结果都是一样。他显得没有兴致，带一种愁容和病容。有时眼盯着窗外或墙角什么地方，能一连怔上半个小时。这时他脸上会一阵阵泛出一种惧怕与愁惨的神情。当人招呼他一声，或有什么突然的响动，他就像麻雀听到什么声音那样浑身微微地惊栗般地一颤。动作失常，时时出错，那是一个人心不在焉时的表现。吴仲义平时衣衫不整，不修边幅，大家对他这样子习以为常。可是赵昌有心仔细察看，就从中看出毛病：他面皮发污，眼角带着干结了的眼屎，脖子黑黑的，大约有四五天没好好洗脸了；也有几天梳子不曾光临到他的头上，乱蓬蓬好似一窝秋草；而且居然瘦了许多，颧骨在塌陷的脸颊上像退潮后的礁石那样突出来，眼圈隐隐发黑……

"他失眠了？"赵昌想，"究竟怎么回事，难道真有什么问题吗？"

他瞧着吴仲义可怜巴巴的样子，心里生出怜悯的感情；他与吴仲义相处十来年，在这个老实、厚道、谦让的人身上，无论如何也找不到憎恨的根由。他甚至有个想法——想和吴仲义个别交谈一次，弄明究竟，帮他一把儿。可是转念一想，这样做是不可以的。如果吴仲义真有严重问题，自己就要陷进去受牵累；再说，他还不能排除吴仲义揭发他的可能。愈是吴仲义自己有问题，愈有可能为了减轻一点自己的问题而来揭发他。从事研究工作的人都把握着一种思维方法：当各种迹象都存在时，需要做的是进一步研究这些现象再做结论；当把无可辩驳的论据全部拿在手中时，由此而做出的判断才是可靠的。

中午饭前，崔景春忽把吴仲义叫出去谈话。等他俩走出去三分钟后，赵昌也走出屋子，在走廊上转了两圈，发现崔景春和吴仲义在地方史组那间空屋子里谈话。他在门外略停了停，里面的谈话声很小，听不清楚。

午饭时候，赵昌在食堂乱哄哄的人群中，透过雾一般飘动的饭菜的热气看见崔景春独自一人坐在一张桌前吃饭。他端着自己的饭盒走过去，坐在崔景春身旁，吃了几口，便悄声问：

"你刚才找吴仲义干什么？"

崔景春抬起脸，看了赵昌一眼，平淡地说：

"没什么,随便扯扯。"

"他说些什么?"

崔景春又瞥了赵昌一眼,依旧平淡地说:"没说什么。"看样子,他根本不想把他们谈话的内容告诉给赵昌。

赵昌想,这不肯告诉自己的话是否与自己有关?那种怀疑吴仲义有害自己的想法重新又加强了。他心里再没有对吴仲义的任何怜悯,只想把吴仲义快快搞垮,才能确保自己的安全。他草草吃过饭,回到工作组就把自己上午在近代史组那些宝贵的发现,加些渲染,告诉给贾大真。贾大真点着尖尖的下巴,高兴又得意地笑了笑,似乎满意赵昌的收获,又满意自己昨天在吴仲义身上敏锐的觉察和神算。他说:

"我回头叫崔景春给他点压力。"

"我看崔景春未必能做到。"赵昌说。跟着把午饭前崔景春与吴仲义在地方史组空屋内秘不示人的谈话情况告诉了贾大真。然后说:"您昨天说得很对,崔景春对于搞运动是不大积极,我看近代史组的气氛很不紧张。崔景春对我到他们组也好像不怎么乐意。"

贾大真由于生气,脸板得挺难看。他冷笑两声说:

"那我亲自给他点压力!明天我设计了一个别致的大会,领导已经同意了。你等着瞧吧!水底下的鱼保准一个个自动地往外蹿!"

十五

今天,历史研究所当院的气氛有如刑场。

全所人员一排排坐在地上。后楼正门前水泥砌的高台便是临时会场的主席台。这种主席台不做任何装饰和美化。在这里，美是多余的东西。有如炮台，只考虑火力和杀伤力。

主席台上摆着一个黄木桌，没有铺桌布，只矗着一个单筒的麦克风。麦克风的话筒包着红布，远看像一个倒立的鼓槌。靠门一排四五张木头椅子，坐着所里的几位领导，一律板着面孔，拒温情、笑容、亲切与善意于千里之外，仿佛这些眼前要做的事都是有害的，必须立目横眉、冷酷无情才合乎这种场合正面人物的特定表情。

有时，生活逼着人有意识或无意识地去演戏，一本正经地出丑，或是引人发笑地正经。你认为你是导演，摆弄别人，而你实际也不过是一个扮演导演的演员。那不怨别人，因为你有凌驾众人头上和飞黄腾达的痴想。

贾大真头戴一顶绿军帽，神气活现地走上台。他在黄木桌后直条条地站了三分钟。全场肃寂无声，等他说话。他忽然"啪！"地一拍桌面。所有人都一惊，听他用严厉的声音一叫：

"把顽固坚持反动立场的右派分子、历史反革命分子秦泉等四人带上来！"

应声从后楼的拐角处，一双双左臂上套着印有"值勤"二字红袖章、穿军褂的本所民兵，反扭着秦泉等人的胳膊出现了。这是事先安排好的。同时，站在台前一角的一男一女两个口号员带领全场人呼口号。一片白花花、圆形的小拳头，随着口号声整齐地起落，会场顿时紧张起来。

吴仲义坐在人群中间，想到自己再有几天很有可能这样被架上台去，浑身不禁冒出冷汗；赵昌就坐在他左旁，眼珠时时移到右眼角察看他的神情。

秦泉等人被押到台前,低头站定。大会开始批判。几个运动骨干在头天下班前接到批判发言任务,连夜赶出批判稿,现在依次上台,声色俱厉地把秦泉等人轮番骂一通。随后在一片口号声中,那一双双民兵又把秦泉等人架下去。贾大真再次出现在台上。他的确有点导演才能,很会利用会场气氛。他把刚刚这一场作为序幕,将会场搞得极其紧张,现在该来表演他别出心裁的一出正戏了。他双手撑着桌边,开始说:

"刚刚批斗了秦泉等四个坏蛋,但我们这次运动的重点还不是他们,而是深挖暗藏的、特别是隐藏得很深的敌人。运动搞了将近一周。我们一开始就发了两种表格,一是检举揭发信,一是坦白自首书。我们可以向大家公开真实情况——因为我们的工作是正大光明的,没什么可以保密的。现在的情况是:检举揭发很多,坦白自首很少。我们以收到的大批检举信(包括外单位转来的检举信)为线索,初步进行一些内查外调,收获不小,成效很大,充分证实我们单位确实隐藏一批新老反革命。现在就坐在大家中间!"

贾大真说这些话不用事先准备,张嘴就来,又有气氛,又有效果。此刻,会场鸦雀无声。吴仲义觉得他句句话都是针对自己说的。他感到耳朵嗡嗡响,响声中又透进贾大真的话:

"这些天我们三令五申要这些人主动坦白,走'从宽'的道路。但事与愿违。这些人中,有的抱着侥幸心理,总以为我们诈唬他们,因此想蒙混过关;也有的拒不坦白交代,负隅顽抗,企图硬顶过去,迫使我们采取行动。时间紧迫,我们不能一等再等,一让再让。今天我们要在这里揪出几个示众!"

吴仲义听了,顿时如一个静止的木雕人。只剩下一双眨动着眼皮的眼睛，但眼球也是凝滞不动的，直勾勾地盯着台上的贾大真。他身旁的赵昌心里也很不安稳。虽然事先贾大真把他安排在吴仲义身旁，进行监视。从贾大真对他的信任，看不出对自己有何异样。但听了贾大真的话，他心中却也敲起小鼓来。这种时候，人人自危，吉凶变幻莫测，他焉知贾大真给他的不是一种假象？贾大真这种人是不可理解的……在春日融融的太阳地里，他鼓鼓的额角沁出一些细小的汗珠，却不知是热汗，还是冷汗。耳听贾大真大声说道："为了给这些人最后一次'坦白自首'的机会，我等五分钟。五分钟内不站起来主动坦白，我们就揪！这里边的政策界限可分得很清。主动坦白的，将来处理从宽；揪出来的，将来处理从严。好——"贾大真抬起手腕看看表，像运动场上的裁判员那样叫一声，"开始！"

好比临刑前的五分钟，无声的会场充满一种恐怖，贾大真叫着：

"还有四分钟，三分钟，两分钟，一分半钟，半分钟，五秒钟——"

吴仲义不觉闭上眼睛，似乎等待对准他胸膛的枪响。

"啪！"贾大真一拍桌子，大声叫道："把历史反革命分子王乾隆揪上来！"

这时，两个站在会场外戴红袖章的民兵，带着凶猛的气势奔进会场左边的人群中，把一个头发花白的瘦小的人抓起来，架到台前去。口号员拿着事先开列好的口号单，带领全场呼起口号来。吴仲义一瞧，原来是明史组的老研究员王乾隆，不由得暗吃一惊，想不到这个老成持重、体弱多病、学究气味很浓的老研究员是历史反革命。

待王乾隆在台前低头站好，贾大真那一双在绿帽檐下炯炯发光的眼睛，从整个会场上扫过。最后停在吴仲义这边。他伸手一指，正指向吴仲义这儿；另一只手"啪！"一拍桌子。吴仲义连心跳仿佛都停住了。却听贾大真这样叫道：

"把反动组织的坏头头、现行反革命分子王继红揪上来！"

原来中弹的是王继红，他正坐在吴仲义身后。

立即有两个民兵跑过来，从吴仲义身后把王继红像抓小鸡那样揪起来，架到台前，挨着王乾隆并排站立。随后，贾大真的目光如同一道探照灯的灯光，慢慢地由台下一张脸移到另一张脸上。紧接着"啪！"地一响，又是一声吆喝，又揪上去一个，并伴随一阵口号呼喊。他此刻真是神气，威不可当，好像端着一架机关枪，面对着一群手无寸铁的人，想怎么打就怎么打。

当他再要一拍桌面时，会场中间突然站起一个圆头圆脑、戴眼镜的人，原来是张鼎臣。他说："我有问题。六六年抄我家时，我只把存款交出来，还有一对金镯子和一枚翠扳指，被我藏在煤堆里了。另外我还偷偷对我老婆骂过抄我家的革命群众是土匪。"他的声音抖颤得厉害，说话声连底气都没了，显然吓得够呛。

贾大真略略停顿一下，随即说："好，你主动坦白，我们欢迎！你自己走出来吧！站到这一边来。喂，大家看见了吗？政策分得多么清楚，表现不同，对待不同。但我肯定台下大家中间还有人有问题，还有反革命。再不站起来坦白，我们还要揪！"他说着，目光又在人群中间慢慢移动。

吴仲义已经吓得受不住了。但他还是下不了决心站起来自首。他没有勇气，担心后果，并心存侥幸。他身旁的赵昌也是头次经历这样凶烈的场面。眼看着一个个坐得好好的人，突然被点名，揪上去，成了台前那副完蛋的样子，实在可怕。他心里有件不放心和没摸清楚的事，当然也怕贾大真突如其来地喝唤他的名字。这时，他脑袋里竟闪过一个奇特的念头，想悄悄问问吴仲义是否揭发过自己。如果揭发了，他就干脆站起来认罪。但他究竟沉得住气，理智和经验渐渐压住了一时的慌乱。他努力使自己服从一种决心：情愿叫人揪出来，从严发落，也不轻易地葬送在自己的胆怯和贾大真有虚有实的诈术上。

他额角上的汗珠多了，汇聚成大滴，流淌下来。他没带手绢，便把手伸到吴仲义胸前，想借手绢用用。未等他对吴仲义说出借手绢用，忽听贾大真又是用力一拍桌面。他一惊。

吴仲义也一惊！紧张中，吴仲义下意识地一手抓住伸到他胸前的赵昌的手腕。他的手冰凉，抖得厉害，满是黏黏的冷汗。赵昌全感到了，并再也不犹豫地确认吴仲义心中有件可怕的非同寻常的秘密。

贾大真又揪上去一个，是个管资料的青年。因为说过一句错话被人揭发了。赵昌知道这个情况，他从交上来的检举信里看见过这份材料。

吴仲义见不是自己，心中稍安。但他没想到，自己惊慌失措的举动，已经把自己排在刚揪出来的这个青年的身后了。散会之后，赵昌立即把吴仲义会上的反应汇报给贾大真。贾大真马上做出决定，要利用今天大会给吴仲义的强大的心理压力，非把吴仲义心中的秘密彻底挖出来不可！

十六

一刻钟后,贾大真与赵昌来到近代史组。他俩进门来的神气,好像拿着一个逮捕证抓人来似的。吴仲义感觉是朝自己来的。他只看了贾大真一眼就再不敢看了。

崔景春问:

"有事吗?"

贾大真给他一个不满意和厌恶的眼神,说:"来说几句话!"随后打个手势说:"大家坐,坐。"

大家坐下。人人的心都怦怦地跳。吴仲义坐到近代史组老穆的身后。老穆肩宽胸阔,躲在他身后,似乎有点安全感。

贾大真问:

"刚才的会大家都去了吗?"

没人敢言语。贾大真扭头看看崔景春,表示这句话是问崔景春的。崔景春平淡地说:

"谁能不去?"

贾大真听得出崔景春话中有种明显而强烈的抵触情绪。此时的贾大真心傲气盛,是惹不得的,立即就要发火。但他知道崔景春此人并不吃硬,而且他对于没有把柄在自己手中的人就不得不客气一些。他控制住自己,让没说出的发火的话变成一种低沉而可怕的声音,在喉咙里转动了两下,沉了会儿,面向大家开口说话——由于心里边憋着怒气,说出来的话更加强硬、厉害与凶狠:

"我们来,目的明确。你们组还隐藏着坏人。这个人问题的轻重程度,这里暂且不谈。我要说的主要是这个人很不老实,还在活动,察言观色,猜测我们是否掌握他的情况。我不客气说,罪证就在我手中。"

吴仲义心想:完了!只等贾大真呼叫他的名字。他的两只手不住地摸着膝头,汗水把膝头都蹭湿了。这个细节也没逃出贾大真的有捕捉力的眼睛。贾大真嘿嘿冷笑几声说:"刚才,我本想在会上把他揪出来。但我想了想,再给他一点机会,让他自己坦白。可是我得对这个人把话说明白——政策已经放到了最宽的程度。再宽就是右倾了!(这句话是针对崔景春说的)无产阶级专政是不可欺的。我再给你两个小时的时间。你要再不来坦白交代,下午就再开个大会专门揪你一个!好了,不再说了。"说到这儿,贾大真用眼角扫了扫低头坐在老穆身后的吴仲义,又补充两句话:"为了打消你的侥幸心理,促使你主动坦白,我再点一点你——你就是平时装得挺老实的家伙!"说完,就招呼赵昌一同离去。

吴仲义觉得屋中的人都眼瞅着他。他头也不敢抬,感到天旋地转,眼前发黑。他一只手扶住身旁的桌边,像酒醉的人,利用残留的一点点清醒的意志,尽力防止自己栽倒。

这时贾大真走在走廊上,边对赵昌说:

"回去等着吧,他不会儿自己就会来。"

后边门一响,崔景春跑出近代史组,追了上来。

"老贾!"

"什么事?"贾大真停住,回过头来问。

崔景春很冲动。他说:

"我不同意你这样搞法。你这是制造白色恐怖,不符合党的政策!"

贾大真两条细长的眉毛向上一挑，反问他："你替谁说话？你不知道这是搞阶级斗争？你有反感吗？"口气很凶。

"搞阶级斗争也不能用欺诈和恐吓手段搞得人人自危！"

"我看你的感情有点问题。老崔同志！你想想，你说的是些什么话？对谁有利？什么人人自危？谁有问题谁害怕！搞运动不搞问题搞什么？奇怪！这么多年了，搞了这么多次运动，你竟然连这点阶级斗争的常识都没有。"

崔景春素来是个沉稳的人，头一次表现得和自己的形象如此不调和：他听了贾大真的话，气得下巴直抖动，两只手颤抖不止。眼镜片在走廊尽头一扇小门射进来的光线中闪动着。他站了足足十秒钟，突然转身大步走去，一边说：

"我去找领导。你这是左倾！极左！"

赵昌说："老崔，你等等，等等呀！"他要上前拦住崔景春。

贾大真抓住赵昌的胳膊说：

"叫他去，别理他！领导不会支持他。搞运动时，哪个领导敢拦着不叫搞？他去也白去。等我把吴仲义揪出来，再和他计较！"

十七

中午十一时，吴仲义带着一颗绝望和破碎的心，踩着后楼高高的、用锯末扫得干干净净的水泥楼梯，一步步往上走，直走上三楼。

三楼静得很。一条宽宽的走廊上，一排同样的小门，六七间房屋都在朝南一边。这里平时没人办公，房门都上着锁，里面堆放着珍贵的绝版与善本书、旧报纸杂志、破损的书架和桌椅、节日用的灯笼、彩旗与画像、收集上来的大件古物以及乱七八糟、积满尘土的旧杂物。其中有两个房间曾是家在外地的单身职工宿舍，后来这几个职工或是结婚，或是设法调回家乡，早在文化革命前房间就空下了。里边只有几张空床、脸盆架和单身汉们扔下的破鞋袜；屋子中间还扯着磨得发亮了的晾手巾用的弯弯曲曲的铁丝……所里的人很少到这儿来，除非逢到酷热难熬的伏日，一些离家路远的人才爬上楼来，在走廊的地上铺张报纸躺下睡午觉。这儿又清静又阴凉。把走廊两头的窗子一开，还有点穿堂风呢！真是个歇晌的好地方。故此所里的一些人称这儿为"北戴河"……

几天前，紧靠走廊西端的一间小屋腾空了。搬进来一个上了两道锁的大档案柜和四张书桌，几把椅子，作为工作组的办公室。这三楼就变成另一种气氛。

两个小时之间，吴仲义经过最激烈的思想斗争之后，彻底地垮了，不再怀疑那封丢失的信已然落到贾大真的手中，任何自寻慰藉的假设都被自己推翻，也不再存有侥幸逃脱的念头。刚刚贾大真那些凶厉的话把他最后一点妄盼平安的幻想也吞没了。他自首来了。

当他站在办公室紧闭的门前，不知为什么又变得犹豫不决，两次举起冰凉的手都没有叩门。

屋里坐着两个人——贾大真和赵昌，在等候他。好像把炸药扔进水里，爆炸声过后，只等着他这条鱼儿挺着淡黄色肚皮浮上来。

贾大真听见了门外轻微的响动，镶在干瘪瘪的眼眶里的眼睛

顿时亮起来。他等了半分钟,不见动静,猜到门外的人在送死之前下不了最后的决心。他便故意对赵昌大声说:

"他再不来坦白,下午就开会。"

赵昌不明白贾大真为何这样大声说话。这当儿,门板上响了几声叩门声。

"进来!"贾大真马上叫了一声。好似见了鱼漂儿跳动,立即提竿。

门把儿转动,门开了。吴仲义走进来,面色惨白地站在贾大真桌前。赵昌这才领略到贾大真刚刚大声说那句话的用意,不禁对这位工作组组长的机警和精明略略吃惊。贾大真板着脸问吴仲义:

"你来干什么?"

"我,我……"吴仲义自己也不知为什么,要坦白的话到了嘴边忽然消失了,"我来汇报思想。"

"噢?"贾大真瞧了他一眼,"你说吧!"

"我,我思想里有问题。"他说,一边搓着手。

"什么问题?"

"现在没问题。以前,以前我上大学时,我当时年轻幼稚。比如,我对国家的体制……我认为咱们的体制不够健全……我还……"吴仲义吭吭哧哧地说。由于他没准备这样说,愈说就愈说不下去。

经验丰富的贾大真单凭直觉就看出吴仲义身上有种不甘于毁灭的本能在挣扎着。他忽然打了一个不耐烦的手势制止住吴仲义的话,把脸拉下来,装得很生气那样严厉地说:"你,你想干什么?你来试探我们吗?告诉你,你的问题我们早就掌握了。我刚才在你们组里说的那些话,就是指你说的。你直到现在还耍花招,居然敢到工作组摸底儿来!我看你非走从严的绝路不可了!你平时装得软弱无能,老老实实,其实反动的脑袋比花岗岩还要硬!你这些话我不听,你要说就对赵昌说吧!"说着气呼呼地站起身向门外走。临出门前,他在吴仲义背后,从吴仲义瘦削的肩上递给赵昌一个眼色,意思叫赵昌从旁给吴仲义再加些压力。

十八

屋里只剩下吴仲义和赵昌这两个多年的好友了。

赵昌和气地摆了摆胖胖的手叫他坐下,就像他俩平时在一起时那样。吴仲义如同冻僵的人,一股暖气扑在他身上会使他受不住。他一坐下来就哭了,抽抽噎噎地说:

"老赵,我不想活了!"

赵昌隐隐感到一阵内疚。

现在,从各种现象上可以证实,吴仲义并没有揭发他。原先以为吴仲义由于揭发他而表现出来的那些反常现象,现在看来,其实都是吴仲义本人有问题内心恐惧的反映。他误解了这些现象,错下狠心,暗中动用手段,才把吴仲义逼到这般可怜的地步。可以预料,吴仲义一旦招认出什么来,哪怕一句什么犯忌的话,也立即会横遭一场打击,弄得身败名裂,什么都完了。他看着吴仲义瘦瘦的手指把泪迹斑斑、不甚干净的面颊抓得花花的。想到多年来,吴仲义对他的善意、无私、帮助和宽容,他甚至觉得自己缺德。但事已如此,不可能再挽回了。他方要安慰吴仲义几句,忽然警觉到贾大真可能站在门外窃听,他便把这才刚露出头儿来的同情心收敛起来。对吴仲义说：

"你别胡说，什么死了活了的。你想到哪儿去了。有问题坦白了，我保准你没事。"

吴仲义孤单无靠，把平日要好的朋友赵昌，当作唯一可以依赖的人，他哀求着说：

"老赵，你能不能告诉我，老贾是不是已经知道我什么了？"

赵昌略犹豫一下。他看了看关着的门板，眼珠警惕地一动，说："告诉你实话吧！你的事老贾全掌握了。你主动坦白，将来不是可以落得一个从宽处理吗？"他说这些话时，故意提高了音量，为了给可能站在门外的贾大真听见。

好朋友的一句话，等于把流连在井边的吴仲义彻底推下去。吴仲义却把这些话当作溺水时伸来的救命的一只手。他眼里涌出感激的热泪，速度很快地流过面颊，滴在地上。他对赵昌说：

"我听你的。我都坦白了吧！"

吴仲义刚说完这句话，门就开了。贾大真手指夹着烟卷走进来，还带着聚在门口外的一团浓烟。显然他刚才走出去后一直站在门外窃听。赵昌暗自庆幸自己刚才留个心眼儿，没对吴仲义动真感情，同时又有点后怕。他便像是替吴仲义说情那样对贾大真说：

"吴仲义想通了。他主动交代。"

吴仲义站起身，贾大真摆摆手叫他坐下。他自己坐到书桌前，把烟叼在嘴角上，烟头冒出来的烟熏得他皱着眉眼。他双手拉开抽屉，取出一份厚厚的卷宗翻着看，也不瞅着吴仲义，只说一声：

"说吧！赵昌，你记录！"

吴仲义掉着眼泪说：

"老贾,我在所里一直努力工作啊!"

贾大真摆摆手,冷冰冰地说:

"现在别提这个。有问题谈问题。"

于是吴仲义一下狠心,好像跳崖那样不顾一切地把心里的事倾泻出来。赵昌在一旁拿一支圆珠笔飞快地记录着,笔尖磨着纸面吱吱地响,一边听得不时露出吃惊的表情。贾大真一只手夹着烟卷不住地吸,另一只手来来回回翻着卷宗看,并不把吴仲义的话当作什么新鲜事,似乎这一切他早就了如指掌。每当吴仲义在交代中间略有迟疑之处,他脸上就现出一种讥笑,迫使吴仲义为了争取贾大真的信任而把心中的事竭力往外掏。他交代了十多年前在陈乃智家里的那次谈话。只在涉及哥哥的方面做些保留。最后他谈到那封丢失的信。

"那封信怎么也找不着了,真的!"吴仲义说。

贾大真翻动卷宗的手突然停住,瞟了吴仲义一眼。赵昌要说话,却被贾大真拦住:

"叫他说!"

"我当时带出来,放在上衣口袋里。但到了邮筒前就不见了,我肯定是掉在路上了。"

贾大真吸了几口烟,似在思考,然后直瞅着吴仲义问:

"你是不是认为有人拾到那封信后,送到我这儿来了?"

"嗯,因为我用的是公用信封。人家拾到了,肯定会送到单位来。"吴仲义说。

贾大真忽把手里的卷宗一合,表情变得挺神气说:"你算猜对了!就在我这儿。但不只是一封信,还有外单位——也就是那个姓陈的单位转来的揭发你的材料!都在这卷宗里。"他拍了拍厚厚一卷材料说："怎么样，想看看你丢失的那封信吗？"这句话等于问吴仲义是否怀疑他。

吴仲义怯懦地摇了摇头。

坐在一旁做记录的赵昌听到这儿，便认为吴仲义的前程已经断送，未来变成一片荒沙。自己应当考虑一下，怎样和这个要好的、出了事的人之间挖一条宽宽的沟堑。

时间过得真快，下班的铃声响了。吴仲义说得口焦舌干，要了一杯水喝。贾大真把手里的卷宗锁进抽屉，脸上带着一种得到什么宝贝那样满意又得意的神情，站起来说：

"你初步有了一些较好的表现。虽然你是在我们的压力下坦白的，但我们还是承认你是主动坦白的。不过，你今天上午只坦白了全部问题的一小部分，距离我们掌握的材料还很远。现在，你先把刚刚交代的一些问题写成材料。不要写思想认识，只写事实；把你和你哥哥、陈乃智等人的问题分开写；一条，两条，三条，时间，地点，谁在场，谁说了什么有问题的话，都要写得清清楚楚。还有，你把丢了的那封信重写一遍，我要以此考验你是否真老实。好了！你去到地方史组那间空屋子里去写，午饭有人给你送去！"

一叠白纸摆在吴仲义面前。

他感到，这是一叠要吃掉他的白纸。

十九

贾大真用一种很平淡的态度看着吴仲义按照记忆复制的那封丢掉了的信件。贾大真的态度好像说明他早看过了数十遍，因为原稿在他手中。但他的眼睛偶尔却闪出别人察觉不到的一道光亮，那完全是内心流露出来的新鲜的感受。随后他把这封复制的信撂在桌上，问吴仲义：

"你认为你老实吗？"

"老实。我不敢隐瞒信上的任何一句话。因为您那里有底儿，可以核对。"

贾大真满意地点点头。拿起信，连同吴仲义交代的十多页材料一起收入抽屉内，好像猎人把新猎取的兔子放在他背囊里那样喜悦。

二十

下午，工作组开会。吴仲义仍被指定在地方史组的空屋子里继续写交代材料。

他独自一人在屋里，坐在自己平日办公的座位上。屋内安静极了，仿佛又回到他以往工作时那种宁静的气氛中。午间熹微的阳光暖融融照着他的脸，书桌前放着一堆堆书，书页中间夹着注了字的纸条；这里边还有他一个很有价值而尚未完成的研究课题。但这一切都属于别人的了。等待他的只有怒吼、审讯、没完没了的检查和一种失去尊严和自由的非人的生活。

这时他想起了李玉敏。前几天，他与李玉敏发生那次误会之后，两人一直没见过面，他却已经预感到事情的结局。有两次，他想去找李玉敏，把自己的情况用曲折隐晦的方式告诉她，或者编造一个什么理由，回绝了她。可是他没有勇气去说，仿佛他还不甘于一下子打碎生活中这件难得而美好的东西。现在该说了！

因为，过去的生活像一株树，上边的花朵、绿叶、结成的果实和刚绽出的嫩芽都已经毁掉了。

四点钟左右，他隔窗看见前院里有五六个人在张贴标语和大字报。突然他睁大眼，标语上一串大字"坚决揪出漏网右派、现行反革命分子吴仲义"跳入眼帘，他脑袋"嗡"地一响，顿觉得腿脚瘫软站立不住；胳膊、脑袋、手脚仿佛不是自己的了。这本是意料中的事，但一发生，他反而像意外受到一击那样。

过了半个小时，院里的大字报几乎全都换成针对他的了。人也愈来愈多。

他又想到李玉敏，应当马上结束这件已经没有生命的事情了。他想了想，跑到门口看了看，走廊上没有人。他飞快地跑回来，做了十多年来最大胆的一件事。他抓起电话，拨了图书馆的电话号码，很快就有人接，恰巧是李玉敏。他真不明白，怎么倒霉的事进行得如此顺利。

"我是吴仲义。"

"干什么？"耳机里传来的李玉敏的声音，很冷淡，显然还在生上次误会的气。

吴仲义没必要做什么解释了。他说：

"你下班后到我单位门口来一趟，我等你，你一定来，有件非常重要的事告诉你！非常重要！你必须来！"

他从来没对人用过这样命令式的口气说话，并不等对方说什么就放下电话耳机。他怕有人来。当他把耳机从耳旁放回到电话机上去的过程中，还听到耳机里响着那老姑娘的声音：

"怎么回事？哎——"

半小时后下班了。他站在窗前，多半张脸藏在窗帘后边，只露一只眼睛窥视窗外。下班的人们往外走,有的推自行车,一些人停在院里观看刚刚贴出的写着他名字的大字报。他感到这些人都很吃惊。

这时,他忽见当院的大门口站着一个姑娘,头上包一条淡紫色的尼龙纱巾,手提着小小的漆黑发亮的皮包。正是李玉敏。她迎着下班往外走的人,左右摇着脑袋躲闪阻碍她视线的人往里张望。

吴仲义又有种后悔的感觉袭上心头,似乎他不该叫她知道这一切,这会在她心中消灭自己。跟着他清楚看到她的嘴和一双眼都吃惊地张得圆圆的,直条条像根棍子一样立着不动——显然她发现了满院讨伐吴仲义的大字报。这时,走过她身边的人都好奇地打量她。随后,她转过身低着头急急走去,黑色的小皮包在她手中急促地一甩一甩。

吴仲义直看着她的身影消失。

他熄灭了自己生活中最后一盏灯。

几天前他有个天真而离奇的幻想,盼望生活中出现的这一切只是一场噩梦。一旦梦醒,可怕的梦境就立即烟消雾散。但现实踏破了他的幻想。如果说他还残留一点点什么幻想的话,那只是盼望紧接着就要来到的一场猛烈的摧残和打击来得慢一些。

不会儿,一个留平头、小眼睛、剽悍健壮的中年人闯进来。他是所里的仓库保管员兼后勤人员,名叫陈刚全,光棍一个,缺点心眼儿,脾气特大,性情粗野,爱打架,不过平时对过于懦弱的吴仲义还算客气。两派武斗时,他是贾大真和赵昌一派的敢死队队长,绰号叫"拼命陈郎"。现在代管监改组。非同寻常的职位使他不自觉地摆出一副相应的凶狠无情的面孔。此刻相当厉害

地对吴仲义说:

"老贾说,从今儿起不准你回家了。把你交给我了。快跟我走吧!"

吴仲义现在是无条件地听任人家摆布的了。五分钟后他坐在了秦泉的身旁。

二十一

这下子他安心了。

前一段时间,好像一只在疾风的旋涡中的鸟儿,跌跌撞撞,奋力挣扎;现在落到平地上。再不会更坏了,到底儿了,不必再担惊受怕了。

他真的不如一条狗。每天在监改组里,随人叫出去,轰回来。顺从人家摆弄、支配和辱骂。不准反问、反驳和辩解,更不准动肝火。如果一时使点性子,只能招致更严厉的教训,自讨苦吃。尤其是看管他们的陈刚全。身上过剩的精力无处发泄,把折磨人当作消遣。一次吴仲义无意间触犯了他,他一拳打在吴仲义手上。左手无名指被打得骨节错位,消肿后歪向一边。这教训足叫吴仲义一辈子牢记不忘。像吴仲义这种被揪出来的人,个性是应当打磨下去的棱角,而且必须把面子扔在一边,视尊严如粪土;对各种粗暴的、强加头上的言辞,一味点头,装出心悦诚服地接受——这便是过好这种生活的法则。张鼎臣在监改期间就一点苦头也没吃过。

照吴仲义的性格来说,本来也不该吃什么苦头,但他吃的苦还不小呢!大都为了他曾一度顽强地保护哥哥,尽量不使自己的问题牵累到哥哥身上。但这样做又谈何容易。一来，事情之间本来有着内在的联系，互相牵连，分不开。比如人家从他那封丢失的信的内容，必然要追问到哥哥来信的内容，他不说不成。二来，他愈不说，贾大真使的办法就愈多、愈狠、愈出奇。贾大真的攻心术无坚不克，又有棍棒辅助，便把他从一个个据守的阵地逼得狼狈不堪地退让出来。直把哥哥与陈乃智他们当年的"读书会"，以及那天晚上在陈乃智家里哥哥所说的话统统揭发出来……

此后两个来月他比较清闲了。除去所里开大会，把他和秦泉等人弄去批斗，平时很少再被提审。大概工作组派人到他哥哥和陈乃智那里调查核实去了。这期间，看不见赵昌了。大约又过了一些时候，他在院子里扫地时瞧见了赵昌。赵昌的脸瘦了些，晒得挺黑，像一个圆圆的陶罐。赵昌回来没几天，他又受到一阵暴风雨般猛烈地袭击。连日被提去质询审问，有时拖到后半夜。为了给他增加压力还配合了大会批斗，弄得他精疲力竭。贾大真拿出大批材料，都是当年"读书会"的人对他的揭发——他揭发了人家，引来人家的反揭发。每一份揭发材料都在五六页以上。陈乃智揭发他那天晚上有关国家体制的议论的材料，竟达十四页之多。显然这里边包括了一些由于他的出卖而激起对方在报复心理上发挥的内容。还有些话因隔的岁月太久，记不得了，最后只能在一份份材料上签了名，按了手印，承认了事。

原先，他被迫揭发了哥哥之后，心里边曾拥满深深的内疚和悔恨。他想到，他的出卖会使兄嫂重新蒙受苦难时，甚至想到了自杀。他活在世上，感到耻辱。兄嫂与他关系肯定从此断绝，他认为自己已经成了一个自私又卑怯的小丑，只不过还没有勇气和决心结束自己的生命就是了……而现在，贾大真说，哥哥也写了大量揭发他的材料，他反而引以为安慰。虽然他从贾大真讯问他的话里，听不出有多少哥哥揭发他的内容，他却极力想哥哥这样做了。仿佛这样一来，就可以抵消他出卖手足、不可饶恕的罪过。哥哥嫂嫂现在究竟怎样了呢？

二十二

入秋时，所里的运动出现一个新高潮，一连又揪出许多人。同时院子内的大字报又闹着"反右倾"，要"踢开绊脚石"，不知要搞谁。秦泉悄悄俯在吴仲义耳边说，"反右倾"的矛头对准的是近代史组的崔景春，原因之一是崔景春曾在吴仲义的问题上手软，抵触运动，保护坏人。秦泉是在锅炉房听两个去打热水的人说的。那两人话里含着对这种搞法深深的不满，但也只是私下交换一下而已。没有几天，有一张新贴出来的大字报就点了崔景春的姓名。刚要大闹一阵，突然又卷起另一个惊人的浪头——一位名叫顾远的革委会副主任被揪出来了，据说这位副主任是贾大真对立一派的"黑后台"。顾远被揪出来后，立即给关进监改组，与秦泉、吴仲义他们为伍。这样一来，有关崔景春的风波就被压了过去。

监改组的人日渐增多，扩充一个房间很快又显拥挤。这里与外边俨然是两个天地。但这里的天地似乎要把外边的天地吞并进来。

新揪出的人代替了吴仲义这种再搞也没多大滋味的"老明星"。他就像商店货架上的陈货，不轻易被人去动，活动比较自由些。每次上厕所也不必都要向陈刚全请示一下。但还不准回家。一次，他着了凉，肚子泻得厉害，工作组居然给他一个小时的时间，允许他去保健站就医。

　　他去看了病，拿些药，独自往回走。其时已是晚秋天气。被秋风吹干的老槐树叶子，打了卷儿，从枝条上轻轻脱落下来，撒满了地，踩上去沙沙地响。瓦蓝色、分外深远的天空，飘着雪白、耀眼，像鼓风的白帆似的雪团。这和黄紫斑驳的秋树，配成绚烂辉煌的秋天的图画。秋天的大自然有种放松、纾解和自由自在的意味，与夏天里竞争、膨胀、紧绷绷的状况不同了，连太阳也失去了伏天时那种灼灼逼人的光芒，变得温和了，懒洋洋晒在脸上，分外舒服。

　　吴仲义被囚禁半年多了，没出来过。此刻在大街上一走，强烈地感到生活的甜蜜和自由的宝贵。不知为什么，他忽然想到自己的家，那间离去甚久、乱七八糟、布满尘土的房间。像南飞的小燕想念它旧日的泥巢，他真想回家看看，但他不敢。虽然从这里离家只有三四个路口，却仿佛隔着烟波浩渺的太平洋，隔着一个无法翻越的大山。他想，如果自己的家是一座四五层的高楼多好，他至少可以在这儿看到自己家的楼尖。

　　他走着走着，突然觉得面前站着一个人。他停住了。先看到一双脚——瘦小的脚套着一双黑色的旧布鞋，边儿磨毛，尖头打了一对圆圆的黑皮补丁。他从这双脚一点点往上看。当他看到一张干瘦、黑黄、憔悴的女人的脸时，禁不住吃惊地叫出声来：

　　"嫂嫂！"

　　正是嫂嫂。穿一件发白的蓝布旧夹袄，头发凌乱地绾在颈后。多熟悉的一双眼睛！却没有一点点往日常见的那种温柔和怜爱的目光，正瞪得圆圆的，挺可怕，怒冲冲地直视自己。他自然知道嫂嫂为什么这样看着他。

"嫂嫂，你回来探亲吗？哥哥怎样了？"他显得不知所措。

嫂嫂没有回答他，还是那样一动不动地直盯着他。他发现嫂嫂紧闭的嘴巴、瘦弱的肩膀和整个身体都在剧烈地抖颤。她在克制着内心的激愤和冲动。忽然她两眼射出仇恨的光芒，挥起手用力地"啪！啪！"打了吴仲义左右两个非常响亮的耳光。

他脸上顿时有种火辣辣的感觉，耳朵嗡嗡响，眼前一阵发黑。他站了好一会儿。等他清醒过来，却不见嫂嫂了。他扭头再一看，嫂嫂已经走远，在寂静无人、阳光明亮的街心渐渐消失。

他直怔怔站着。偶然瞅见离他两三米远的地上有件蓝颜色的东西，多半是嫂嫂遗落的。他过去拾起一看，认出来是嫂嫂的手绢。他永远不会遗忘——十多年前，他送嫂嫂去找哥哥时，在车站的月台上，穿过扒在车窗口的两个侄儿泪水斑斑的小脸儿，看到的就是这块手绢。蓝色的，带白点儿，如今褪了色，变成极淡的蓝色，磨得很薄，中间还有两个挺大的破洞。他拿着这块手绢，想起了嫂嫂多年茹苦含辛的生活，还想起了嫂嫂曾经如何疼爱与关切他……但他从刚刚嫂嫂的愤怒中，完全能猜到由于自己的出卖使兄嫂一家陷入了怎样悲惨的灾难深渊里。哥哥毁掉半张脸才从深渊中爬上来，但又给自己埋葬下去……

这时，他看见身旁两座砖房中间，有一条一人多宽的小夹道，是条死道，哪儿也不通，长满野草，还有些乱砖头。他跑进去，脸朝里，抡起两只手朝自己的脸左右开弓地打起来。"啪！啪！啪！啪！"一边打，一边流着泪，一边骂自己：

"禽兽、禽兽，你为什么不死！"

直到过路的一个小女孩,听到响声,好奇地探进头来张望。他才住手,低头走出来。

当夜,他睡不着觉,脸颊肿得高高的。他想去找嫂嫂解释,并问问哥哥现在的情况到底如何。他想对嫂嫂说明这一切不能完全怨他,只因为丢失了一封信。为了这封信,他已经失去了一切。

二十三

贾大真又站在台上了。但今天他那张在绿帽檐下的瘦长的脸,变得和气些、舒展些,一反常态。会场的气氛也变得平和与轻松了,带点严冬过去松解的气息。吴仲义站在台前,没有人架弄着他。胸前也不挂牌子,只略略低着头。

整整半年的电闪雷鸣、风横雨狂的日子过去了。该落实政策了。

截至上个月底,历史研究所上报的揪出人的名单总共三十七名。这是这个单位一百人,用了将近两千个工作时所取得的成果,也是贾大真一类人的显著功勋。

现在不同了。口号也变了,变成"可杀可不杀的,不杀;可关可不关的,不关;可管可不管的,不管"了。把这些人落实和还原成了该做的事,做得愈快、愈宽大,反成了愈明显、愈出色的工作成绩。当初从贾大真的手指头缝里那不准许漏掉的,现在却抬起胳膊宽宏大量地放行。像贾大真这些人,在把所有凶狠的话都说尽了之后,该在字典上搜寻带点人情的字眼儿了。

今天要解脱吴仲义了。他是宽大处理的第一个典型。

依照例行的程序，先由三两个人上台对吴仲义进行最后一次批判。随后贾大真就站在台上，拿一张纸照本宣读：

"吴仲义，男，现年三十七岁，城市贫民出身。从小受旧社会影响，资产阶级思想严重。五七年反右期间，参加过其兄吴仲仁等人的反动组织'读书会'的一次活动，散布过右派言论。性质严重。而后一直未向组织交代。这次运动开展以来，吴仲义与其兄吴仲仁秘密串联，企图继续隐瞒其问题，抗拒运动。但在我强大的无产阶级专政的威力下，在政策的感召下，吴仲义能主动坦白自首，经过反复调查核实，交代问题基本属实，并在监改劳动中，有积极表现。为了严肃地不折不扣地执行党的政策，本着治病救人的精神，根据吴仲义的表现，革委会决定，经上级领导审查同意，定为——吴仲义犯有严重错误，不做任何刑事处分。属于人民内部矛盾。从即日起，恢复原工作、原工资。希望吴仲义同志回到原工作岗位上努力学习马列主义、毛泽东思想，发奋工作，在实践中改造自己，重新做人。"

吴仲义听到这里，顿时惊呆了。他不觉抬起头来，呆怔怔看着全场人的脸。许多脸上现出为他高兴的笑容。他扭头看贾大真。贾大真脸上也挂着比"月全食"还少见的笑颜。他从这些笑脸上确信：不是梦，而是逼真的现实。生活一下子又把夺去的一切重新归还给他了！这时，所革委会郝主任走上前，给他胸前别上一枚镀铜的像章，赠给他一套《毛泽东选集》，居然还同他握握手。他心里猛地热浪一翻，突然伸起胳膊，放声呼喊口号："无产阶级'文化大革命'万岁！"他整个身子跟着口号声向上一蹿，两只脚好像离开了地面似的，满脸都是激动的泪水。

贾大真对他说：

"老吴，你的错误还是有的，必须要记住教训。还要正确地理解运动。当初揪你是正确的，现在解放你也是正确的。你要感谢组织对你的挽救！"

他掉着泪，频频点头，诚心诚意地相信贾大真对他说的话是真理。

他走下台。意外的幸福来得太猛烈了，使他的步履蹒跚，心中溢满忘乎所以的喜悦。赵昌一直站在台边，代表地方史组接他回组。此时笑眯眯地迎上来，伸出他那胖胖的温软的手把吴仲义一双颤抖不止的手紧紧握住。

散会了，他和赵昌一同走出会场。一路上人们给了他许多无声的、好意的、表示祝贺的微笑。监改组的陈刚全走上来。刚刚陈刚全还准备开完会，用严厉的态度把他带回监改组，现在却换了一张笑脸，说：

"老吴，你可别记仇啊！咱都是为了革命呀！"

他惶惑地笑着，摇着头。他向来不嫉恨别人，只求人家宽恕他。

在前楼的走廊里，他还碰见了崔景春。这个瘦高的组长依旧那么严肃、矜持，不冷不热。吴仲义站住了，想到自己被揪出之前在地方史组的空屋子里，他俩交谈时，崔景春曾给过自己那么多由衷宽慰和劝导，而自己由于各种顾虑，并没向崔景春坦白地说出自己过去的那些事。而后，在自己挨整时，崔景春仍然没对自己说过一句过激的话，没对自己使过任何压力。

这便成了所里一度闹着要反他"右倾"的根由之一。现在，他面对崔景春，心里隐隐怀着一些歉意似的，真不知该说些什么才好。崔景春透过那窄边黑色方框的眼镜，瞅了瞅他身旁的赵昌,只对他简简单单而又深沉地说了一句:"记住教训吧!"就匆匆走去。

吴仲义永远也不会知道,在对待自己的问题上,以及给自己的问题下结论和定性时,崔景春和贾大真怎样激动地辩论过。

赵昌把吴仲义领进地方史组。两人站在吴仲义旧日的办公桌前,赵昌一只手抓起吴仲义的右手,另一只手把一件冰凉和坚硬的小东西放在吴仲义手里。吴仲义一看,亮闪闪的,原来是自己书桌的钥匙。这把钥匙在他被揪出的当天就奉命交出来了。他现在归还给他,意味着把他心爱的工作也交还给他了。赵昌掬着往日那种温和的笑容,对他说:

"我没叫你吃亏吧!"

吴仲义想起他坦白自首那天,在工作组的办公室里赵昌对他说过这句话。他相信,赵昌在至关紧要的当口,帮助了他,把贾大真掌握他问题(包括那封信)的内情透露给他,使他不等人家来揪就抢先一步,主动做了坦白交代。多亏好友的指点,才使他今天能够获得从宽发落的好结果!于是他那哭红了的眼眶里,重新又闪出泪花,说不出话,心里塞满一团滚动着的感激的情感。

二十四

他回家了,终于获释回家了。好像一只放出笼来的鸟儿,没有一点牵缠和负赘,浑身轻飘飘。如果两条胳膊一举,简直就要腾空飞起来了……

他在路上,把身上不多的钱花尽,买了一瓶啤酒,一点菜,几块糖,打算回到家中,为自己好好庆贺一番。他还没有喝酒,却像醉八仙一样，身子的重心把握不住，走起来摇摇晃晃。天气已入三九，正是严寒酷烈的时节，他没戴帽子，但脸颊却是火烫烫的。

到了阔别半年多的家，走进黑乎乎的楼里，看见邻居杨大妈正在过道铲煤球。杨大妈的小孙子在一旁，用一把挖土的小铲子，帮忙又帮乱。杨大妈看见了吴仲义，惊讶地叫起来：

"呀！吴同志，怎么回来了？"

"是啊！"他喜滋滋地回答。

"您，不是……"杨大妈欲言又止。显然她知道吴仲义出过事，却不知吴仲义现在是什么情况，话不好说。她拿着铲子站在那里，表情挺尴尬。

吴仲义一时也不知怎么说才好。

杨大妈不大自然地笑了笑说："您先上去生上炉子暖和暖和吧！"应付了一句，就赶紧拉着小孙子，摆动着胖胖而不大灵便的身子，慌慌失失地走进屋去，好像他是个刚从传染病院跑出来的病人似的。

吴仲义并不介意，心想一会儿下楼来，向她说清楚就是了。

他打开门，进了屋。小房间有股浓重的又潮又闷的气味，房中一切如旧，只是看上去有些陌生。屋中乱杂杂的东西，什么床啦，书桌啦，椅子啦，杯子啦，好像在他闯进来时惊呆了。当明白是主人返回来时，仿佛带着一股冲动的劲儿朝他亲切地扑来。他也朝这些无生命的生活伙伴扑去。但这些伙伴太脏了，给尘土涂成一种颜色。他在屋里转了转，不知先打扫哪里为好；他努力使自己平静下来，最后确定先生炉子。幸好他是在炉子没拆之前的春天里被囚禁起来的，现在正好使用，马上就可以使房间暖和起来。

他的手一触到炉膛里的纸灰，心情就发生了变化。这是他那天清晨烧掉那些废信纸的余烬。

他由此想到兄嫂，心里边不是滋味。他决定晚间到嫂嫂的娘家去一趟，打听兄嫂目前的境况。但他怎么向兄嫂解释清楚这一切呢？反正他再不敢写信了。

他生着炉火，手挺脏。他要洗手时，发现脸盆里的剩水冻成一块结结实实的冰块。自从他丢了那封信而魂飞魄散的几天里，他很少洗脸，最多只是用毛巾下意识地蘸蘸脸盆里的水，抹一抹脸。几天没换水，因此这块脸盆形状的冰块是深灰色和不透明的。

他端起脸盆，翻过来，想在炉台上磕掉里边的冰块。突然，一件东西跳入眼帘——脸盆底儿粘着一封信！他非常奇怪，撂下盆，从盆底儿上揭下这封信一看，不由得惊异得扬起眉骨，险些使眼镜从脸上脱落下来！这竟然就是他曾经丢掉了的、几乎要了他的命的那封信！上边的邮票贴得好好的，信口粘得牢牢，原来他当初写好这封信后，胡乱地在信封背面抹上糨糊，贴上邮票，封了信口。洗脸时，他曾把脸盆放在桌上过，脸盆底儿有水，加上信封上没抹干净的糨糊，就粘在盆底儿上了。谁能想到丢失的信竟然粘在这地方？

"啊！"他一声惊叫。

他整个身形就像"啊"字后边的惊叹号，呆住了。在他把这一切明白过来之前，足足立了半个小时。

二十五

现在又回到春天里了。

春天来了！不单是大自然的春天，也是生活的春天！你看，到处冰消雪融，万物苏生。绚烂的春天的色彩，已经耀眼地出现在人们的生活中。

当你的鼻孔对着一朵鲜艳的小花，手里拈着一片嫩绿闪光、汁液欲滴的新叶；当你站在山谷间，放眼遥望返青的群山，那漾开冰层后的雪水，漫山遍野地淙淙流淌；当你漫步街头，仰望一幢幢还没有拆掉脚手架的新楼群在春日的霞光中矗立起来；当你夜间凭窗，耳听着天上大雁的鸣声与人间大地演奏的美的旋律合成一曲……谁总想回味那寒彻肌骨的严冬？谁总想去盯着那结了痂的疤痕？

然而，没弄清根由的灾难，仍是埋伏在道路前边的陷阱。虽然它过去了，却有可能再来。为了前程更平坦、更笔直，为了不重蹈痛苦的旧辙，需要努力去做，更需要认真深思……

为了将来，永远牢记过去。

高女人和她的矮丈夫

一

你家院里有棵小树,树干光溜溜,早瞧惯了,可是有一天它忽然变得七扭八弯,愈看愈别扭。但日子一久,你就看顺眼了,仿佛它本来就应该是这样子。如果某一天,它忽然重新变直,你又会觉得说不出多么不舒服。它单调、乏味、简易,像根棍子!其实,它不过恢复最初的模样,你何以又别扭起来?

这是习惯吗?嘿,你可别小看"习惯"!世界万事万物中,它无所不在。别看它不是必须恪守的法定规条,惹上它照旧叫你麻烦和倒霉。不过,你也别埋怨给它死死捆着,有时你也会不知不觉地遵从它的规范。比如说,你敢在上级面前喧宾夺主地大声大气地说话吗?你能在老者面前放肆地发表自己的主见吗?在合影时,你能叫名人站在一旁,你却大模大样站在中间放开笑颜?不能,当然不能。甭说这些,你娶老婆,敢娶一个比你年长十岁,比你块头大,或者比你高一头的吗?你先别拿空话敉火,眼前就有这么一对——

二

她比他高十七厘米。

她身高一米七五,在女人们中间算作鹤立鸡群了;她丈夫只有一米五八,上大学时绰号"武大郎"。他和她的耳垂儿一般齐,看上去却好像差两头!

再说他俩的模样:这女人长得又干、又瘦、又扁,脸盘像没上漆的乒乓球拍儿。五官还算勉强看得过去,却又小又平,好似浅浮雕,胸脯毫不隆起,腰板细长僵直,臀部瘪下去,活像一块硬挺挺的搓板。她的丈夫却像一根短粗的橡皮辊儿;饱满,轴实,发亮;身上的一切——小腿啦,脚背啦,嘴巴啦,鼻头啦,手指肚儿啦,好像都是些溜圆而有弹性的小肉球。他的皮肤柔细光滑,有如质地优良的薄皮子。过剩的油脂就在这皮肤下闪出光亮,充分的血液就从这皮肤里透出鲜美微红的血色。他的眼睛简直像一对电压充足的小灯泡;他妻子的眼睛可就像一对乌乌涂涂的玻璃球儿了。两人在一起,没有谐调,只有对比。可是他俩还好像拴在一起,整天形影不离。

有一次,他们邻居一家吃团圆饭时,这家的老爷子酒喝多了,乘兴把桌上的一个细长的空酒瓶和一罐矮墩墩的猪肉罐头摆在一起,问全家人:"你们猜这像嘛?"他不等别人猜破就公布谜底,"就是楼下那高女人和她的矮爷儿们!"

全家人哄然大笑,一直笑到饭后闲谈时。

他俩究竟是怎么凑成一对的?

这早就是团结大楼几十户住家所关注的问题了。自从他俩结婚时搬进这大楼,楼里的老住户无不抛以好奇莫解的目光。不过,有人爱把问号留在肚子里,有人忍不住要说出来罢了。多嘴多舌的人便议论纷纷。尤其是下雨天气,他俩出门,总是那高女人打伞。如果有什么东西掉在地上,矮男人去拾便是最方便了。大楼里一些闲得没事儿的婆娘们,看到这可笑的情景,就在一旁指指画画。难禁的笑声,憋在喉咙里咕咕作响。大人的无聊最能纵使孩子们的恶作剧。有些孩子一见到他俩就哄笑,叫喊着:"扁担长,板凳宽……"他俩闻如未闻,对孩子们的哄闹从不发火,也不搭理。可能为此,也就与大楼里的人们一直保持着相当冷淡的关系。少数不爱管闲事的人,上下班碰到他们时,最多也只是点点头,打一下招呼而已。这便使那些真正对他俩感兴趣的人们,很难再多知道一些什么。比如,他俩的关系如何?为什么结合在一起?谁将就谁?没有正式答案,只有靠瞎猜了。

　　这是座旧式的公寓大楼,房间的间量很大,向阳而明亮,走道又宽又黑。楼外是个很大的院子,院门口有间小门房。门房里也住了一户,户主是个裁缝。裁缝为人老实,裁缝的老婆却是个精力充裕、走家串户、爱好说长道短的女人,最喜欢刺探别人家里的私事和隐秘。这大楼里家家的夫妻关系、姑嫂纠纷、做事勤懒、工资多少,她都一清二楚。凡她没弄清楚的事情,就要千方百计地打听到;这种求知欲能使愚顽成才。她这方面的本领更是超乎常人,甭说察言观色,能窥见人们藏在心里的念头,单靠嗅觉,就能知道谁家常吃肉,由此推算出这家收入状况。不知为什么,六十年代以来,处处居民住地,都有这样一类人被吸收为"街道积极分子",使得他们对别人的干涉欲望合法化,能力和兴趣也得到发挥。看来,造物者真的不会荒废每一个人才的。

尽管裁缝老婆能耐，她却无法获知这对天天从眼前走来走去的极不相称的怪夫妻结合的缘由。这使她很苦恼，好像她的才干遇到了有力的挑战。但她凭着经验，苦苦琢磨，终于想出一条最能说服人的道理：夫妻俩中，必定一方有某种生理缺陷，否则谁也不会找一个比自己身高逆差一头的对象。她的根据很可靠：这对夫妻结婚三年还没有孩子呢！于是团结大楼的人都相信裁缝老婆这一聪明的判断。

事实向来不给任何人留情面，它打败了裁缝老婆！高女人怀孕了。人们的眼睛不断地瞥向高女人渐渐凸出来的肚子。这肚子由于离地面较高而十分明显。不管人们惊奇也好，质疑也好，困惑也好，高女人的孩子呱呱坠地了。每逢大太阳或下雨天气，两口子出门，高女人抱着孩子，打伞的事就落到矮男人身上。人们看他迈着滚圆的小腿、半举着伞儿、紧紧跟在后面滑稽的样子，对他俩居然成为夫妻，居然这样形影不离，好奇心仍然不减当初。各种听起来有理的说法依旧都有，但从这对夫妻身上却得不到印证。这些说法就像没处着落的鸟儿，啪啪地满天飞。裁缝老婆说："这两人准有见不得人的事，要不他们怎么不肯接近别人？身上有脓早晚得冒出来，走着瞧吧！"果然一天晚上，裁缝老婆听见了高女人家里发出打碎东西的声音。她赶忙以收大院扫地费为借口，去敲高女人家的门。她料定长久潜藏在这对夫妻间的隐患终于爆发了，她要亲眼看见这对夫妻怎样反目，捕捉到最生动的细节。门开了，高女人笑吟吟迎上来，矮丈夫在屋里也是笑容满面，地上一只打得粉碎的碟子——裁缝老婆只看到这些。她匆匆收了扫地费出来后，半天也想不明白这对夫妻之间到底发生了什么事。打碎碟子，没有吵架，反而像有什么开心事一般快活。怪事！

后来，裁缝老婆做了团结大院的街道居民代表。她在协助户籍警察挨家查对户口时，终于找到了多年来经常叫她费心的问题答案，一个确凿可信、无法推翻的答案。原来这高女人和她的矮丈夫，都在化学工业研究所工作。矮男人是研究所总工程师，工资达一百八十元之多！高女人只是一名普普通通的化验员，收入不足六十元，而且出生在一个辛苦而赚钱又少的邮递员家庭。不然她怎么会嫁给一个比自己矮一头的男人？为了地位，为了钱，为了过好日子，对！她立即把这珍贵情报，告诉给团结大楼里闲得难受的婆娘们。人们总是按照自己的思维方式去解释世界，尽力把一切事物都和自己的理解力拉平。于是，裁缝老婆的话被大家确信无疑。多年来留在人们心里的谜，一下子被打开了。大家恍然大悟：原来这矮男人是个先天不足的富翁，高女人是个见钱眼开、命里有福的穷娘儿们。当人们谈到这个模样像匹大洋马、却偏偏命好的高女人时，语调中往往带一股气。尤其是裁缝老婆。

三

人命运的好坏不能看一时，可得走着瞧。

一九六六年，团结大楼就像缩小了的世界，灾难降世，各有祸福，楼里的所有居民都到了"转运"时机。生活处处都是巨变和急变。矮男人是总工程师，迎头遭到横祸，家被抄，家具被搬得一空，人挨过斗，关进牛棚。祸事并不因此了结，有人说他多年来，白天在研究所工作，晚上回家把研究成果偷偷写成书，打算逃出国，投奔一个有钱的远亲。把国家科技情报献给外国资本家——这个荒诞不经的说法居然有很多人信以为真。那时，世道狂乱，人人失去常态，宁肯无知，宁愿心狠，还有许多出奇的妄想，恨不得从身旁发现出希特勒。研究所的人们便死死缠住总工程师不放，吓他，揍他，施加各种压力，同时还逼迫高女人交出那部谁也没见过的书稿，但没效果。有人出主意，把他俩弄到团结大楼的院里开一次批斗大会；谁都怕在亲友熟人面前丢丑，这也是一种压力。当各种压力都使过而无效时，这种做法，不妨试试，说不定能发生作用。

那天，团结大楼有史以来这样热闹——

下午研究所就来了一群人，在当院两棵树中间用粗麻绳扯了一道横标，写着有那矮子的姓名，上边打个叉；院内外贴满口气咄咄逼人的大小标语，并在院墙上用十八张纸公布了这矮子的"罪状"。会议计划在晚饭后召开。研究所还派来一位电工，在当院拉了电线，装上四个五百烛光的大灯泡。此时的裁缝老婆已经由街道代表升任为治保主任，很有些权势，志得意满，人也胖多了。这天可把她忙得够呛，她带领楼里几个婆娘，忙里忙外，帮着刷标语，又给研究所的革命者们斟茶倒水，装灯用电还是从她家拉出来的线呢！真像她家办喜事一样！

晚饭后，大楼里的居民都给裁缝老婆召集到院里来了。四盏大灯亮起来，把大院照得像夜间球场一般雪亮。许许多多人影，好似放大了数十倍，投射在楼墙上。这人影都是肃然不动的，连孩子们也不敢随便活动。裁缝老婆带着一些人，左臂上也套上红袖章。这袖章在当时是最威风的了。她们守在门口，不准外人进来。不一会儿，化工研究所一大群人，也戴袖章，押着高女人和她的矮丈夫，一路呼着口号，浩浩荡荡地来了。矮男人胸前挂一块牌子，高女人没挂。他俩一直给押到台前，并排低头站好。裁缝老婆跑上来说："这家伙太矮了，后边的革命群众瞧不见。我给他想点办法！"说着，带着一股冲动劲儿扭着肩上两块肉，从家里抱来一个肥皂箱子，倒扣过来，叫矮男人站上去。这样一来，他才与自己的老婆一般高，但此时此刻，很少有人对这对大难临头的夫妻不成比例的身高发生兴趣了。

大会依照流行的格式召开。宣布开会，呼口号，随后是进入了角色的批判者们慷慨激昂的发言，又是呼口号。压力使足，开始要从高女人嘴里逼供了。于是，人们围绕着那本"书稿"，唇枪舌剑地向高女人发动进攻。你问，我问，他问；尖声叫，粗声吼，哑声喊；大声喝，厉声逼，紧声追……高女人却只是摇头，真诚恳切地摇头。但真诚最廉价，相信真诚就意味着否定这世界上的一切。

无论是脾气暴躁的汉子们跳上去，挥动拳头威胁她，还是一些颇有攻心计的人，想出几句巧妙而带圈套的话问她，都给她这恳切又断然的摇头拒绝了。这样下去，批判会就会没结果，没成绩，甚至无法收场。研究所的人有些为难，他们担心这个会开得虎头蛇尾——乘兴而来，败兴而归。

裁缝老婆站在一旁听了半天，愈听愈没劲。她大字不识，既对什么"书稿"毫无兴趣，又觉得研究所这帮人说话不解气。她忽地跑到台前，抬起戴红袖章的左胳膊，指着高女人气冲冲地问：

"你说，你为什么要嫁给他？"

这句突如其来的问话使研究所的人一怔。不知道这位治保主任的问话与他们所关心的事有什么奇妙的联系。

高女人也怔住了。她也不知道裁缝老婆为什么提出这个问题。这问题不是这个世界所关心的。她抬起几个月来被折磨得如同一张皱巴巴的枯叶的瘦脸,脸上满是诧异神情。

"好啊!你不敢回答,我替你说吧!你是不是图这家伙有钱,才嫁给他的?没钱,谁要这么个矮子!"裁缝老婆大声说。声调中有几分得意,似乎她才是最知道这高女人根底的。

高女人没有点头,也没摇头。她好像忽然明白了裁缝老婆的一切,眼里闪出一股傲岸、嘲讽、倔强的光芒。

"好,好,你不服气!这家伙现在完蛋了,看你还靠得上不!你心里是怎么回事,我知道!"裁缝老婆一拍胸脯,手一挥,还有几个婆娘在旁边助威,她真是得意到了极点。

研究所的人听得稀里糊涂。这种弄不明白的事,就索性糊涂下去更好。别看这些婆娘们离题千里地胡来,反而使会场一下子热闹起来。没有这种气氛,批判会怎好收场?于是研究所的人也不阻拦,任使婆娘们上阵发威。只听这些婆娘们叫着:

"他总共给你多少钱?他给你买过什么好东西?说!"

"你一月二百块钱不嫌够,还想出国,美的你!"

"邓拓是不是你们的后台?"

"有一天你往北京打电话,给谁打的,是不是给'三家村'打的?"

会开得成功与否,全看气氛如何。研究所主持批判会的人,看准时机,趁会场热闹,带领人们高声呼喊了一连串口号,然后赶紧收场散会。跟着,研究所的人又在高女人家搜查一遍,撬开地板,掀掉墙皮,一无所获,最后押着矮男人走了,只留下高女人。

高女人一直待在屋里,入夜时竟然独自出去了。她没想到,大楼门房的裁缝家虽然闭了灯,裁缝老婆却一直守在窗口盯着她的动静。见她出去,就紧紧尾随在后边,出了院门,向西走了两个路口,只见高女人穿过街在一家门前停住,轻轻敲几下门板。裁缝老婆躲在街这面的电线杆后面,屏住气,瞪大眼,好像等着捕捉出洞的兔儿。她要捉人,自己反而比要捉的人更紧张。

咔嚓一声,那门开了。一位老婆婆送出个小孩。只听那老婆婆说:

"完事了?"

没听见高女人说什么。

又是老婆婆的声音:

"孩子吃饱了,已经睡了一觉。快回去吧!"

裁缝老婆忽然想起,这老婆婆家原是高女人的托儿户,满心的兴致陡然消失。这时高女人转过身,领着孩子往回走,一路无话,只有娘俩的脚步声。裁缝老婆躲在电线杆后面没敢动,待她们走出一段距离,才独自怏怏地回家了。

第二天一早,高女人领着孩子走出大楼时眼圈明显地发红,大楼里没人敢和她说话,却都看见了她红肿的眼皮。特别是昨晚参加过批斗会的人们,心里微微有种异样的、亏心似的感觉,扭过脸,躲开她的目光。

四

矮男人自批判会那天被押走后,一直没放回来。此后据消息灵通的裁缝老婆说,矮男人又出了什么现行问题,进了监狱。高女人成了在押囚犯的老婆,落到了生活的最底层,自然不配住在团结大楼内那种宽敞的房间,被强迫和裁缝老婆家调换了住房。她搬到离楼十几米远孤零零的小屋去住。这倒也不错,省得经常和楼里的住户打头碰面,互相不敢搭理,都挺尴尬。但整座楼的人们都能透过窗子,看见那孤单的小屋和她孤单单的身影。不知她把孩子送到哪里去了,只是偶尔才接回家住几天。她默默过着寂寞又沉重的日子,三十多岁的人,从容貌看上去很难说她还年轻。裁缝老婆下了断语:

"我看这娘儿们最多再等上一年。那矮子再不出来,她就得改嫁。要是我啊——现在就离婚改嫁,等那矮子干嘛,就是放出来,人不是人,钱也没了!"

过了一年,矮男人还是没放出来,高女人依旧不声不响地生活,上班下班,走进走出,点着炉子,就提一个挺大的黄色的破草篮去买菜。一年三百六十五天,天天如此……但有一天,矮男人重新出现了。这是秋后时节,他穿得单薄,剃了短平头,人大变了样子,浑身好似小了一圈儿,皮肤也褪去了光泽和血色。他回来径直奔楼里自家的门,却被新户主、老实巴交的裁缝送到门房前。高女人蹲在门口劈木柴,一听到他的招呼,唰地站起身,直怔怔看着他。两年未见的夫妻,都给对方的明显变化惊呆了。一个枯槁,一个憔悴;一个显得更高,一个显得更矮。两人互相看了一忽儿,赶紧掉过头去,高女人扭身跑进屋去,半天没出来,他便蹲在地上拾起斧头劈木柴,直把两大筐木块都劈成细木条。仿佛他俩再面对片刻就要爆发出什么强烈而受不了的事情来。此后,他俩又是形影不离地一起上班,一起下班回家,一切如旧。大楼里的人们从他俩身上找不出任何异样,兴趣也就渐渐减少。无论有没有他俩,都与别人无关。

一天早上,高女人出了什么事。只见矮男人惊慌失措从家里跑出去。不会儿,来了一辆救护车把高女人拉走。一连好些天,那门房总是没人,夜间也黑着灯。二十多天后,矮男人和一个陌生人抬一副担架回来,高女人躺在担架上,走进小门房。从此高女人便没有出屋。矮男人照例上班,傍晚回来总是急急忙忙生上炉子,就提着草篮去买菜。这草篮就是一两年前高女人天天使用的那个,如今提在他手里便显得太大,底儿快蹭地了。

转年天气回暖时,高女人出屋了。她久久没见阳光的脸,白得像刷了一层粉那样难看。刚刚立起的身子左倒右歪。她右手拄一根竹棍,左胳膊弯在胸前,左腿僵直,迈步困难,一看即知,她的病是脑血栓。从这天起,矮男人每天清早和傍晚都搀扶着高女人在当院遛两圈。他俩走得艰难缓慢。矮男人两只手用力端着老婆打弯的胳膊。他太矮了,抬她的手臂时,必须向上耸起自己的双肩。他很吃力,但他却掬出笑容,为了给妻子以鼓励。高女人抬不起左脚,他就用一根麻绳,套在高女人的左脚上,绳子的另一端拿在手里。高女人每要抬起左脚,他就使劲向上一提绳子。这情景奇异,可怜,又颇为壮观,使团结大楼的人们看了,不由得受到感动。这些人再与他俩打头碰面时,情不自禁地向他俩主动而友善地点头了……

五

高女人没有更多的福气,在矮小而挚爱她的丈夫身边久留。死神和生活一样无情。生活打垮了她,死神拖走了她。现在只留下矮男人了。

偏偏在高女人离去后，幸运才重新来吻矮男人的脑门。他被落实了政策，抄走的东西发还给他了，扣掉的工资补发给他了。只剩下被裁缝老婆占去的房子还没调换回来。团结大楼里又有人眼盯着他，等着瞧他生活中的新闻。据说研究所不少人都来帮助他续弦，他都谢绝了。裁缝老婆说：

"他想要什么样的，我知道。你们瞧我的！"

裁缝老婆度过了她的极盛时代，如今变得谦和多了。权力从身上摘去，笑容就得挂在脸上。她怀里揣一张漂亮又年轻的女人照片，去到门房找矮男人。照片上这女人是她的亲侄女。

她坐在矮男人家里，一边四下打量屋里的家具物件，一边向这矮小的阔佬提亲。她笑容满面，正说得来劲，忽然发现矮男人一声不吭，脸色铁青，在他背后挂着当年与高女人的结婚照片，裁缝老婆没敢掏出侄女的照片，就自动告退了。

几年过去，至今矮男人还是单身寡居，只在周日，从外边把孩子接回来，与他为伴。大楼里的人们看着他矮墩墩而孤寂的身影，想到他十多年来一桩桩事，渐渐好像悟到他坚持这种独身生活的缘故……逢到下雨天气，矮男人打伞去上班时，可能由于习惯，仍旧半举着伞。这时，人们有种奇妙的感觉，觉得那伞下好像有长长一大块空间，空空的，世界上任什么东西也填补不上。

感谢生活

火车已经开过三站,这包厢的其他铺位依然空着,多半没人来,那可真要谢天谢地了!长途旅程中,没熟伴,就最好也没生伴,一个人自由自在。特别这些年,可能由于人与人关系变得太可怕,处处藏危伏险,一不留神就陷落下去,我便总喜欢自己陪着自己,在淡漠中寻求宁静。只有在没人的地方才自由吗?在没人的地方活着还有什么意思呢?

几小时前天就黑了,可是猛然外边射进的强光照得眼睛发花,不等弄清是对面来车还是到达什么站头时,车身"咣当"一晃停了,直把杯中的水晃出一半。那时司机就这么停车,总像憋着多大的火气拿旅客撒。不知哪个包厢的孩子被吓醒,哇地哭起来。我把脸贴着冰冷的窗玻璃往外看,原来是辽河平原上的郭家店车站。但在那一根根涂满口号的水泥桩子中间,看不见几个人影;寒风把刮落的大字报团成一个大纸球似的,在月台上缓缓滚过。很快鸣笛和关车门的声音过后,再"咣当"一下就动起来。看来今儿一夜这包厢属于我自己了。我躺下来,闭掉顶灯,扭开床头的小壁灯,在半明半暗的光线里,松弛思维,放纵想象,打算任意享受一下孤独才有的安宁。忽然"哗啦"一声包厢门拉开。糟糕,来人了!

我忙起身开灯，没见人进来，却先拱进一个笨重的大牛皮纸箱。纸箱挪下，现出一个中年男人。我刚想和他打招呼，可他喘着粗气，脱下带着寒气的棉大衣往铺上一扔，回身又提进个破旅行包，拉锁坏了，中间用麻绳捆扎起来；还有一个绿帆布面的脏得发黑、边儿磨毛的大画夹。他把东西往里一放，赶紧回身把包厢门拉上，动作紧张得好像是个没票混上车的。他进来后没搭理我，而是扬着脸为他的大纸箱找地方放好。待他坐下来，我问他："外边很冷吧！"谁知他好像没听见似的，又起身四下看看，再把那大纸箱挪到门上边的空格里去。我见他举那纸箱挺吃力，刚要问他是否需要帮忙，他一用劲，正对着我脸的屁股，"噗"地放了一个又粗又响的屁。我从来没见过这样不通人情、不懂礼貌的人！而且他放好纸箱之后，也没向我道歉，只用他死鱼一样淡灰色的眼睛瞅我一眼。瞅我时，眼睛一觑，好像看什么费眼的东西，真叫人讨厌极了！我预感一次不愉快的旅行就此开始了。

我决定不再搭理这家伙，头靠一边，假装打瞌睡。但这家伙一会儿也不闲着，总出声音。先是"嚓"地划着火柴抽烟，吐烟的声音好像吹气，然后听见他总在自言自语念叨着，什么"车速太慢"，"暖暖手吧"，"黑夜、黑夜、黑夜"……我想大概这家伙精神上有点毛病。后来这家伙就折腾开了，坐不会儿就站起来，总去把那纸箱弄得咯吱咯吱响，我把眼微微觑开一条缝，只见这家伙正踮着脚把棉大衣盖到纸箱上去，完事还没坐下，又去拉开棉大衣，让一个箱角露出来，原来这箱角上有一个撕开的洞。这引起我的好奇。纸箱装着什么东西怕冷又需要空气？显然是活物。起初我以为是偷运的鸡呀猫呀鸭呀之类的东西，但为什么没有叫声？即使不会叫的兔子，也会有响动。这时，更稀奇的事出

255

现了。这家伙回头看看,以为我睡了,便轻轻蹬着铺边上去,把嘴对着箱角的小洞,居然小声说起话来:

"憋坏了吧!忍一忍,天亮就到了!"

啊呀!这是人贩子吧!但两尺多长的纸箱绝对装不下一个人,多半是小孩吧。可他背着画夹子干嘛?伪装画画好遮人耳目吗?我等他坐下来,仔细瞧一瞧他。幸好我在阴影里,觑着眼看不出是醒是睡。却见这家伙头发像一团冬天蓬乱的干草,平板板的脸上蹭上一块块灰,好像刚从什么地方钻出来的,瘦瘦的手上净是伤疤。格斗留下的疤痕?再瞧,他从旧制服、破绒衣,直到里边的烂领子的衬衫,领扣儿全没扣。胸前一个扣子还扣错了眼儿。这副狼狈相,活像一个越狱出逃的犯人。可是细心打量一下,他浑身上下沾满颜色,新的痕迹压在旧的痕迹上边。还有种散漫的、不经意的、脱俗似的气息,不知从他身上还是脸上散发出来。他那天生的红眼边,给人一种忧郁感。一个落魄的穷画家吗?怎么坐得起软卧?这又和那神秘的纸箱怎样连到一起?我脑袋里对这一切无法形成明确的判断。好奇心和一种莫名的不安,使我忍不住问他:

"那箱里是什么?"

他差点蹦起来。"你吓我一跳!你没睡着?"他惊慌失色,显然那纸箱里装着非常之物。

等他像刚才那样着意瞅我一眼后,便说:

"你先回答我一个问题,咱再往下说。"

他反而来问我。不等我开口,他进而把问题提得十分具体:

"您是作家?嗯,我没说错吧!"

"我?"我不知该怎么回答。那时,"作家"这两个字是一种光荣还是罪过？我苦笑一下说："……以前写过东西。"

"好了！其实我第一眼就认出您来了。"他顿时松弛下来，脸上的惊慌像水纹一样忽然没了，身子往后一仰说，"您不会认识我，我是您的读者。以前在报刊上常见到您的照片。连批判您的文章也读过，当然是揪着心读的……"

这几句话，似乎使我们在相互了解之前就沟通了。我觉得，我对他那些猜疑也变得毫无根据。

"你……"我想问什么。

他从衣兜摸出一盒揉成卷儿的破烟盒，从中掏出一根只剩下半截却没舍得扔掉的烟卷，点着狠狠抽两口，再用力吐出来，然后隔着面前浓浓的烟团对我说："我给您讲个故事吧！"他见我有些诧异，就用手指指上边说，"您不是要知道那箱子吗？还有我，都在这故事里。我这个故事没对任何人讲过，但我愿意讲给您听……"

我从他的目光中感受到一种信赖。人民的信赖是作家最大的幸福。如果你是个严肃的作家，便会常常碰到这种令你深深感动的情景：一个陌生人，怀着虔诚，把久闭的心扉突然朝你敞开。似乎只有你才肯用心，并能够体会那中间的一切。那么，你获取的绝不止于这秘密了。

这时，他已然扭头，把那淡灰色的眼睛对着漆黑一片、冰天雪地的窗外，望了一会儿，再扭过来时，便好像换了一双眼睛：炽热，逼人，烁烁发光，仿佛有种压抑不住的东西要从这眼里炸开。烟头带着火，就在他食指和拇指中间碾灭。"是这样——"他的故事开始了。这几年，风云变幻，天旋地转，以至无论怎样古怪奇特的事听起来也不动声色，谁知道世上还有这样一个难以想象又撞击人心的故事……

他答应我可以写出来。为了他的安全,我一直靠记忆把它保存心中,只有在今天才能如实地写在纸上。

一

他妈的!您别怪我开口就这么一句。我一想到过去的事,不知怎么,这三个字儿自己就蹦出来了。

那是六十年代初!我在北京美术学院毕业。我是学油画专业的,不是吹牛,我是那一届公认的尖子。我认准自己一定被分配到美术馆、美术出版社或艺术研究所那些专业部门。那些部门也在争我。和我最相好的一个女同学打听到,我可能被留校当助教。我那时真是兴致勃勃,恨不得一头扎进社会里干一气。"拿着画笔向生活和未来报到!"我整天喜笑颜开地这么说。可是"报到通知单"到手一看,我傻了。上面写着报到单位:迁西县第二陶瓷厂——一个开玩笑也扯不到的地方。开始我以为搞错了。当我看见"报到人"一栏清清楚楚写着——华夏雨——是我的名字,我感到这单子黑了。我的向往、抱负、前途、计划,连同我挚爱的她,全都涂在这黑纸上了。直到我在北京站等候开往迁西的火车时,还像做梦一样,不相信这变化。为什么?这怎么可能?出什么事了吗?

当时,我怀疑这种"草菅人命"式的分配是系主任捣鬼。因为我和他的艺术观点截然相反,简单地说,他把艺术看作学问,我把艺术当作生物。我们常常弄得很僵,偏偏多数同学都站在我这边,深深伤了他的自尊心……他怎么肯留我?嘿,其实这完全冤枉了他。我倒霉的根由与他毫不相干。他妈的，叫谁也绝想不到……待会儿我再说这段吧！

命运开始折腾起我来了！让我充军到这么个鬼地方，下车也没人接，只好自己扛着行李走，越走心里越冒火，几次想掉头不去了。

可我站在陶瓷厂门口往里一看，乖乖，事情就变了。我一下子把行李扔在地上，眼前的情景将我震住。瞧瞧！大片开阔地上摆着成千上万正要装窑的泥坯，海碗、大缸、瓶子、坛子、罐子，没烧过的泥坯有股子野味的、生性的、原始的美，粗糙、圆厚、紫的、白的。干活的窑工们都光着膀子，坚韧的脊背晒得又黑又亮。背景的大土窑，好像平涂上去的砖红色和土黄色。我从来没见过这种单纯又辉煌、雄性加烈性的颜色！生活中的颜色永远充满生气！太新鲜、太独特了！我几乎什么也没想就爱上这地方了，兴冲冲进厂报到。

厂党委书记叫罗铁牛，给我感觉像个小商贩，又矮又有点歪的身子，像个压瘪的鞋盒。他对我的态度很微妙，客气后边好像藏着什么。他领着我在窑上和车间里转转看看。工人们对我也不理不睬，个别年轻人好奇地瞥我一眼，赶紧低头干活，年岁大的干脆头也不抬。我以为闭塞地方的人对外来的大学生都有种畏惧心理。我朝他们友善又亲切地微笑。其实我又猜错了！他们对别人并不是这样。

您要是没干过陶瓷，绝想不到，那是一个怎样奇妙的世界！一个平平常常的日用瓷碗，要经过几十道工序，更甭说瓶儿罐儿的了！处处都有讲究，都含着艰辛，都藏着神秘。铸浆的小姑娘，一个月要用木桶把一万三千斤瓷浆灌到模子里去。这些车间下边都有大地灶，把屋里烤得像蒸笼，为的使泥坯快干。三伏天，热得那些没结婚的小姑娘也脱光膀子，顾不得别的了。有人说"每一件瓷器都有陶瓷工人的汗水"，那种说法太空洞。应该说世界上无论多精美的瓷器都是从这里出去的！

我在拉坯车间看到一个高大壮实的老汉在做瓶子。他把一摊软泥放在台子上，脚蹬轴碌，双手一提，没见他手指怎么动，一个式样古朴、神气活现的大瓶胎就出来了。这地方的瓷器与景德镇的不同，不求匀整精细，看上去笨重，可有股拙劲，一股雄风，尤其这老汉拉的瓶子，个个赛活的，有神气，有姿态，好像安上眼就会说话！我被他的手艺感动了，情不自禁问他：

"老师傅，您这是怎么做的？"

他对我这句实际上是赞美的话并不高兴，偏过半张大肉脸，生硬地说：

"使手做的！"

这句话像把一团泥塞在我心口上，真憋气！我心想一辈子也不再搭理这老家伙。您别以为我真会这样，我天生不会记恨人，过去就忘了。

罗书记叫来一个细高、文气的青年，他皮肤像绸子一样光滑，见面就笑眯眯。他叫罗家驹，彩画组长，以后我归他领导了。我很高兴，因为他是我遇到的第一个热情的人。他领我去后院看"宿舍"，争着抢着帮我扛行李，他说早就听说我要来，一直盼着，还要拜我为师。话里没虚假，我在美院时，也常在业余作者那里感受到这种殷切的敬意。后来我才知道，罗家驹在厂里非同寻常，他既是罗书记的表侄，又是头号秀才，人极聪明，十几岁就进厂，对各种洋彩和花釉熟悉得赛过一个老娘儿们使唤油盐酱醋，还能画素描、国画、水彩，写草书和隶书，全靠自学，在这县城，有这两下子，就算半个圣人。虽然照我看，他这些不是凭天赋而是靠精明达到的……

罗家驹指着一间破屋说：

"您别怨怪，厂里都是当地人，没宿舍。这还是几年前，会计的亲戚打秦皇岛来找活干，也是个画画的，没地方住，就住在这儿。原是里外间，那人走后就堆乱七八糟东西了。听说您来，只能先腾出外间应应急，等有地方再把里间也腾出来……"

我打量一下这屋子，真不能算是住人的。总共也就三四步见方，大小且不说，它倒像没入窑烧制过的泥坯。地是黄土地，墙上刷过一道大白也差不多掉净了。屋顶没扎糊，露着草笆和带树皮的黝黑的椽子。里外屋中间没门，用木板隔开，一种阴冷加上积尘的"仓库味儿"从木板缝透出来。简简单单几件家具，窗台上还有一层没除净的青草的根茬……怎么，您以为我很恼火吗？不，我这人倒不在乎这些。如果一座宫殿和一座森林，由我来挑，我必定选择森林。因为大自然会给我无穷无尽的感受，我把它们都能变作艺术。特别是我那后窗户，外边是开阔的河滩和无声的荒野，它和我屋里无雕饰的一切，融成一种单纯又自然的美，一种诗的气息。多棒！

想想看，那时我只有二十多岁，从学院走出却没有从艺术走出来的人，对周围的一切都充满艺术的敏感。一切事物，有生命或无生命的，好像都在发光、喘息、出声。连阳光、风，摇动的树影，恬静、微细、亮晶晶的浮尘，也是有感情的。您觉得吗？黑夜比白天色彩更丰富，更有感情。我感觉，自己所有神经末梢都露在皮肤外边，常常被自己这些感受激动得不得安宁。天啊，那是一种怎样的自我感动。感动才是真正的幸福！我喜欢厂里的人们，不完全因为他们干活时的场面具有画面感，我更喜欢他们狭隘又实在的性情。这性情使他们每一张面孔都大有画头。我时常对他们表现出一种难禁的冲动来。

但渐渐我感到，他们对我不是这样。除去罗家驹，很少有人同我说话，我要给他们画像，没一个同意。本来乡间的人是高兴别人给他画像的。可他们为什么总避着我？

一天早晨，我正在水龙头前弯腰刷牙，厂里的司机崔大脚突然抓着我的肩头，粗声大气、挺认真地问我：

"你这家伙是不是反革命？"

我给他问得蒙头转向，等我抓起水杯，漱去嘴里的牙膏沫子，他已经摇着两尺多宽的肩膀走了。

崔大脚有点缺心眼儿，但这话不像是瞎说的。我忍不住追上去问，他瞪着眼冲我挺横："你别装蒜，厂里没人不知道，你是到我们这儿改造来的！"看他这架势，真把我当作十恶不赦的罪犯。

我听了这话，联想到那张黑色的报到单，罗书记的假客气，一张张躲避我的脸，原来事出有因。我没有犯过任何错误呀！可是，一九五七年后，生活中又多了一层，就是告密。我私下对谁说过什么犯歹的话没有？天啊，谁知道自己都说过什么话。不管怎么，我感到，暗中有种东西紧跟着我，左右着我，威胁着我。心里常常产生一种恐怖感。

显然受了这东西的影响，我对周围人的感觉全变了，人家冷淡我，我就和这东西联系起来。我不愿意与别人接触，真像自己做过什么坏事，这感觉太别扭了。我渐渐对周围的一切缺少那种艺术敏感。生活好像褪色了。白天干活，下班一人闷闷呆在屋里,什么也不想干,画笔干得像锥子了。偶尔又想:"我不能不画!"这样画出来的东西,没神,没魂,没气……什么也没有,完事连看也不想再看一眼。

那时我唯一的消遣和寄托,是我那后窗户。我把枕头用书垫得高高的,目光正好从这窗框穿出去。世界上任何一个窗框都是一幅画框,画框里的东西是活的。我这画框里是条灰暗、古老、沉缓的河,一直能看到它虚入天边的端头。这河床过浅,从来没有一只船,远去的或来近的。河岸是干涸的泥滩,被太阳晒得结成硬皮,龟裂成很深的沟纹;只有几处裸露出一些满是裂缝的嶙峋的石头,略略有些峥嵘。所有的草都是先天不足,没绿就枯黄了;河岸从堤坡向两边延伸,渐渐软化,烟一样散开,成为一片苍凉的、泛着碱花的茫茫荒原。这荒原的一边消失在雾气里,晴天赤日时,也看不见际涯;另一边在二十多里远的地方,给一条黑压压的林带截住。这林带是条神秘的墙。鸟从那上边飞来,带来一阵撒野的狂风暴雨,乌云从那边飞走,就洒下一片玻璃般晶亮的阳光,地上的一切都睁开眼了。鸟儿从那上边飞来时,就给这窗框里寥廓荒寂的景色带来一点声音、一点活气、一点自由自在的联想、一点悠然自得的心绪、一点点安慰;鸟儿从那林带上远去了,我的心也被带走了,带走了。

谁来跟我做伴,谁愿意走到我这灰色的生活中来?

二

来厂后一个来月吧,那是个公休天。我死睡个懒觉,起来推开门,一个意想不到的、奇特的形象跳到我眼里,吓我一跳,一只狗，黑狗！它给我的感觉，挺凶，挺壮，通身黑毛，以至看不清面孔。脑袋两边各垂一片挺大的耳朵。半张的嘴耷拉出粉红色柔软的舌头，随着呼呼喘息，滑溜溜颤动着。凶猛的狗才这么喘气。它不吼不叫，像一个很有身份的武士，威严，老练，一动不动蹲在那里，雄赳赳张开胸脯上绒样的长毛。我要出去打热水，提着暖瓶几次迈出门槛，都给它严厉的目光逼回来。我们这样相持十分钟，它根本不打算退让。我便试图绕开它走。根据我小时在乡下的经验，对狗，你愈不理它，它愈不招你。但这狗分明是专找我来的。我出门，它不动，我往旁边走两步，它立刻起身，不慌不忙走到我前面两步远的地方一蹲；我想从另一边走出去，它又这样把我拦住，说什么也不叫我出去。我被困住了，手提空水瓶，不知所措地看着这狗，不知它要干什么。忽然前边传来一阵开心的笑，原来缺心眼儿的崔大脚倚着车库的砖墙，看我的笑话。我被激恼了，撂下暖瓶，朝这狗叫道："你盯着我干吗？我打你了！"回身绰起门边的长杆扫帚。这时听到一个苍哑的喊声：

"别动手！"

罗长贵——就是头天到厂，给我钉子吃的那个拉坯老汉，从一边走来。他朝这狗呵斥一声：

"滚开，黑儿！"

狗只往后挪了一尺。我把罗长贵让进屋，这老汉头次来串门，我想给他沏茶斟水，但是……我尴尬地指指空暖瓶，又指指守在门外的狗。罗长贵笑着说：

"甭怕它。这是条野狗，不常来，说不定一会儿自个就走了。"

"看样子倒不像野狗。"我说。

"噢，你蛮有眼力，怎么看出来的？"

"凭感觉。"我说。这三个字儿可是艺术学院的学生们总挂在嘴边的。

罗长贵皱皱眉。

"怎么？"我问。

"没什么。它确实是条家狗。原先给二道街一个油匠养着。那时一身毛好亮，油匠说他给这畜生刷了一道油。前两年度荒，粮食紧，这畜生太能吃，实在喂不起，就下狠心送到一家木材厂。谁知送去后，油匠回到家，这畜生反比他回来得早。二次下狠心，又把它远远送到城外的砖厂去，拿条链子把它拴在升降机的架子上，怕它再跑。可是一天夜里下大雨，这畜生居然又回来了，浑身淋得净湿，脖子还挂着半挂链子，后脖梗子上都是血，硬把链子挣断了呗！这次它回来，一头扎到铺底下，怎么叫也不出来，给东西也不吃，好像知道为嘛把它送走的。直到饿得快断气，才肯吃东西，却从不多吃，饿极了到外边找食吃，决不在家偷嘴，你说这畜生灵不灵？"

"它怎么成了野狗？"这狗的命运像磁石一样，有力地吸住我。

"那是去年，油匠一家迁到唐山。人家大城市不兴养狗，油匠就拿酒把它灌醉，甩下它走了。它醒来没了家，成了野狗，成天乱跑，经常入户偷吃的。它常到咱厂里来，食堂后边不是总扔着剩骨头剩菜吗？开头崔大脚往外轰它，后来它咬住一个偷瓶子的贼，算有点功，大伙儿也就不轰它，要来就来，要走就走。"

"怎么没人养它？"

"先前咱罗书记倒想养它，它不跟。大概那油匠待它太无情，它不信人了!"罗长贵意味深长地笑一笑。年岁大的人,笑里边总沉淀着某种东西,"再说家畜一野,很难改回来,挺好的一条狗,完了……"

"它叫什么?"我问。

"黑儿!还是油匠给它起的名字。"罗长贵说。

我瞥一眼黑儿——这条命运坎坷、性情奇特的狗,我对它的感觉全变了。这毛茸茸动物身上,包藏着多少令人感慨的人生内容!这哪里是一条狗的遭遇,多么像一个人的遭遇!

"黑儿,过来!"我朝它叫,已经丝毫不怕它。我的声音那么亲切,像是对一个人。

我敢说,这狗绝对是非同寻常的、通人性的。它一听我的声音,浑身一抖站起来,原地颠颠儿转两圈,又蹲下来。这时它不再带着那股凶厉的劲儿了。

"甭搭理它了。人家都说你的画不错,我今儿是来看画的。"罗长贵对我说。

我知道他的来意后,真有点惶惑不安,甚至还有点受宠若惊呢!

您很难想象,陶瓷这行保守得多厉害!为了手艺秘不外传,我们厂一百多人差不多都姓罗,外姓人很难待住。除非像崔大脚这种缺心眼儿又不沾陶瓷,不受排挤。厂里的高人只有罗长贵和罗家驹。罗家驹那种精细的画瓶,我没兴趣。罗长贵的绝活是拉坯和使花釉,都使我着迷。尤其花釉,使上去一个样,烧出来一个样,颜色像进入幻境,不可捉摸!什么味道、意境、感觉都可能出来。有时抹一条鱼,点一些浮萍,窑里的温度过高,出窑后,那鱼瞎了,变成一条船影,浮萍变成一片繁密的大雪花。我在古画中也没见过这样高深玄妙的境界!

我想跟罗长贵学艺,不愿在彩画车间天天勾蓝碗边,我担心罗家驹不高兴,谁知他笑眯眯答应了。我到罗长贵的车间来,头天就给我一个下马威。他叫我把一个刚拉好的三尺多高的大瓶胎抱到一边。我为了表示认师的诚意,上去卖力气一抱,"噗",大瓶像大蛋壳瘪了,摊在台子上,我失去重心,栽在上边,满身沾得都是泥!车间四处发出笑声,真狼狈!老汉不声不响把台子上的泥很快团起来,转眼又拉出一个大瓶,大小形状,和我抱碎那个一模一样。然后他两手捧着两边,一下子,把这几十斤重的大泥瓶神话般拿起来,走两步放在我身边,什么话没说就走了,叫我和这泥瓶并排傻站着。

我可憷透他了。生怕他看不懂油画,以后更瞧不起我,便把在学院上国画课临摹的宋元山水花鸟画都翻出来给他看。奇怪的是,他更注意那些讲究色彩、变形较大、主观色彩更浓的油画。他开始用一种猜谜般的神气看,一直看得脸上的皮肤渐渐变软。忽然他"啪啪"拍两下画布,他每次烧出一个好瓶子,也这么得意地拍两下。

这时,我忽然发现门口那狗没了,再一瞧并没走,它在门口,身子躲在墙外,露半张脸朝屋里怯生生张望。好像一个孩子!这情景惹起我一阵怜惜的、亲切的、温柔的情绪。叫它也不进来,我要去抱它。

罗长贵拦住我说:"它整天在外野,脏极了。"跟着他皱皱眉说,"奇怪,它是不愿靠近人的。多半你这儿有油色味,和油匠家的味儿差不多……"

是挺奇怪,打这天起,黑儿就常来了。我猜不透它为什么来找我。尤其公休天准来——它居然能记住日子！我在屋里做事，扭头只见它在门口探进来半张脸。显然它想跟我亲近。可是我无论怎么招呼它，拿吃的引它，它也不进来。我愈加劲，它愈不肯进门，只是阳光把它发蓝的影子投进来。看来我们之间还没建立信赖。有这么一句话：不幸者不敢相信人。难道狗也这样？

我想个办法。它来，我就像见到老朋友那样朝它点点头，然后支起架子画画，不瞧它，以免它起疑。有一次，我连续画了一小时没动弹，也不再瞧它，但我确信它就在门口。我坚持画下去，直画到两个半小时，忽从眼角看见它蓬松的影子一点点挨近我。我的心突突地跳，生怕手里的笔滑落下来惊跑它。跟着感到一个毛茸茸、有分量的东西倚在我腿上。天啊，我们紧挨着。我强按着心头的激动，画、画、画，直画到阳光从门前移走。我累了，从来画画没这么累过。低头一看，它靠着我的腿甜甜地睡着了。当然，这甜甜的，也是我心中的一种感觉。

从此，我有了一个伴儿。

但它毕竟不是家狗了。不肯总待在我这儿，有时一去十天半个月，不知去什么地方，干什么。它每次都到了十分想念我时才来。您别以为这是我多情，它一来就用脑袋亲热地拱我的腿，咬我的裤脚，舔我的手。白天跟我玩，晚上就睡在我脚边。外边有点动静，它就警惕地出去转两圈，或者干脆一夜守在门外。黑儿是条极聪明的狗，教它什么会什么。我教它开门，只几次，它自个儿就会按门把，进出自如。我叫它"抬左手"，它就把左爪子给我；我叫它"抬右手"，它就把右爪子抬起来。它从来不找我要吃的。当然，只要食堂卖排骨、烧蹄子、酱杂碎，我总买一份留给它。它找我绝不是为了吃，绝不是！我抚摩着它的头问：

"你干什么总来找我?"

它直怔怔看着我,不出声。好像对我说,你完全应该知道。

三

命中注定,我还要有一个更热烈、更亲密的伴儿。这伴儿一出现,黑儿马上退到次要位置。她叫罗俊俊。我们一下子就相爱,一下子就结婚,事情快得像闪电,而且像闪电唰地照亮整个天地,连最浓厚、最阴郁的云层也照透。

那是个黄昏。罗家驹忽然带来一个姑娘。说是县城第一中学的美术教师,慕名拜访我。

她给我头一个感觉是块朦胧的暖色。这感觉挺奇妙。尽管她细溜溜的长腿,又尖又圆肉感的小下巴,又宽又鼓的脑门,我都看到了。但她给我最新鲜、最独特的感觉,是她全身没有一条线是清晰的。轮廓也模糊,好像从背景上都抠不下来。她能融在任何背景上,周围的颜色、光线,以至空气,顿时都随着她变成一幅美妙的画……

记得那天,我手忙脚乱拿画给她看,说了许多话,这些话我一句也不记得了。我只感到自己的嘴很小,很多想法吐不出来,那些想法就像蜜蜂在蜂箱里嗡嗡乱转。她几乎什么也没说。一种春天化雪时溪水纯净的光,在她那双毛茸茸的眼睛里闪烁出来。她的睫毛又长又软又乱,看上去毛茸茸。她走后,我就用朱红、熟赭、土黄和群青,调出一种特殊的暖色抹在灰暗的墙上。这颜色就是她,如梦如幻地融在墙壁上。我整整一夜看着这块颜色发怔。

那天，罗家驹虽然坐在一边，我好像忘记了他的存在。此后，罗俊俊不叫罗家驹陪着，她自己来，带画给我看。据说她自小生活在青岛，父亲遗弃了她和母亲，母亲死后，青岛没有亲戚，她就到这儿随姑姑过活。她曾经在青岛工艺美术学校上过两年学，但从她的画看不出一点专业的东西，几乎没有基本功，甚至还带着女孩子瞎涂瞎画的成分。但她的感受很好。她把这些稚嫩的画面里蕴藉的意图解释出来时，极棒，极妙！她不缺乏细胞。我最不愿意跟那些只有技巧却没有艺术感受力的人说话，你把嘴说碎了，他依旧大眼瞪着你发傻；对罗俊俊，你只要把心里那些感觉，不管多微妙，不管多么不可捉摸，稍一说，她就能完全意会到了。后来我知道，她像许多充满幻想的姑娘一样，狂热地喜欢诗，喜欢文学，尤其是屠格涅夫的小说。她时而觉得自己像丽达，时而又觉得像阿霞。她带着这种自我感觉，走在县城大街上不是挺可笑吗？她这些气质是在诗情画意的青岛，在海鸥和小别墅中间，在她原先那个工程师的家族里培养出来的。我居然能在这个闭塞得像个密封罐儿的小县城，碰到这样一个姑娘，简直是奇迹了！

我觉得是命运先把她安排到这儿，又把我安排在这儿，再叫我俩碰到一起。

我给她改画时，她拿一个矮板凳坐在我身边，她的目光渐渐由画面移到我脸上。那双毛茸茸的眼睛发呆地瞅着我，惊讶，崇拜，激动，迷惘，好像睁眼做梦……很快——至多五六次之后，她与我熟了，性格中更迷人的另一层表现出来了。她给我唱歌，背诗，还跳舞，我坐着，看她像小孩撒欢似的，率真地、开心地连唱带跳。我的心像春天的原野一下子全绿了。

她喜欢创造一种小说里那样的气氛，来感动自己，她还要把我也拉进去，一起去创造和享受这种气氛。她爱靠着我的肩膀，喃喃地自言自语地说一些充满艺术想象的幻想；她还爱穿一件新做的小花褂，乘我不在屋时溜进来，找一个光线迷离的角落站好，等我进门，忽然像发现一幅画那样发现她。艺术比生活美。但如果生活像艺术那样，我宁肯不要艺术了！她使我重新感到生活的魅力。世界重新变得五彩缤纷，万物浓缩为各种颜色的原汁，活喷喷流泻在我的调色板上。我的笔杆也热起来。一阵阵盲目的绘画冲动，使我半夜从床上跳下来，支起画架。但这一切来得太猛烈，我还缺乏艺术所必要的那些理性，拿着笔根本不知要画什么。一天晚上，她待得挺晚，天下大雨。我说：

"我送你回去。"

她的眼睛直视着我说："你轰我？"我一看她的眼睛，赶紧躲开。她目光烫人！那是多么伟大的画家也画不出来的一双眼睛。这眼睛在燃烧。

"你为什么不看着我？"她的声音微弱却强烈地颤抖着。似乎她怕什么，又分明要勇敢地去攻取她所胆怯的东西。

"天太晚了，我怕人说你……"

她忽然一把抓住我的手腕，猛拉开门，把我硬扯到当院。在哗哗大雨声中，她叫着："叫他们来看吧！我们爱怎样就怎样！"跟着仰起脸，把滚烫的、抖动的嘴唇，使劲按在我嘴唇上，怎么也不松开。任雨水从我俩紧紧吻在一起的嘴唇上浇下。凉雨浇着发烧的嘴唇，那感觉，真是奇特又强烈！

我用了很大力气才把她拉进屋。她已满身浇透，湿发贴在水淋淋的脑门上，目光依旧火辣辣看着我，她不甘心进屋来！我再受不了这年轻女人主动、狂热、勇敢的进攻。蕴藏全身所有细胞和血管中的一种欲望,全都鼓胀起来,完全失去自制力,胆子突然增加一百倍。当我把她拥抱在床上,她用那双柔软的小手捂住脸。她把一切都交给我了……

我可不是个荒唐人。在学院,我和那个相好的女同学在一起,规矩得像呆子,最多轻轻挨一下脸,就像触过电一样赶紧躲开。不知为什么这一下子就"出境"了。

第二天,我们开始办结婚手续。表面看没人反对,但办得那么别扭。不是找不到开证明的人,就是公章锁在抽屉里拿不出来。罗俊俊一连三天没来。头天没来,我等着,转天没来,我就不安起来,第三天我打算去找她。但我们的事情发生得这么快,还没见过她姑父和姑姑。听说她姑父在县供销社卖文具,人很倔。她碰到什么麻烦了?岁数差得大点?

晚上她来了,依旧有说有笑,却不提办手续的事。我发觉她的快乐有点造作,眼圈浅浅发红。我问她出了什么事。一朵愁云罩在她那美丽的小脸上。她说:

"我只问你一句,你曾经犯过错误?"

"没有,绝对没有呀!怎么回事?"我觉得这话并不能松开她的眉心,便问,"你不信我的话?"

她把头靠在我肩上:

"原谅我,不该这么问你。我相信你是好人,我不会离开你的!"

这话使我惊讶。她为什么这样说?

我这人真是糊涂透顶。两个无形的艺术感觉容易连在一起,为什么偏偏不能把她这句话与崔大脚问我的那句话联系起来。

这样，她一连十天没来。这十天，每一天好像有八十个小时。一天比一天时间更长。我有种被抛弃的预感。世界空无所有了。

第十一天，她的声音却忽然从后窗外传来，只见她站在窗框中间那一片开阔的野草地上，朝我招手，鲜黄的小褂在阳光下闪烁。我跑去，她用手指着叫我快看。绿草上有一片刚摘下来的矢车菊的花朵，铺成一尺见方的正方形。她打手势示意叫我拨开这些花，表情快活又神秘。我轻轻拨开这些黄澄澄的花朵，下面一张纸。哈！原来是她从学校开出来的结婚证明信！我举着这张油印的、难得的、香喷喷的证明信，一下子跪在草地上——是啊，我给这女人可爱的个性感染得要发狂了。她斜卧在草地上，对我说：

"如果我死了，你就这么埋我。这野花和我一个颜色。你必须用它盖在我坟墓上边……"

我用手捂她的嘴。

她掰开我的手，认真地说："没那么便宜。埋完我，你必须自杀！"说到这里，她莫名其妙掉了泪，劝她也不顶事。随后她自己笑了，从我手中夺过那证明信，围着我又唱又跳，像只小羊，还一个劲儿叫着："我们胜利了！"那毛茸茸的睫毛上挂着泪珠，像青草上细小的露珠。"胜利了，你还不庆祝？"

我点头，笑，但不知这"胜利"对谁而言。

我俩的婚事几乎整个县城都知道。这时我才知道，俊俊为了嫁给我，同她姑父闹翻了，也深深伤透她姑姑的心。姑姑没孩子，待她就像亲闺女；但俊俊这一切全不要了。这使我加倍爱她。听说，俊俊的姑父反对我们婚事跟罗家驹有关。这是为什么？如果说当初我在彩画车间时，与罗家驹有一点潜在的紧张，可我去了罗长贵那组，我俩的关系没有丝毫冲突。我忽然想到俊俊第一次来我家，是他带来的。难道他们……我渐渐悟到这里边的原因。

我把毯子盖在我和俊俊头上，说：

"这里边只有咱俩，屋里的桌子椅子也听不到咱们说话。告诉我，罗家驹喜欢你吗？说实话，欺骗是有罪的。"

没有她的声音，只有她肉体散发出的特殊的温馨的气息。她没否认。

"你喜欢过他吗？"我又问，"更得说真的。"

她停了一会儿，没回答我，却说："我只爱你，爱你！从现在到永远永远……"她说得很急促，不等我再说什么，猛地搂住我，用她的小嘴使劲把我的嘴堵上，很久很久没有松开。在黑乎乎、什么也看不见的毯子里面，她没有错吻我的脸颊或下巴，而是一下子吻在我嘴上。她的一切感觉都是这么奇妙和准确。

这样，我觉得，我和罗家驹的关系就无形地紧张起来了。但罗家驹总那样眯眯笑，连眼珠都很难看见，更不知道他的心思。他碰到我还打趣地说："你结婚时，我可去闹新房呀！"他这么宽宏大量？我真有点被感动了。

我现在要尽一切力量，让我一生中最幸福的一天，过得幸福。我请求罗长贵允许我按照自己的喜好烧几个盘子。罗长贵很开面，答应了。这对我可是格外优待，厂里的陶瓷一向只能照规矩做。我以长时间对花釉的性质、性能、效果的观察，试画了八个盘子。先用装饰变形方法画一个"猴骑牛"。俊俊属猴，我属牛，我想拿这画盘逗俊俊，叫她看，她是怎么跟我调皮捣蛋的。

其他七个碟子，我干脆把几种花釉倒在一起，凭感觉用竹片勾出一些图案或半抽象的图形，有个盘子索性搅成一个旋涡。我不叫这旋涡中心在盘子正中，给它一种不稳定的动感。我把这些盘子装进窑时，不知会烧出什么样子。

您知道，瓷窑是一个巨大的魔术箱。瓷器装进去就得由它再创造。几百度到千度以上的高温，一烧几十小时，甚至几天。开窑拿出来，乖乖！出奇的成功，悲惨的失败，绝世的精品，成批的废物都会出现的！有的惊叫，有的狂喜，有的掉泪。一件瓷器一条命，谁知谁是什么命。多高的能耐也得随着命。过去开窑那天老瓷工们都得烧香求菩萨的！

我这八个画盘开窑正是结婚那天。人都说这喜气冲到盘子上去了。一掀开那热烘烘的匣钵，傻了！天底下还有这种奇迹！原来世界最辉煌的艺术创造中心就是这黄土红砖的大窑！你放进一个梨核，它也能给你炼出一件绝顶高贵的艺术品！

那"猴骑牛"盘子，就像涂了厚厚一层油，光滑透亮。原先设想的白猴，竟变成金黄色，正好是俊俊那小褂的鲜黄色，釉彩向四边散开，天然形成绒毛的感觉，一只灿烂的金丝猴！事先打算烧成深黄色的大牛，从窑里出来变成花牛，上边因氧化不匀，白底子上出现几块黑斑，形状和部位都恰到好处，尽心画也画不出来。多漂亮的大花牛！衬底的釉色烧成一种幽深的蓝色，亮堂堂托出猴和牛。尤其这小金丝猴正给大花牛戴花，花儿颜色极淡，极柔，极娇嫩……就像一朵摆上去的鲜花。我哪里会想象出这样绝无仅有的艺术效果。其他那几个画盘，也个个令人叫绝。尤其那搅成旋涡图案的画盘，几种釉彩变成上百种，简直是色彩的大旋涡。你盯着它，就觉得自己往世界的深处走去，沉雄又壮丽,我无法描述出那种不曾见过的境界。这简直叫我美得发狂了!

华夏雨!华夏雨!我对自己暗暗叫着,你不是一直寻求能够把自己所有创造力都投放进去的一种富于张力的工作吗?你不是认为只有充满偶然艺术效果的地方,才能把艺术从黄金律那些最坚实的铁链中解放出来吗?你不是认为只有真正的前所未有的艺术独创才能打败历史上那些闪光的巨匠?你不是认为绘画工具是对绘画本身的最大束缚?今天你竟一下子把这些都解决了!

你发现了一个世界。这个世界如此广阔。

"整个世界展现在我们面前,期待着我们去创造,而不是重复。"

我心中响起这句话。毕加索的话。我面对这几个画盘,半个小时说不出话来。

罗长贵走来,他一见这画盘就怔了,一句话没说,拿起那个彩色旋涡的盘子,转身走了。晚上我结婚,他换一身干净衣服,手托着一个布包包,打开布,又揭开几层旧毛头纸,递给我一件瓷器。素白的荷叶洗子!一看就神韵非凡。荷叶一边上卷,另一边向下弯,仿佛摇曳翻卷的一瞬,那风吹叶动的感觉生动至极!它通用白釉,只在上面画几道洗练的叶筋。釉质细得像玉,翻过来一看却是缸底,粗粗拉拉,还有疙瘩。粗细对比,粗犷又秀雅,飘洒又沉静,那可是在博物馆也见不到的。这是罗长贵多半辈子烧出的几件珍品之一。

他瞧着我的眼睛,似乎瞧我识不识货。

桌上有许多瓷器,这儿喜事送礼都讲送瓷。俊俊的陪嫁,压阵的也是一对祖传的青花穿带瓶。

我将罗长贵的荷叶洗子往桌上一摆。所有瓷器都黯然失色，唯有这洗子卓然不群，带着风韵和意境。可真叫绝啦！

我的兴奋使罗长贵感到了。他说："送你留着玩吧！"那一晚他都挺高兴。

厂里的工人们待我还好，他们把里间屋也腾出来。别看墙破，我把画挂满四壁——风影，花卉，静物……我的新房拥有整个天地。

罗书记今天没来，他说要去县里开会，这像是一种推辞。俊俊的姑父姑姑几次去请也都没请来，这是我们婚事中最不快活的事。罗家驹带来一个姑娘，县委办公室主任曹加喜的二闺女，长得不错，罗家驹显得挺神气。这样，对我们两人反而是种平衡，互相都自然得多了。可是，俊俊兴高采烈地把我那几个画盘当众摆出来，罗家驹惊呆了。特别是崔大脚借着酒劲，叫着："嘿！咱整个瓷区也没见过这种绝活！"罗长贵没吭声，也没不高兴。罗家驹的脸好像涂了一遍胶，紧紧绷绷，故意不瞅画盘，似乎没当回事。当大家逗俊俊，不注意他时，他忍不住瞅画盘一眼。我很经心我们的关系，所以留意他。他来时提着一个鼓鼓囊囊的袋子，看意思他想送我一件瓷器，这一来他没拿出来，又提回去了。直到走时，他脸皮也没松开，反正他心里不痛快走的。

别人不高兴你有能耐，那是最不好办的事。

好在那天我太幸福，什么阴影都不会遮住我的心。我得到俊俊，还有画盘，这两样都像无边无际的大画布，心中所有美好的东西都可以恣意涂在上边。天啊，我赢得的是什么呀！不是全部生活和整个世界吗？我相信，那天晚上我绝对算得上世界最幸福的人。

一个司机曾对我说，开车在道上有时怪得很，碰上一个红灯跟着就一串红灯，想快也不行，那才霉气呢！可有时，处处全是绿灯，畅行无阻，四通八达。那么在人生的道路上，我现在碰上的都是绿灯。

这天闹得很晚，送走客人，俊俊刚要去插门，门把儿忽然一动，开开一条缝，一个黑乎乎的东西进来。俊俊吓得大叫，扑在我怀里。我一看，哟，是黑儿来了！也赶来给我祝贺婚礼吗？我告诉俊俊别怕，这是我的朋友，并告诉她我和这狗结识的经过，然后说：

"它在我最寂寞的时候，自动来和我做伴的。现在有了你，虽然能填满我的一切，但总不能扔掉老朋友吧！"

俊俊给我逗笑了。她光滑的胳膊勾着我的脖子说：

"我只要你，别的我都不管！"

我就对黑儿说：

"怎么样，听见没有，我这个老婆够意思吧！过去这儿是咱俩的家，从今起是咱三个的家。我和她住里屋，你住外屋，行吗？"

黑儿进来时还有点怯生。它听我说话，不甚明白地瞅着我，然后走上来用那黑乎乎的鼻子闻一闻俊俊，高兴地摇起尾巴来。显然，它同意照我说的做。我便在外屋一角铺块画画用的旧毡头。它立即趴上去，服服帖帖、安安静静地睡了。从此，它只要来就睡在外屋，我依然像以前那样待它。公休天，我画画，俊俊忙着家务，黑儿还能帮着把扫帚、蝇拍、铁壶和炉盖叼来叼去。多圆满的生活啊！但我时时有种隐约的不安。不知这是幸福的人都会产生的那种无名的忧虑，还真是什么不幸的预感。

您是作家，对预感这玩意儿肯定有高深的见解。随您怎样解释，您也得承认，它常常能够灵验的。

四

我们那小县城的政治色彩一向很淡薄。相当一些人连中央的领导人的姓名都说不清楚，只知道北京在"南边"，对首都的印象就同普通八分邮票上的图案差不离儿：天安门和那根缠龙的柱子。六六年七月份忽然大街上使劲敲锣，人们以为出了什么大急事，跑出来一打听，说是《十六条》下来了。很少有人知道《十六条》是怎么回事。敲锣的人就说，都得排好队走一圈。大家就乱乱哄哄在城里走一圈。随后厂里开了会，墙上刷几条大标语，以为闹腾一阵就过去了。我吗，历次运动都不沾边儿。我只对色彩、生活和美有兴趣；对这些你死我活的事，向来是局外人。谁知这一次大大地特殊了。

那天，我正在窑前，等一批新试验的画盘出窑。自打我结婚那天搞出八个盘子，罗长贵就放手叫我干画盘了。一个和我不错的小伙子，悄悄趴在肩上说几句，我不信，只当他吓唬我，找个乐儿。谁知到前院一看，聚着一些人，还有几个年轻人在贴大字报。他们见我来纷纷避开。这里的人不习惯搞运动，连那几个贴大字报的年轻人，也不叫我认出他们是谁，赶紧掉头走了。我感到空气有些发紧。一条大标语跳进眼中："挖出漏网大右派华夏雨！"再一看，没错，还是华夏雨！我蒙了。哪的事儿？右派不右派与我什么相干！反右时我像海边远远一个小石子，浪花也没溅到我身上。我想仔细瞧瞧大字报上写的什么，是不是搞错了。

但我两眼的焦点并不到一起来,只看见东一个、西一个吓人的字眼。我强使自己镇静些,但在大字报上看不到什么事实。我赶紧去找罗家驹。他在一周前被县委宣布为我厂的"文革主任",厂里大小会都由他召集和讲话。罗书记像瓷罐摆一边,那时叫"靠边站"吧!

罗家驹不在车间画瓶子,他搬到一间平房办公。来不及挂牌子,只用黄纸写上"文革办公室"几个字贴在门上。我一推门,里边七八个人挤在两三张桌子旁,好像在写大字报,翻材料。他们见我,一怔,有人马上掉过屁股挡住我的视线,不叫我看见他们在做什么。罗家驹迎面走来,用平板一样的胸脯把我顶到屋外边,随手带上门。我问他院里的大字报是怎么回事,他干巴巴的声音像摩擦瓷片:

"你自己的事干吗问我?"

他不像平常那么笑眯眯,我头一次看见他的眼珠,非常小,灰蓝色,但比黑眼珠还亮,目光前边好像带一根刺,直扎向你心里去。

我的心完全乱了,只想回到房间静一静。走道两旁又贴出不少大字报,糨糊湿漉漉的痕迹还浸透过纸面来,墨汁汪着亮光,还有种廉价的臭墨味儿。每张大字报上都有我的名字。我从来没这么害怕过自己的名字。它们好像枪弹,四面八方朝我射来。

我突然想起,前几天罗家驹的态度就有些异样。他总躲着我。其实,一个人想害你,他反倒怕你。他在有意和我疏远。我又想起,大前天中午下棋时,几个小伙子起哄要我和他比比高低。下棋时他不跟我说话,却借着棋步反反复复地说一句话:"你该死啦,就怪不得我了!"这句双关语表示他要下狠心吗?为什么当时我没多想一想？话又说回来，我毫无问题，怎么可能对这种话敏感呢？

我走着想着，忽然撞在一个人身上，好像撞在一堵墙上。是崔大脚！他直眉瞪眼冲我叫："我说你是反革命吧，你还装傻，人家罗家驹从来不骗人。等着瞧，我非革你命不可！"说完一脚把一棵小杨树踢得哗哗直抖。我一直觉得这愚鲁的人身上有股野性，好像要往外发泄了。

我不知这横祸由何而来，也不知将会怎样，但觉得自己有种任人宰割的滋味。

晚上，俊俊站在我面前，脸色煞白，我俩很长时间谁也没跟谁说话。那时，时间仿佛没有长短了。忽然她问我：

"你为什么骗我？"

这又像责怪，又像质问。

我受不了自己倾心相爱的人这么问话。"骗"字是个多么可怕的字。我怎么能骗她。爱，不就是把自己全部交给对方了？

"我没骗你！我自己也不知道怎么回事。反右根本没我的事。我的话全是真的，相信我吧，俊俊！"我每一个字都认认真真地说，就像我画画时每一笔那样。我还告诉她："我担心有人害我，我想不出这会是谁。我有点怕，是的，俊俊，我很怕！"我好像听见我的心在哆嗦，突然变得很软弱，流下泪来。

她把头靠在我肩上，抬起毛茸茸的眼含着微笑说："无论你怎样，我都跟着你。你挨斗，我就站在你身边；你入大牢，我就天天给你送饭；你被枪毙埋起来……我瞎说呀！我就挖个坑，找到你，躺在你旁边。只要你不把我扔出来就行……"这柔情，这真挚和忠诚，抚慰着我撞疼的心。我像四面受敌时，忽然背靠在一面墙上，这面墙牢牢在背后托护着我。"我给你唱支歌好吗……"她便轻声哼哼起一支曲调。

我的心陡然松开了，话也轻松一些。

"我不怕了。你更不能怕，咱们的小宝宝还在你肚子里呢！为了他（她），我们也得坚强些。"

确切地说，我这是给自己打气。

她朝我笑着频频点头，口中仍哼着那支歌。她用歌声驱逐我心中的烦恼与忧虑，给我安慰和温暖……我没听过歌声可以包含那么多内容，听着听着，我感觉这歌声有点苦，有点伤感和凄凉，隐隐像在悄悄啜泣。我忽然难过起来，内疚起来，心想叫这么一个好女人跟着自己担惊受怕，真不该！我胡思乱想起来。想到我被弄到遥远的北大荒劳改，她自己就在这小屋里孤独过活，在昏黄的灯光里，哼着这支歌等着我；或者若干年后，领着我们的小宝宝踩着漫长泥泞的、混着雪水的路，找我去了，一路反反复复哼着这歌。我在守林人住的小木屋里听到这歌声，跑出来，把她，把孩子，都抱起来。她毛茸茸的睫毛上凝挂着细小的冰珠，我的好女人！

歌声没了，幻想散了，她靠着我睡着了。我们一直没开灯，屋里漆黑，月亮从后窗户照进来，清冷的月光投照在她熟睡的脸上，光滑可爱的脸蛋那么苍白，嘴角还挂着一点点笑。我忽然想到我们都没吃东西，却不敢扰醒她。她睡得好香，把全身重量都压在我的半边身上，以至我感到我们未出世的小宝宝在她肚里偶尔一动一动，惹起我一种将要做父亲的幸福。感受到这种幸福，我彻底松弛开，感到了困倦，迷迷糊糊似睡非睡时，忽然产生一种奇想，多么希望一觉醒来，这一切原来是场噩梦，并不是真的。

过去，我总是希望把梦变为现实，头一次希望现实变为梦。

不是真的，不是真的，不是真的……整整一夜，这几个字混在一团无形、破碎又沉甸甸的梦里，第二天醒来，现实变得更糟。俊俊去学校不久，后院也贴满我的大字报，把我的问题详细公布出来。都是我对五七年反右斗争不满的话。真叫我吃惊！每一句话都像我说的，口气也像，但怎么也想不起对谁说过，谁揭发的呢？如果真说过，还不早打成了右派？可这的确又都是我当时的想法，想法别人怎么能知道，难道世界上还有挖人思想的探测器？

不容我申辩，各个车间班组纷纷贴大字报对我的问题表态。我想回屋躲一躲，只见门上贴一张大白纸，警告我必须服罪。下边署名是赤卫军，也不知这赤卫军是哪儿来的。我的名字像被判死刑的囚犯的名字，用鲜红的笔粗粗打上大十叉。情况不包含任何希望了。

这天，很晚俊俊还没回来。我真担心，却不敢出去，怕人误认为我要逃跑。厂外边到处都在揪斗，乱糟糟喊杀叫打，呼口号声，远远近近此起彼伏。焚烧"四旧"的浓烟，带着纸灰到处飘飞，有的像大雪片一样飞进我屋里来。这阵势来得比五七年更凶猛。平静得如同山林般的小县城，好像有种"神经错乱菌"传进来，人人都疯了。我想到俊俊说过她学校的学生已经闹起来，愈等心里愈没底儿，屏住气听外边有没有她回来的脚步声。

没听见她脚步声，她却站在门口，那样子吓我一跳，脸刷白，嘴唇也是白的，眼圈发黑，头发挺乱，她的小辫被剪掉了！一副垮掉了的样子！

"你，你怎么啦？"我问。

她没回答，反来问我：

"院里那些大字报写的是不是事实？你不能再瞒我了！原来学校的红卫兵不准我回家。罗家驹到我们学校说，我确实受骗了，才放我回来，红卫兵叫我必须劝你交代。"

"我怎么交代？我承认有过那些想法，但我并没对人说过呀！我跟你说过，我对政治没兴趣，从来不跟别人瞎议论。"我说。

她一听就倒在床上哭了：

"完了，全完了！你还骗我！你没说，别人怎么知道的?"

我只能看着她哭，哭得没劲了，就直着眼盯着屋角，一动不动坐了一夜。她毛茸茸的睫毛中间好像没有眼珠，只有一对空空的黑洞。我不知该怎么劝她。我把手放在她肩上，被她推开了。她不叫我碰她。

一早，她什么也没说就走了。

九点多钟，生活在我面前拉开一个阵势。是啊，生活是有脾气的，有时可真凶呢！

厂里所有人都被集中到后院里来。"文革小组"的人也到了，只是没见罗家驹。崔大脚带着一些人，胳膊上都套着半尺宽的大红布袖箍，上边用黄漆写着"赤卫军"三个字。他揪着我的衣领，扯到院当中。罗铁牛站在我身旁陪斗。他低头猫腰，破鞋盒的身子仿佛压得更瘪。这时，气氛相当紧张，几乎没有人说话，只听崔大脚咋咋呼呼的声音。

忽然，院门大开，两队红卫兵挺着军事操练用的木枪，齐刷刷走来，中间押着一个女人，是俊俊！红卫兵叫我俩相隔两米远的地方面对面站着。拿来两个白纸糊的无常帽，扣在我和俊俊头上。可怜的俊俊，那样子惨极了！她苍白的脸与白纸帽连成一个颜色。我真想上去把那帽子拉下来扔了。但不管你是多么勇敢强壮的男人,那时也无能为力。勇敢就是愚蠢——生活就是这样扭曲它原来的一切概念。我脑袋一热,叫道:

"这没有俊俊的事!是我个人的事!"

一个又黑又壮的红卫兵问我:

"你说,大字报揭发的是不是事实?"

"是、是、是!"我迫不及待地想解脱俊俊。

"好,算你交代了一半。你再回答,这些话对谁说的?"红卫兵问。

我想承认也无法承认。便说:

"我记不起来了。"

"我叫你说!"

"时间太久了,我得好好想想,反正事实我都承认。"我说。我只有这样说,才能尽快使俊俊从屈辱中解脱出来。为了她,叫我承认杀过人也行。

这红卫兵转身拿木枪使劲一捅俊俊的肩膀说:

"你今早还说这不是事实,人家自己都承认了。你知道包庇反革命是什么罪吗?"

我着急地大叫:

"别怪她。我骗了她!她不知道真情!"

罗家驹突然出现在我的左边,对我说:

"你再说一遍,你这些问题,是不是一直瞒着罗俊俊!"

我从罗俊俊愁惨的灰蒙蒙的眼里,完全明白她不希望听到什么。但我没有别的办法,只凭着一种保护她的本能说:

"是的,我一直欺骗她。"

不知道这句话是避免她受伤害，还是正在伤害她。

罗家驹露出满足的神气，可是他用讥讽的口气说："欺骗女人，哼，好一个正人君子！"他表现出十分生气的样子。

我抬眼一瞅俊俊，纸帽下一张脸充满气愤，那双眼的睫毛好像都掉了，亮光光散发着仇恨。我的心感到发疼。我觉得一切都完了！

罗家驹上去摘掉她头上的纸帽子，手指着我，对俊俊说："你还愿意跟这种人生活吗？如果不愿意，可以拿走你的东西，回你的家。"

于是，我眼瞧着俊俊毫不犹豫地进屋拿走她的被子和一包东西。她留给我的目光，除去愤恨，还有一点鄙夷。

留下来的红卫兵和崔大脚的赤卫军，将我的小屋捣得粉碎，又把乱七八糟的东西弄到院里焚烧。四周人群一阵阵举拳头呼口号。我感觉，这好像一个乏味的闹剧的场面，跟我没关系。

从此，我就像个玩具一样，受他们残忍地耍弄。其中一次差点要我的命，那是崔大脚，说我生来就不合格，非要把弄我回窑重新烧烧不可。他把一桶釉浆浇在我头上，把我推进窑，眼看要拿砖块黄泥封起窑门时，罗长贵手举着语录本喊着"要文斗，不要武斗！"把我从窑里拉出来。您以为这是最厉害的吗？不不，最厉害的是从库房抱出我几年来呕心沥血烧制的画盘精品，总共五百多个，一个一样，十个一排，几十排几乎铺满整个后院，再给我一把榔头，命令我挨个全砸碎。您要知道那画盘怎样精美绝伦，拿起它都会小心翼翼，生怕碰坏的。当然您是没法见的。有意境的艺术是根本无法复制的。真不知这狠毒至极的主意谁出的，好比拿一把锉去活活地锉我的心。我不能不砸。说也怪，当我砸头几个时，恨不得当头给自己一下，完蛋了事。但砸到五十个之后，我好像砸的不是画盘，而是些普普通通的土块。我像机器一样，一下"哗啦"一个。随着崔大脚们叫嚷着："砸！砸！砸！砸！"我忽然起劲地砸起来。我浑身有股狂劲要炸裂开来，我挥动的胳膊奇怪地变形，砸碎瓷器的声音在我血管里乱钻，可能我用力太大，崩起的碎碴把我的脸都扎破了。一切都不要了，一切都不必揪心，不必在乎了！可是那些赤卫军的喊叫反而愈来愈稀稀落落。一些人喊不出声音，倒比我犹豫起来。因为这些干了多年的瓷工们，完全知道我砸毁的是多么宝贵的东西……

几天后，全厂斗争目标转向罗铁牛。罗铁牛平时得罪不少人，人们对他的劲儿更大。赤卫军给我的任务是，每天跪在那些碎瓷片上，一遍遍读批我的大字报，直到会背诵。这样一连两天，膝盖就被割出血。跪久了，碎瓷碴穿破裤子，嵌到肉里去，晚上回屋再一点点抠出来，但我并不觉得疼。我想俊俊，愈来愈想。我怕她还在受折磨。她怨我、恨我都没关系。她不会真恨我的。只要她想到我们那些真诚的爱，不需要我再做解释，就会回来的。正像她说的，无论我怎样，她都跟着我，我深信！可是她为什么不来？我身边的所有空间，好像都为她而空着。我在为等待她而活着。

五

这天一早，不等我去跪读大字报，崔大脚等人闯进来，把我揪到外边，劈头盖脸打一顿，说我撕毁大字报。您是知道的，谁这么干，在当时可是打死白打死的。多亏我不经打，几下就趴下了,他们也就没有再打的兴趣,如果我像牛一样强壮,说不定反会被打死。可是我一看,院里的大字报确实给撕扯得七零八落。这是谁干的?不是要置我于死地吗?

赤卫军责令我把所有撕破处都粘上,不能看出破来。我整整粘了一天。

当晚我在屋里,外面没风,极静。

几天大火燎原似的揪斗高潮过去了。夜深人静时,只是偶尔从远处传来断断续续的恐吓声,嗡嗡的呼口号声。忽然,院里有"嚓嚓"撕纸的声音,我的心提到嗓子眼儿,悄悄趴窗往外看,月光照亮的院子空无一人,一片碎瓷闪着青幽幽的光点。我发现墙角蹲着一个人,那里光线暗,只能看见一团黑影,正在撕大字报。谁?分明用这种手段毁我。我一急发出声音:

"干什么?"

那人停着没动,也不站起来,似乎想借着黑暗不叫我认出他来。

"谁?"我又问。

他忽然飞快跑掉。

这一跑,我认出来了。哪里是人,是狗,黑儿!它撕大字报干什么?为我报复吗?真是帮倒忙!但它怎么会认得字呢?这是怎么回事……后来我猜想,可能它白天躲在什么地方,看见我面对大字报罚跪,觉得这东西对我有威胁,夜时偷偷来撕。是的,准是这样!

转天,我因大字报被撕,又被赤卫军拉去受罚。他们在地上摆一个大口瓶,叫我跪在上边。如果瓶子歪倒摔碎,就是"破坏国家财产,现行反革命,送交公安局法办"。

我虽然只有五十一公斤重，跪在上边也必须提气。不一会儿，瓶子就晃起来。崔大脚们围着我大声吓唬，不准晃倒瓶子。这纯粹拿我开心。我愈紧张，瓶子晃得愈厉害，马上就倒了。

忽然传来一声吼叫。狗？啊！黑儿来了。它站在一丈多远的地方，一声声怒吼，每叫一声，下巴使劲一扬；浑身黑毛像大氅一样向四边一张，气势非常凶猛，它救我来了！

两三个赤卫军上去用木枪打它，它勇猛又敏捷，来回几窜，一下没挨上，反把一个赤卫军裤腿用牙扯破，逼得谁也不敢靠前！

崔大脚来了兴致。这几天他身上那些残忍的凶狠的东西全被释放出来，由着他随意发挥。他兴奋得全身肌肉都在不停地跳，能耐也显得大了。他叫我从瓶子上下来，递给我一支木枪，叫我去打黑儿。

"你不打它，就是跟它合伙一起迫害革命群众。今儿我们就把你揍死！"崔大脚说。

我接过木枪，叫黑儿。我一叫，黑儿立即不叫了。它迟疑一下，慢慢向我走近。崔大脚的赤卫军向后退了两米。他们都怕它，却朝着我叫着：

"打呀！你到底打不打？"

我举起木枪，黑儿非但不动，反以为我逗它玩。直起身子，尾巴欢快地直摇，跳两下，想用前爪子够木枪。我怎么下得去手？便小声对黑儿说：

"你走，走呀——"

它不走，反而倒在地上打滚儿，对我撒娇。

"你不打，我们就劈了你！"崔大脚朝我大喊。

我对黑儿严厉又轻声地说：

"你不走，我可真打你了！"

黑儿爬起来，瞅瞅我，好像明白了我的意思。但是它不走，它要保护我！它不相信我会打它，目光充满信赖。

"我喊一二三，你再不下手，我们就把你和这狗全打死！"崔大脚叫着，"我数啦，一二——"马上数到"三"了。

我被逼得心一狠，打下一棍子，只听到木枪头那里一声嚎叫，黑儿蹿得几乎和我木枪一般高，落到地上就要朝我扑来。颈上的毛全都奓起来，它被激怒了！

赤卫军高兴地叫着："咬他，咬他，黑儿！"但它没扑上来。它垂下尾巴，难过、埋怨、伤心地望了望我，然后扭身跑去，在仓库那边一拐就不见了……

我至今也不原谅自己那一棍子。为了这棍子，我常常痛苦极了。我不仅仅恨自己，还瞧不起自己。您是懂得的，瞧不起自己，才是更深一层的痛苦呀！

我看着空空的仓库拐角有些发呆。崔大脚们不会给我时间发呆的。他们说我教唆这狗迫害群众，狠狠收拾了我一顿。这次他们专门折磨我的两只手。他们说我的手是"黑手"，叫我自己一手拿着砖头砸另一只手，来回砸，直砸得手抓不住砖头。

那天夜里，我被搞得筋疲力尽。

我的床在红卫兵抄家时就拆了。地上有块草垫子。白天屁股重重挨了几下，躺着疼，我只好趴着。两只手朝前伸——这双砸坏的手火烧火燎的，这样好让门外透进的夜凉吹一吹。

我的门窗都被赤卫军卸掉，为了好监视我，电灯电线都拆去，说是怕我自杀。黑乎乎的，倒很适合睡觉。一睡着，各种痛苦都不会感觉到了，我觑眼瞅着门外月色朦胧的院子，心里反复想着这两个字，黑夜，黑夜，黑夜……我感到自己的身子舒舒服服地往下沉。我好像不是趴在地上，而是趴在柔软的海上。这时，只觉得一只温暖的小手在抚摩着我受伤的手。这感觉非常甜美，又异常逼真，不像在梦里。这是俊俊吧，只有她能在这种时候，来给我以体贴、怜惜和抚慰。只有她！

但我睁眼一看：啊！竟是黑儿！它用软软的舌头舔我受伤的手。它没有记恨我白天打它的一棍子，找我来了！

"黑儿！"我艰难地低声叫着。

它就蹲在我脑袋前边。身后是一方给月色弥漫的门，灿烂又迷茫。它逆光的身子却更加乌黑，连眼睛也看不见。月光在它的外轮廓上镶了一道银色的、极亮的、毛茸茸的光圈。它像一头雄狮，不，说得更准确些，像神，活像一尊庄严、崇高、慈悲的神，又凝聚着那么浓烈、忠诚和执拗的人的情感……

"黑儿……"

我被深深感动了，声音没有节奏地抖颤起来。

它应声站起身，走到我旁边，紧贴着我的身体卧下，一声不出，只是肚子里发出亲热的咕噜声。它的手刚接触我的皮肤时还带着夜凉，很快就把身体的温度传给了我。

我闭上眼，尽情享受这人世间最温暖、最纯净、最难得的东西。我感觉心里有种热烘烘的东西在流，是流血，还是流泪？心也会流泪的……

此后，它断断续续来。总是夜间来，和我亲热一阵子，天没亮就走了。

我在一次大会批斗后，被送到青石山劳改。赤卫军把我押上一辆"老解放"的车槽里。开车的是崔大脚。罗家驹也坐在驾驶室里。他去,是因为青石山那边准备好一场批斗会迎接我,他是主持人之一。

我很少见到罗家驹。虽然我现在是他手里的鼠儿鸟儿,他从不参与赤卫军捉弄我的行动。他一直在忙于搞罗铁牛。我觉得恐怕因为我们都是画画的,碍于面子,不好意思下狠手整我。我真傻!其实那天把红卫兵找来,斗我和俊俊,逼我砸画盘,叫崔大脚们毁我手,这些最要命的主意,都是他出的。只不过他不出面罢了。

我在车槽中间,七八个赤卫军围着我坐着;我还给绳子捆着胳膊,大概怕我跳车。在厂门口一百多人的口号声中,车开了。穿过县城时,街上的人都往车上看,还用手指我。刚刚出城门,车上一个赤卫军忽叫:

"瞧,追来了!"

追?谁?我伸脖子往下望,是黑儿!它打哪来的?怎么知道我被弄走的?

它跑得很急,很快就与汽车平行。边跑边向车子叫。

驾驶室的后窗户没玻璃。从车槽里可以看见罗家驹和崔大脚的背影,还能透过挡风玻璃看到车子前边的路。罗家驹回头问谁在追。那个赤卫军说:"那黑狗!"罗家驹便对崔大脚小声说句什么。车子陡然加快,看样子又是想把黑儿甩掉。我从赤卫军的臂膀中间的缝隙里,瞧见黑儿在车后奔命追赶的身影。车子颠簸,一会儿看见,一会儿看不见,而且身影愈来愈小,最后给车子扬起的厚厚的尘土遮住,看不见时还听到远远几声叫……直把黑儿甩掉,车速才放慢。

将近中午，汽车停在路旁一个小饭铺前。他们把捆我的绳头拴在车槽的木帮上，都下车去吃饭。大约二十多分钟，我忽然看见来路的端头出现一个小黑点，愈来愈大，在距离车子一百米左右的地方，我认出是黑儿。它颠颠地赶来了。跑到车前时，我发现它变了颜色，是给尘土盖了一层，我把身子挪到车槽旁，它使劲往上蹿了几次，蹿不上来。肯定在长途追赶中耗尽力气。我的胳膊被捆着，没法帮忙，就把一条腿伸到车槽外，黑儿抓住我的脚，我用力收腿，才把它拖上车来。它一头扎在我怀里，朝我叫几声。大概嗓子干裂了，只发出一种刮木片的声音。我听不懂它的叫声，却完全懂得它为什么叫。世界上再没有比这情景更叫我感动的了。我掉了泪，泪水滴在它脸颊密密的毛上，闪闪发光，好像它也在落泪。

这时，罗家驹、崔大脚他们酒足饭饱，红着脸，挺着肚子走出饭铺，上车发现了黑儿，都叫起来："这畜生怎么赶来的，成精了？"黑儿不等他们抓，跳到驾驶室的顶子上去，龇开牙要与他们厮拼，却给一支木枪横扫到车下去。

黑儿爬起来，在道旁朝着汽车叫着。

罗家驹说：

"开呀，快！"

崔大脚打开发动机，刚要启动，突然发现黑儿出现在汽车前面七八米远的地方，横卧在大道中心！它宁肯一死，也要拦住车。这种决死的、庄严的、泰然的神气，使车上的狂夫们看傻了。他们给一种神秘又伟大的力量震住了，没人再喊叫，崔大脚按了几声喇叭，它依旧一动不动，面对着嗡嗡响的汽车，毫无惧色。罗家驹朝崔大脚说：

293

"轧过去!"

我急了,对黑儿恳求地大喊:

"你躲开呀,黑儿——"

我虽然还没孩子,但只有我孩子要遇难时,我才会这样喊叫。

黑儿卧在那里,望着将要轧过去的车子,那种镇静,连一个人都很难做到的。决死,是世界上最大的决心了。

汽车似乎没有开动。气氛有点异常。

罗家驹对崔大脚叫道:

"你怎么不开?我叫你轧!"

大约停顿半拍吧,崔大脚忽然放声一吼:

"好——轧!"

汽车开起来,夹带一股风,直朝黑儿冲去。在我绝望的叫喊声中,在车身陡然猛烈的扭动中,只听车槽下黑儿发出一声尖叫。我的心一下揪紧,并因揪得过紧而针扎般地剧痛,全身顿时软得像团烟。眼前的一切来不及变得模糊就不存在了,自己也不存在了。就在意识消失前的最后一瞬,我似乎还要抓住什么,但什么也抓不住,世界突然变成一块绝对的纯白。我想,这是死的感觉。我临到终了那时候,还会体验这种感觉的。

六

青石山是座巨大的采石场。那里的活累死人。打山里采到长石,要用独轮车推着翻过一道小山,送到作坊里碾成粉状的瓷土。车上的重量足有一两吨,推车时,你必须与车身成一条差不多平行的斜线,才能使上劲儿,爬坡时戗住它别往回滑。这里的人,成年累月跟石头打交道,性情不是像石头一样见棱见角,又粗又硬,就是像石头那样沉默不语。我刚来到这里,一起干活那帮人把我叫去,一人手里拿块石头,那架势,似乎只要说差半句话,就开了我。这帮人领头的叫秦老五,脸皮紧得像鼓皮,身上没有多余的肉,每条肌肉都像石头条。他们问我偷过谁家的钱箱子,玩过谁家的女人。以前常有服劳役的犯人送来,都经过这阵势。山里人就恨小偷和淫贼,说实话也得一顿死揍。我说,我是画画的,只是"思想问题",没干过别的事。他们便把手里的石头都扔在地上,从此待我很好,只告我:不许跑。

秦老五在这帮人中间很有点权威,他拿得住人,斗嘴也没人是对手。逢到雨雪之后,山路难行,必须大伙一起使劲往山外推车的时候,他领头喊号子,就把这些干活的人的老婆,全都编到号子里,胡数一顿,气得大伙奶奶娘地骂他;同时还得哎哟哎哟答应着,谁也不能松劲。秦老五却唯独不说我老婆,不知是否因为我是外人,不好意思开玩笑,还是知道我无时无刻不惦着俊俊。我们那小宝宝在她肚里已经六个月了,我还清清楚楚梦见过我的小宝宝的模样,几乎和俊俊一样。俊俊说过,两个人中,谁爱谁更多一点,孩子就像谁。

一天,外边刮大风,秦老五提着酒壶走进我的小屋。他对我说:

"伙计,对嘴来几口,喝醉了,我告诉你一件事。"

我问他什么事,他不说,等我俩灌得半醉时,他说:

"你老婆多半要和你离了。"

"去你妈的!"我第一次骂街,分明上了酒劲,也想撒撒野,

"我能揍死你，你——不怕？"

他红红的眼睛像一对红果，直盯着我说：

"谁怕你，你老婆把肚里的孩子都打了，还是个儿子！"

我的脑袋轰地一热，酒劲冲上来，我抓起酒壶一扬，在墙上撞得粉碎。然后挥起双拳，像摇鼓那样，"咚咚咚"捶着秦老五石板一样的胸膛，哭叫着："你还我儿子！你还我儿子！"秦老五一动不动，挺着胸脯让我打，等我打得没力气了，忽然猛地一拳，把我从床边打得一直滚到床里边。这一拳像一炮，打得我的酒劲登时全没了。只听他叫着："算什么汉子，没囊没气！"他的眼珠都快瞪出来了。

我有生以来，没挨过如此痛快的一拳。它把我涌满心中死死的一块击碎了。

于是，我趴在床上大哭。

他看着我哭，也不劝，看我哭得差不多时，他打怀里摸出一个青萝卜，"叭"掰成两半说："吃下去！"扔给我一半，又说一句，"心里不热，都不算事。"说完撩起门帘走了。

说也怪，这么痛苦的事，碰上还不疯？但给他这么一来，也就经住了。脸上挂着泪，嘴里嚼着凉丝丝的青萝卜，心里倒还舒坦。

老婆和家全完了，我不再惦着罗俊俊。对一个女人来说，还有比除掉自己骨肉更情断义绝吗？我那可怜的儿子！连名字都给他起好了。我不能念出那名字，虽然他并没出生，却像一个死去的亲人的名字……

这时，一个毛茸茸的可爱的影子，从我内心深处渐渐浮上来：黑儿！

这影子总跟着我，随时随地出现，你不去想它，它也会出现。这不是病态的幻觉，而是一种美丽的想象。推车时，我想象它用前爪子帮我推车轱辘；从河里洗完澡上岸时，就想象它给我叼来鞋子；吃饭时，菜里只要有一块带肉的小骨碴，我就想象地说："黑儿，抬起左爪子！"它立即聪明地抬起左爪子，我说："抬起右爪子！"它立即抬起右爪子，我便把小肉骨头放在它鲜红的、流着口水的嘴里……

但是，只要我眼前出现拿木枪打它时它那难过的、埋怨的、伤心的眼神，我立即就把目光转到另一件东西上认真瞧一瞧，好顶掉这复活了的记忆；只要我耳边出现车槽下黑儿被轧死的凄厉的嚎叫，我不由自主大声哼哼两句语录歌，盖住那曾经深钻入心，摆脱不掉的强刺激。我要把过去的一切忘掉，忘掉瓷厂、画盘、罗家驹、崔大脚、罗俊俊……忘掉黑儿的过去，忘掉它的死。硬叫它在我的感情中活着，陪伴着我。因为这时我才感到，才坚信，只有它能陪伴我，不管经历怎样的苦难。

但是，你想忘掉的，不正是你无法忘掉的吗？

我不能总沉在想象中，就用瓷土捏一个五寸来大的狗儿，用墨汁涂黑，叫它和黑儿一模一样，尤其那神气。最初我把它放在窗台上，夜晚，月光从窗外照进来，在它的外轮廓上镶了一层银蓝色的亮边，就像我挨打那夜，它蹲在头前，舔我手时那样。它给了我多大的抚慰与温存？我反而不能再看到这样子，赶紧从窗台拿开，让窗台和世界一样空空的，只有无情的月光，静静照着窗棂。这时我的心情真如死灰，如果说感情，大概只剩下一种：我恨崔大脚！

没想到，由于这个瓷土捏的黑儿，竟碰上一次崔大脚。

七

那是转年春天。一个山里的孩子跑进我屋，看见桌上的小黑狗好玩，非要不可。他哪里知道这小黑狗在我心里的地位。他见我不给，跑去拿一个小泥狗，说要跟我换。我一见这泥狗，吃惊地一叫，吓得那孩子后退两步，好像这泥狗活了，咬我一口。

我敢说，我没见过这样令人叫绝的泥玩具！这样辉煌的胆大包天的艺术！它怎么敢这样使用夸张？任何勇敢的艺术家在它面前都是缠足女人。这泥狗单是脑袋占了一多半，四条腿干脆就是四个疙瘩，山芋似的小尾巴向上逗人地一撅。两只眼直盯着你，大嘴傻乎乎咧着，好像一只蚂蚱跳到你鼻尖上。它胸前戴个大花团，脑袋上莫名其妙顶颗大珍珠。富丽喜庆，膨脖饱满，健壮有力，你马上会想到几千年来中华大地上农民们对生活那些实实在在的热望。别看只在泥胎上刷一道白，仅仅用红黄绿蓝黑五个原色抹几笔，根本不用调和色和覆盖色，一切都是单摆浮搁。这几笔不比"八大山人"更粗豪洗练？在学院里是学不会的。教授们用"修养"画，农民用"兴致"画，到底哪个才是艺术？你只要照样描一个，保证每一笔都是死的，它每一笔绝对都是活的！怪不怪！真没想到，在这穷乡僻壤，泥土里不单埋着花生和山芋，还埋着真正的艺术！尤其这儿喜欢使蓝颜色，蓝色一上去，把所有颜色都稳稳当当压住了。奇妙至极！

我问孩子，这泥狗是从哪儿来的。他说是"臭老头"担挑来卖的。我打听好几个人才得知，"臭老头"是邻县抬头庄人。那庄上人人都会捏泥人。

一天闲工。我谁也没有告诉，把所有的钱——四元一角七分，全掖在腰里，再捎上一个准备装泥玩具的空麻袋，借着晨雾偷偷溜出青石山。我被监改，如果告诉别人，是没人敢放我去的。

进抬头庄，向一个农民打听"臭老头"。这农民一听说我买泥人，马上把我领到他家房后的柴屋。把几捆柴一掀，满屋泥人，真称得上民间的卢浮宫。大泥人足有两尺高，小泥人如同手指头，泥人泥马，泥猫泥狗，穿红披绿，顶蓝戴黄，一个泥人一个神气，个个都用自己的神气瞧着你。我的眼看花了，平静下来，才挑出一些神气十足的精品。

这农民把我当作杂货贩子，向我要价。我担心钱多拿不起，没想到他一开口只要两块钱，两块钱买这么多宝贝？我一激动给他三块。他高兴得帮我用稻草包好泥人，又送我一些烂棉花垫在麻袋顶底下。闲话中提到隔河的半铺子村，有位黄老婆子，山东长岛人，善剪纸，人称"神剪黄"。她当年嫁到这村来时，陪嫁中有一百零八个泥模子，是水泊梁山的一百单八将。有人见过，据说个个都比戏里的人还有精神。黄老婆子从来没拿它扣过泥模卖。她舍不得。听说是她家祖传，在长岛也只这么一套。

我听了，几乎是背着这袋泥人跑去的。蹚水过河时，脚步那么轻快。溅起的浪花，像一丛丛水晶的花。

进村找到黄老婆子，她说我找错了人。可是当她听说我是画画的，才掉着泪告诉我，她那一百单八将泥模，在六六年热天里，被公社派来的工作组逼着交出来，说是"四旧"，给敲得粉碎。我联想到自己那些画盘，觉得一下子和她贴近了。她从箱子里摸出一个小泥碗似的东西，原来是块泥模残片，这是她唯一捡到的一块。上边刻着半张脸，一眼就能认出是时迁！那股子机灵劲儿从泥碗似的凹处往外闪着。我对这艺术杰作惊喜得直搓手，好像它刚出窑，烫手，不敢摸它。我相信，世界上只有这一套，现在一套也没有了。

黄老婆子被我的真情打动。

她满脸的皱纹又细又长，愁苦时这皱纹就像一张蜘蛛网罩在她脸上，现在这些皱纹忽然变浅，她的脸仿佛从蜘蛛网里冲破出来，她笑了，翻过炕上睡觉的小孙女，爬到里边，撩开炕席，拿出一个布兜和一张折叠的黑纸。

她从布兜掏出一把锃亮的剪子，打开黑纸，这纸有桌面大，她对我说："我给您剪张纸吧！"剪子在她手中闪闪发光地转起来。随着清脆的咔嚓咔嚓剪纸声，一些细碎的黑纸屑纷纷落下来。她一边把纸这样一折，剪几下，又那样一折，剪几下，黑纸就像一只小燕拍打翅膀。大约半小时后，她把这张三尺见方的剪纸铺在炕上，笑眯眯说：

"两年不剪了，手都生了，这叫'金玉（鱼）满堂（塘）'！"

我直眨眼睛，不相信有这样的奇迹。你能相信靠一把剪子和一张纸，能将整个海底世界的光怪陆离、神秘莫测、无比丰富的景象，全都呈现在你面前？你能相信夸张、变形、荒诞等等这些捉摸不定的艺术手段，居然给这个村婆运用得如此随心所欲、浑然自如？线条的变化如同想象那样自由。忽而细如发丝，忽而粗如牛尾，尤其那些大块的黑和疙疙瘩瘩的线，奇异地充溢着一种生气……

我过去一直有种模模糊糊、不敢确定的想法，我以为，中国古代艺术，在汉唐时代那些瑰丽的狂想，雄强的气势，对生活大胆的再创造，对美恣肆的发挥，以及那种震撼人心的艺术力量，随着漫长封建王朝日趋衰败而走向柔弱和媚俗。但这只是宫廷艺术如此。其实这条生气勃勃的主流至今没有断绝。它在民间！从远古的壁画、石窟、青铜器、画像石、俑……直到今天民间的年画、泥玩具、剪纸、蜡染、陶瓷。这股民族的沛不可当的艺术元气，依然流贯在我们辽阔广大的民间。我们的高等艺术学院为什么不搬到民间来呢？我看着这普普通通的村婆，心里火辣辣地想，我们的毕加索在民间，我们的马蒂斯在民间，她才应当是现代艺术中心的皇后！

她告诉我，从小她生活在海边，这些鱼都熟悉。她指给我看，哪些是海马、墨斗、比目、鲳鱼、狼牙鳝……但她独独不剪鲨鱼。她丈夫三十岁时下海采珠，叫鲨鱼咬破肚子，使她守了寡……她说这种黑剪纸在长岛是贴在屋顶上的，躺在炕上可以细看，看着看着就想入睡。因此她不能叫鲨鱼天天总在眼前。她会睡不着的。

我点头，表示我能理解。理解的基础往往是相似的经历。

我不知该怎么酬答人家。只能尽其所有，把腰间剩下的钱全掏出来。这使黄老婆子真生气了。脸一板，皱纹全成了直线。她说，这大概是她剪的最后一张了。最后一张是不卖钱的。

我把这剪纸折成四折，用两块破席夹好放进麻袋。在与这真正的艺术大师告别时，还是趁她不注意，悄悄将仅有的一元一角七分钱塞在炕上那熟睡的小女孩的枕头下。

回去的路上，赶上雨。雨下大了，浑身淋透倒不在乎，只怕淋坏麻袋里那些宝贝。我钻进一家大车店。这店是一间苇笆糊泥的大屋子，茅草顶子，中间放一个汽油桶改制的大炉子，没烟囟，炉子上熬面汤，热气和浓烟弄得雾腾腾；一群车夫和出远门的人，围在炉子四周，躺在草帘子上，身上盖着破棉大衣，呼呼大睡，没有棉大衣的就挤在人中间。不知屋里太热，还是炉火映照，人脸像柿子那样红。我对店主说，我没钱，能不能叫我歇歇，给我点吃的。店主瞅瞅我这狼狈相，用小脸盆盛半下子热面汤给我，只是汤多面少。嘿！有吃的就很好了！跑了一天，再给雨淋，肚子像敞口的袋子，就等着往里填东西。我接过脸盆，像猪那样，一口气吃得连盆底的砂粒也吞下去了。

我不能再耽搁。回去再晚，秦老五他们会以为我跑了。我起程赶路，刚走出半里地，后边开来一辆大卡车。我忙站在道边给它让路，它却放慢了速度，在我身边刹住车，车门一开，"上来吧！"司机在里边说。

我挺感动，心想碰见好人了。说句"谢谢"，一脚蹬上车，把麻袋塞在腿前边。

车子开起来。

司机问我：

"你到哪儿去了？"

我刚要回答，忽想他干吗问我到哪去了。他认得我？这声音好熟，我扭头看他。他把口中烟卷使劲一吸，烟头照亮他的脸，啊，崔大脚，是他！这车子就是轧死黑儿的那辆车！

"停住，叫我下去！"我说。

他不理我，往前开。

"叫我下去！"

"你坐好，我送你回去！"他说。车子开得很快。

我跳起来，要拉闸杆，口中叫道："我不坐你的车，永远不坐这辆车！"我和他抢方向盘。

忽然他刹住车，沉一沉之后，对我说：

"好，你下去吧！"

我下了车。他"唰"地把车开走了。在漆黑泥泞的路上，我虽然尽力往回赶，但鞋子常被泥巴粘下来，走了五个小时才回到青石山。

我在石崖下边，雨淋不着的地方，把麻袋里的东西掏出来放好，盖严实了，再揪一些青草蒙在上边。回到屋子前面，只见里边亮着油灯，原来秦老五和两三个汉子沉着脸坐在屋里。我还以为崔大脚先来告发我了呢！其实崔大脚根本没来过。

"我们待你不错，你想干什么？"一个汉子朝我怒气冲冲地叫。

"不，我没跑！"我说，外边的雨忽然大起来，说话的声音必须加大。

"你干什么去了？"那汉子问。

我实话实说。秦老五困惑地瞅我一眼，忽叫我带他去看看买来的泥人，看来他不大信我的话。他们都披上挂胶的雨衣，秦老五拿一只装四节电池的大手电筒。大雨中，我带他们到了石崖下边，掀开麻袋，秦老五拿手电照了照，一扬下巴，那神气似乎要说，你买这些破玩意儿干吗？但他张嘴却换了一句话："快把这玩意弄回去吧！"他把雨衣脱下来扔给我。

我怀着感激解释道：

"我不会逃跑的。"

"谁怕你跑，我怕你寻短！"他说完，钻进另一个汉子雨衣下边走了。

我拿着雨衣没穿,任凭冰凉大雨,酣畅地浇头而下,美滋滋地说:世界上这么多可爱的事,我才不死呢!

八

七百多天监改的日子过去了。

我被宣布为有"严重历史问题,按人民内部矛盾处理"。同时又是"不戴帽子,回厂劳动,以观后效"。概念互相矛盾,您别笑,我们那地方就是这水平!这样处理算很宽了。这可是我争取来的。自打我接触到青石山一带的泥人和剪纸,两年里,我几乎浪迹整个山区。结识到一些石匠,他们祖传雕刻佛像,地道的北魏风格。"文革"以来都洗手不干了,每天靠砸石子吃饭。他们大多不识字,艺术感觉却极好,人又义气,你只要喜欢他们的艺术,他们就跟你肝胆相照。他们把我领到山沟里,把偷偷埋藏的佛像刨出来给我看。这些雕像,绝对和米开朗琪罗、罗丹、亨利·摩尔是一个等级的。他们要送,可惜我无法背走,也没处放,只好再埋起来。

受了这些民间艺术大师们的启发,我对艺术的理解有了非常关键的突破,脑袋里全是新想法,渴望表现。我必须快快离开青石山,回到瓷厂,我有把握搞出当代最独特的画盘,没错!

我就拼命"表现"!白天在山上采石,晚上还要推大石头碾子,转动球磨机的大铁桶,研磨瓷粉。天天累得骨头架子要散了,谁劝也劝不住,都说我傻了。

离开青石山那天,秦老五给我开张回厂报到的证明。这证明和当年学院给我那报到通知单可不一样。那张是黑的,这张是透明的;我的心也变得透明了,从胸膛外边可以看进去。

秦老五说:"我送送你吧!"他给我提起包儿来。

我有点依依不舍,自从买泥人那天后,每逢公假,我再到哪儿去他也不管。虽然他不知道我想干什么,他见我心里变得快活,就不闻不问了。

他一直把我送到山口,二十多里地,一路上竟然什么也没说,只是嗓子眼发出断断续续"哼哼"的声音,好像什么东西哽在那里。难道他的感情就这么难于表达出来?到了一个小山头上时,他把包儿给我,说:"伙计,就在这儿打住吧!咱说好了——你走你的,我转过身走我的,谁也不准回头看谁!"听了这话,我有种情感涌上来,想上去拥抱他。但他异常地、石头般地沉静,使我抑制住自己。

我点头,同意按他的话去做。

我俩同时转身,各走各的。我往前走,憋着劲儿不回头,一直走下山。可是走到山路转弯的地方——转过去就出山了——忍不住回过头来,只见秦老五竟然站在原处,根本没走。他好像一只山羊,一动不动立在山头上。顿时,我整个身心被一种热烘烘的情感占有了,大声叫:

"秦——老——五——,秦——老——五——"

声音根本传不上去,山太高了。

我使劲朝他摇着两条胳膊,他看见,却扭头走了。我流下泪来,也不去抹,一边走,一边任使泪水簌簌流。不知这是一种痛快的宣泄,还是享受。直到泪流干了,面颊紧巴巴的,才揉揉脸。

我又一次扛着行李,站在厂门口往里看。这跟我头次来可大不一样。这心情你自管体会去,酸甜苦辣都有。我走进后院时心想,我那女人肯定不住在这里了。果然!那小屋门上交叉钉着几根大木条,就像当年大字报上,我名字上打的大十叉。

到了办公室,知道罗家驹早已调到县委去当革委会副主任。一个新来的年轻人管落实政策。他完全知道我是谁,使眼扫我一下,就拿着家伙去给我撬开门,里面的东西都被尘土阴暗的灰色厚厚涂了一层。不会儿,这年轻人又提来乱七八糟一大捆杂物给我,说:

"罗俊俊把她的东西都挑走了。她说这都是你的。我那儿有罗俊俊拿走东西的清单。你要看可以去看,核实核实。"

我苦笑地摇摇头。谁还想跟痛苦去核实?

我打开这捆儿一看:资料,调色板,一束笔,几件沾了颜料的破衣服,单只的手套,破枕套……都是早已忘记、看见才想起来的东西。忽然眼一亮,一个画盘!用手抹去尘土,我的心像锣一样被"当"地敲响。这就是结婚那天烧的"猴骑牛"呀!瞧,调皮的小金丝猴骑在大花牛上,正给大花牛戴花。由于愚弄了大花牛,得意地扬起双脚,几乎掉下牛背来。这盘子,这画面,使我感到,往日的温存像一阵温暖的风,透过冰雪般残酷的岁月,扑入怀间。我多么强烈地想把昨天、前天、大前天,都拉到眼前。忽然我又想,为什么罗俊俊来领取自己的东西时,不把这盘子拿走?这是我们两人在一起的象征。想到这儿,我一下子更明白了。心中又吹进一阵肃杀的风沙。

通过罗俊俊的姑父,我和罗俊俊见了一面,我对她说:

"我没骗你。红卫兵斗咱们那天,我之所以承认骗你,是怕你再受折磨。直到如今,我也不知道五七年那些事是怎么来的……你肯定误会我真骗了你，伤透了心，对吗？"

谁知，她对这么关键的话毫无兴趣，冷冰冰地说：

"我不关心这些。没用！"

"没用？你指什么……"

"全没用。"她说。

"我不明白你的意思。"

"我必须实际了！"她说。

这句话说明她现在最真实的一切。我忽然感到她眼睛那毛茸茸的感觉没了，好像两汪死水，睫毛像一根根枯草。她所有线条也不那样朦朦胧胧，一切都清清楚楚。

您也许要问我，这女人那些诗情画意跑到哪儿去了？嘿嘿，生活才是最伟大的雕塑家，它不但能改变人的形象，也能改变任何雕塑家都不可改变的人的内心。一个人变实际了，就不会变回来了。我俩已经像油和水那样不能溶合在一起。本来我还想努力试一试，但我一看她打掉孩子而瘪下去的肚子，我……我们办了离婚手续。

当然，我拿着离婚证书，连同那"猴骑牛"的画盘，到后窗外那片野草地上，用树枝挖一个坑，把离婚证书盖在画盘上，用土埋了。再依照当年罗俊俊的话，采了一大捧金黄色矢车菊的花朵覆盖在上边。这时，我的心从来没有这样平静，这样淡漠，这样不动感情，只发了一阵奇想，想到几百年、几千年后，考古学者挖掘出这个美丽的盘子，上面覆盖的离婚证书早已烂掉，他们怎样考察也无法得知这盘子上的一个故事……

于是，我的心有点茫然。

当天晚上，我去看罗长贵，听说他瘫了许久，恐怕不会活得再久。我总记着,他当初挥着语录本,把我从窑里拉出来那件事。

罗长贵不行了。他喘气的声音比说话的声音大,眼珠浑浊不清,脸上的肉全塌下去,骨头突出来,像我房后落潮时的河滩。我觉得,他要慢慢融化在这床上,再也直不起那滚圆、笨拙又可爱的身子。

他见我来,激动得鼻孔都张大了,说出一直没肯说出的话:

"我……我、我佩服你的手艺!有你……瓷器这行就不会绝。你要是姓罗就好了……"

我忽然想到在心里存放已久的一句话:

"老师傅,为什么您拉的坯,不论瓶子罐子,哪怕一个小碟儿,也是活的呢?"

罗长贵听了,久已瘫痪的身子竟然动一动,想要坐起来。显然我这句话摸到他藏在心底的按键,全身霎时都通上电。他叫我拿过桌上一个小葫芦瓶仔细瞧瞧。我翻过来掉过去地看,他问我看出什么没有。我说:

"好像有你的手指头印。"

他高兴得眼睛竟闪出一道光来:

"活气在手上,记住!拉坯……就怕把这些地方都弄光。这叫'眼'。你画人,没眼就是死的,有眼不就活了?"

我忽然想到古代那陶俑、陶鬲、陶瓮,歪歪扭扭又妙趣横生的形态;想到黄老婆子剪刀疙疙瘩瘩又神气活现的线条,艺术的奥秘不正在这里边?我急于知道打开这奥秘的钥匙,它肯定在罗老汉身上:

"这'眼'还有什么讲究吗?"

罗长贵沉吟一下，目光渐渐收缩回他黯淡的眼珠里。他说："下次再告诉你吧！"然后叫一个侍候他的女孩——不知是闺女还是亲戚，拿出两样东西，一样是猪尿泡上插着一个削去尖儿的钢笔帽，一样是四四方方旧红木匣子。他说："这猪尿泡是……立粉用的，很好使，我使它整整三十年，以后用不着了，送给你吧……那匣子，你打开——"他等着我打开木匣，一边费力地喘粗气。

原来匣子里是副麻将牌。质地像玉，细看是瓷，上边的花都是刻上去的，活灵活现，真是陶瓷艺术的杰作。罗长贵说："这东西，你好好收着。别叫人当'四旧'砸了。这是我祖传的东西。你识货，就拿去吧！我老汉再没什么东西可以送人了……"

我感激得说不出话来。

后来提起崔大脚，罗长贵说：

"那也是报应。挺宽的山路，也没冻冰，他开了二十年车了，怎么愣开到山沟里去了呢……好在他一个人，没留下孤儿寡母。不过，他和家驹不一样，缺心眼，其实以前他不那么狠，不知那时人怎么都变成那样……"

"我不能原谅他轧死黑儿！"我说。

"你说那条狗？这你可别冤枉他……他并没轧死你的狗……这是他亲口对我说的。"

"他骗您。当时我在车上。"

"不……他告诉我，当时……他把轱辘扭一下，想让过去，但是太近了，扭不过把，压伤了那狗的一条腿。"

"真的？"我叫起来。我还是不相信崔大脚没有轧死黑儿，他不会这么做！可是，我忽然想起，当时车子向黑儿冲过去时，确实猛烈地扭动一下。"真有这事？黑儿还活着？"我不敢信。太希望就反而怕了。

"活着，真的。我还见过那狗……你走后，他到你房前叫了好几天，瘸一条腿……"

我顿时觉得罗老汉的小屋全亮了。我，我应该感谢谁呢？生活真是好极了！它不会叫你绝望，总会给你喘息的空间，总会给你转机，给你补偿，给你希望，给你明天、后天和宽阔的未来；在你一片渺茫时，从你脚尖铺展开一条路来……

我感觉我的心被一种液体，肯定是红色的液体充满了。

于是，我到处寻找黑儿，逢人便问，人们的说法不一，有的说见过，有的说根本没见过，后来有了一条线索：一个担挑卖烟的说，不久前他在县城西边二十多里的村道上，见过一条瘦瘦的黑狗蹲在路边，看样子饿得没有劲了，卖烟人可怜它，给它一块饽饽，这狗吃了，跟着卖烟人走了段路，又走开了。卖烟人说这狗的一条腿有点瘸。有了这消息，我充满信心。

我每逢假日，就买一块肉，用细麻绳穿起来提着，去到县城四处远远近近的田野、大道、集镇、村落，去找黑儿，找着找着，渐渐感到世界太大了，任何东西掉进来，都不易找到。

又是一个星期天，我提一块肉，从早晨走到中午，仍然不见黑儿的影子。最后累得只凭意志而不是凭感情去寻找。但我绝不放弃寻找黑儿的念头。我相信，它当初也这么找我的。我走进一个镇口时，两条腿已经很难挪到身体前边来，重心也不知在哪儿。我便在道边一个小吃摊上买碗米粥，伸开两腿歇一歇。忽然听到小孩子的叫声："打它，打它，打这狗！"我望去，只见几个野小子用柳条抽打一只狗。那狗一动不动，也不反抗，卧在墙边，完全是要死的一条狗。啊！那狗是黑的！

我的黑儿？顿时心都快跳出来了，赶紧跑过去。

我第一眼看它，是黑儿！再瞧又不像。这虽然是条黑狗，毛好像比黑儿的短，身体瘦得像段木炭，满身土，脏极了，它仿佛没有力气抵抗孩子们的袭击，侧身躺着，闭着眼。

"黑儿！"我试着叫了声。

它应声忽然唰地立起来，吓得孩子们往后退了几步，它伶仃的、脱了毛的四条腿颤抖地支撑着衰弱的身体，向前倾斜，仰起它瘦瘦的小脑袋，睁大眼瞧着我。

我对它说："抬起你的右爪子，黑儿！"我的声音都变调了。

它勉勉强强、哆哆嗦嗦送来沾了泥巴的右爪子。黑儿！我的黑儿！是我的黑儿呀！我张开胳膊猛地把它抱在怀里，抱得那么紧。它的全身抖得好厉害，以至我觉得是我自己在抖。实际上我也在抖。同时还分明感到，它的脑袋一下下用力地、热烈而激动地往我怀里扎……我还说什么呢？我觉得，我重新又把世界，把整个世界和全部生活全都抱在怀里了……

"不用说，我再不能把它丢掉，无论到哪儿总带着它。为了它，宁肯坐软席，因为软席检查不严，保险一些。它很懂事，不叫它出声，它是绝不会出声的。我怕和它分开，怕那将是永远的分开……几年来，它好像老了，不再出去野跑，吃得很少，长不出当初那一身漂亮的黑毛了。整天在我身边一趴，但只要听到院里汽车开动的声音，它立即显得不安，瞪眼，龇牙，后脖子上的毛全爹起来……哎，故事讲到这儿，我上边那纸箱里装的什么，您心里明白了吧!"

这位名叫华夏雨的"无名"画家,自述他异常奇特的经历后,我的喉咙给翻腾上来的情感塞住了。我抬头看看那纸箱,里边一点动静也没有,我却深信,那里装着一个令人心酸的故事,一颗赤诚又不安的灵魂。往事的追述,使我更关心华夏雨的现在:

"你在搞画盘吧!"

华夏雨却笑着摇摇头。这笑好像在嘲讽自己。我问他何以笑得这样令人费解。他又笑一笑说:

"说出来,您会笑话我的!本来我落实回厂时,分配到原车间搞画盘,可没过半个月就变了。原因是件小事——一天我在城外路上走,刚下过雨,所有景物都像从水里捞出来一样,又浓又深,又鲜又亮。这时迎面出现一块白,白得那么纯净,它一下把周围所有颜色,像钢琴演奏时忽然提上一个八度。我的心都亮了,叫人快活又激动!这块白色到面前,原来是穿白衬衫的罗家驹。我已经两三年没见到他了。不知为什么——可能我被这雨后清新的景象,被这块纯净的白颜色所感染,一下子把过去的事全忘了。他关心地问我的情况。我说,我正在搞画盘,并说我有许多新想法,非搞出高水平的画盘不可。谁知第二天,厂里不说任何原因,把我调到窑上烧瓷。您说我傻不?"

"不,你这种人大概常被自己欺骗!"

"哎呀,您说得太对了。我就是这样。但说回来,我并不觉得这样会失去什么,在窑上,我反而能掌握许多焙烧的规律。窑工们常说'三分做,七分烧','不懂烧就不懂瓷'嘛。正是这么一来,使我对画盘的效果更有把握一些。您说怪不怪,害我的人总是从另一边帮忙,您说这是为什么?"

我怔一怔,心里许多新想法还没成形,嘴里便说不出来。这个古怪的人使我思维的轮子不可抑制地转动着……但我还不能回答他,只能问他。

"你从罗长贵那里,问来瓷器上所谓'眼'有哪些讲究吗?"我问。

"没有。就在我看他那天当夜,他就死了。那天他没对我说,就是打算那绝招至死也不告人的……"华夏雨感慨地说,"他可以把祖传的宝贝送给你,手艺却绝对不传给你。保守,使我们每一步,不免要先重复前人走过的路;但保守,又致使我们的艺术更具有自己的独特性,更带着永远无法破解的神秘性啊!不过,罗老汉对我就很够意思啦,他说的那几句,使我进入到艺术更深的一层。如果将来我能回到车间搞画盘……我非常自信,您信吗?"他的目光如同晨星闪出极亮的光。

火车在茫茫黑夜中,也是在冰天雪地里穿行。旅客大都睡了,走道上没人走动,只有沉重的车身在铁轨的接缝处跳动时,发出震耳而又有节奏的声音,刚才那么长时间,我几乎没听到这声音,甚至忘记自己在哪里。

"您困了吗?"华夏雨看了看手腕上发黄、玻璃罩破裂的旧表,"哟,五点半了,天快亮了,不到一小时我就到站,真对不住,耽误您整整一个夜晚。"

"不不,你的故事并没说完。你说,你的一切不幸都与五七年那些事有关,你还没说到底是谁陷害你。"

"没有谁。"

"那是罗家驹捏造的?"

313

"不,他只是利用了过去的材料。材料都是档案里的。"

"这倒怪了。既然没人陷害你,怎么档案里会有材料?我真糊涂了!"

华夏雨犹豫了一下,最后把真情告诉给我:

"……这么说吧!就在一个月前我来东北时,也是乘坐这辆车。在沈阳车站忽听有人叫我名字。一个女人,杨玫玫——我刚才没告诉您她的名字吧!就是在学院里相好的那个女同学,现在结婚了,一看她的精神和穿戴,就知道她生活得不错……甭提她在哪儿工作吧!她出差办事,没想到与我碰上,许多年没见,从她惊讶的表情上看,大概我的变化很大。聊不几句,她迫不及待把我拉到背静的地方,问我'文革'初期挨没挨斗。然后她用真诚又忏悔的口气告诉我,我们在天坛一次约会中,我曾把对反右运动的一些怀疑与不满对她讲了,她听后心里很害怕,担心这种可怕的思想妨碍我进步,就怀着天真与虔诚,原原本本汇报给了党支部。结果,这些都被记进了档案。'文革'期间,瓷厂找她外调,核实材料,她猜想我肯定为此遭殃。她不安、内疚,但不敢给我写信问问。她说:'你肯定给我的愚蠢害苦了。'我听得像吞进一罐冰水,从心里到皮肤外边全凉透了。我只是苦笑着。的确被她害苦了!同时还有点后怕——她既然告发了我,怎么还一直表示爱我呢?如果当初我留校,她多半会嫁我的。她怎么能够心安理得跟我一起生活呢?这真是不可思议。真叫人毛骨悚然呢!"

"你应当告诉她,就因为她,你被搞得妻离子散,家破人亡,差点把你整死。如果她有良心,叫良心折磨她去!"我气愤地说。

"良心人人有。不过有人凭良心做事,有人捂着良心做事。"

她既然肯把事情告诉我，自然是天良发现了！"

"你怎么对她说的？"

"我告诉她，我没挨过斗，一切挺好。而且说，她的话使我意外。"

"这——她怎么会相信？"

"当然不信。但她也不再追问下去了。她宁愿相信这是真的。您是作家，肯定能懂得她这种心理。凭我这句话，她能平平静静、心安理得过日子去。当我俩分手时，她把这么多东西塞给我，拒绝不了。糖、点心、肉肠，慌乱中还有她一只绒线手套。她终于在我这里得到一种解脱，自我的解脱。她像一只飞出笼子的小鸟那么快活，声音也像小鸟那么明亮……怎么，您笑我傻吗？过于宽厚吗？不，我已经为那件事付出几年苦役，何苦再把它压在另一个心灵上……她不是坏蛋，叫她快快活活去吧！"

我受到深深的感动，充满爱怜地瞅着这个温厚又不幸的人，动感情地说："忘掉过去吧，未来一定比现在好。"我因为自己对生活无望，话说得不带劲，又大又空，不过是句流行的套话！

他的回答使我吃惊：

"不，如果我今天死了，我也要说，感激生活给予我的一切。如果我活下去，就该轮到我去报答生活了。"

我听着，感到自己不知不觉地被带进一片迷人、感人、冲击人的境界里。我这个对生活抱着恐惧、淡漠、拉开距离的人，重新感受到生活热浪的澎湃有力的拍打……我沉默了。当一种情感涌上来，最好把它先留在心里，让它慢慢回旋。那时是最幸福的。

车窗已然微明，窗口的东西模模糊糊显出它的颜色。我是不是受了这画家感觉方式的影响,也开始注意事物的颜色了?

华夏雨站起来,把手边的东西塞进包里,对我说:

"我该下车啦,我们……我们就分手吧!我,我就祝您一切如意吧!"

"好。那就祝你……"我想了想说,"我希望能早日看见你的画盘!"

他的目光闪闪发亮。对于他,这显然比一切祝愿更好。他说:"一定!一定!"像表达一种信念。

火车的速度放慢了。

他从上边举下那纸箱子,弯腰把嘴对着箱角那个小洞说:"睡得香吗?"口气像对孩子。又说:"咱到家了,你可不准出声音啊!"

我伸过头去,说:"叫我看一眼好吗?"我很想瞧瞧这只人间罕见的狗。

火车一晃停了。车站,小楼,月台,栅栏门,在寒雾中迷蒙的影子出现在车窗上。我往纸箱里匆匆看了一眼,黑洞洞,什么也没瞧见,只闻到一股动物皮毛所特有的浓重的气味。

"哎,您帮我一下行吗?我必须顺利通过那道检票的栅栏门,不能在那儿折腾东西,弄不好叫人发现。不不,不用您送,只要这样就行。"他把画夹斜背在背上,再将纸箱扛在左肩上,右手提起破旅行包,"请您帮我把火车票拿出来,在上衣兜里……好,放在我嘴上,我用牙咬着就行了,对对,嗯。"他用牙咬着车票,不能说话了,便对我笑笑,表示谢谢。

他下车时,我们没法再说什么,只用目光打哑语,表示再见,表示祝福,表示一点点惜别。我从车窗上,看着他随着稀稀松松的人群，走到检票口，有点为他揪心。只见检票员从他嘴上取下车票，问他一句什么，他摇摇头，大概是说不留票底报销，便顺利通过。隔着栅栏，他扭过身，伸着脖子，朝我这边看看，我向他摆摆手，多半由于我把车厢的灯闭了，他没瞧见我，便转身走了……

我望着这扛着纸箱、渐渐走去的背影，我的心有一种泛泛的惆怅。应当为他祝愿什么呢？他的未来又将是怎样的呢？然而……这几年，我南来北往，这样的人见得不少。世人的苦难叫他们尝透了。但你从表面却看不出一点受苦的痕迹。有时，他们向你道出自己那些崎岖坎坷，使你难以置信！他们……他们真像一个奇妙的魔术袋，生活把一件件粗的、硬的、尖利的，强塞进去，不管接受起来怎么艰难，毕竟没把它撑破，最终还是被他们默默地消化掉了。他们的双眼，他们的心，还是执着地向着生活！生活，往往使一个对它绝望的人，也不肯轻易同它告别，不正因为它迷人的富有，它神秘的未知，它深藏的希望吗？那就不管身上压着什么，也勇敢地生活下去，我们伟大的中国人啊……

我在思想的洪流中恣意漫游，不觉眼睛仿佛给一种明澈的亮光照透。原来，火车早已出站，天已经亮了，窗外是一片阳光下闪闪烁烁汹涌的冰河。

图书在版编目（CIP）数据

感谢生活 / 冯骥才著. —成都：四川文艺出版社，2017.7（2021.1重印）
ISBN 978-7-5411-4703-6

Ⅰ.①感… Ⅱ.①冯… Ⅲ.中篇小说－小说集－中国－当代②短篇小说－小说集－中国－当代 Ⅳ.①I247.7

中国版本图书馆 CIP 数据核字（2017）第 150675 号

GANXIE SHENGHUO
感谢生活

冯骥才 著

责任编辑	梁康伟　孙学良
责任审校	蓝　海
封面设计	叶　茂
版式设计	史小燕
责任印制	喻　辉

出版发行　四川文艺出版社（成都市槐树街2号）
网　　址　www.scwys.com
电　　话　028-86259287（发行部）　028-86259303（编辑部）
传　　真　028-86259306

邮购地址　成都市槐树街2号四川文艺出版社邮购部　610031
排　　版　四川胜翔数码印务设计有限公司
印　　刷　成都东江印务有限公司
成品尺寸　140 mm×203 mm　开　本　32开
印　　张　10.25　　　　　　　字　数　230千
版　　次　2017年9月第一版　印　次　2021年1月第六次印刷
书　　号　ISBN 978-7-5411-4703-6
定　　价　39.80元

版权所有·侵权必究。如有质量问题，请与出版社联系更换。028-86259301